第 34 届中国新闻奖获奖作品新媒体展示手册
编委会名单

主　　编：殷陆君　付海钲

执行主编：戎　融

编　　委：柳婷婷　李　莹　高　淼　骆青新　刘　一

编　　审：曹航宇

策　　划：翁旭东

统　　筹：李晨阳

编　　辑：霍逸凡

文　　案：陈中瑞

制　　作：潘　悦　姜雨彤　刘子赫　卜欣荣　王润秋
　　　　　张珈铭　杨子烨　薛寒洁　杨芳若　武昱含
　　　　　张　锐　孙艺纯　李婷萱　郝世琨　龚小雯
　　　　　李中天　刘　骏　杨　帆　刘天然　郑慧娟
　　　　　刘刊诺　范熙卓　徐照凝　刘予舒　赵景彦
　　　　　巩婧怡

新时代中国优秀新闻作品案例库

第34届 中国新闻奖
获奖作品新媒体展示手册

殷陆君 付海钲 ◎ 主编

中国传媒大学出版社
·北京·

目 录

特别奖

Xi Jinping unanimously elected Chinese president, PRC CMC chairman
(习近平全票当选中国国家主席、中央军委主席)/3
增强实现中华民族伟大复兴的精神力量/4
选举新一届国家机构领导人/5
东部战区组织环台岛战备警巡和"联合利剑"演习/6

一等奖

习近平同美国总统举行中美元首会晤/9
首次发现"野外灭绝"的长江鲟在野外产卵出苗/10
江苏发出第1000万户个体工商户营业执照 成为全国首个在册个体工商户
  总量破千万省份/11
这一步走了73年 马英九回湖南祭祖寻根/12
中美乐团上演"茉莉香飘《茉莉花》"/13
"江西造"在沙特点亮中国品牌之光/14
钟华论:民族复兴的领路人 亿万人民的主心骨/15
让大地赋我们无穷力量
  ——写在全党大兴调查研究之际/16
年轻干部既要德配其位也要才配其位/17
经济随笔|中央经济工作会议精神的深层逻辑/18
再造一个新广东/19
筑牢"大国粮仓" 端稳"中国饭碗"/20
两名基层干部的"鸡毛信"/21
瞭望·治国理政纪事|建设牢不可破的北疆绿色长城/22
高陂抗击台风攻坚战:惊心动魄的五天五夜/23
外卖小哥一通电话,北京这个小区154个单元楼装上新号牌/24
防止脱实向虚/25
习近平的"艾奥瓦老友记"/26
从延安到红旗渠/27
四天三夜,被困门头沟列车乘客大救援/28
独家:50部朝鲜战争电影揭露美国意图/29

1

诺言/30

《通向繁荣之路》第一集 大道同行/31

白鹤之约/32

"了不起的青春小店"系列报道/33

隐形冠军/34

《总书记的回信》第二季/35

提奥的天鹅地图/36

《百姓话思想》第三季/37

特写:"您认识这位年轻人吗?"/38

(杭州亚运会)男子个人花剑:中国队陈海威晋级决赛/39

丝路行旅图,带你穿越千年/40

歌声起太行/41

鲁健访谈丨对话《流浪地球 2》(上下集)/42

中国好儿女/43

杭州第 19 届亚运会开幕式直播/44

Live:Latest developments in Palestinian-Israeli conflict on day eight
　　(第一现场火线直击:关注巴以冲突现场报道)/45

(亚洲共此时)2023 年 9 月 23 日《浙江新闻联播》/46

陕西日报 2023 年 5 月 20 日 4—5 版/47

解放日报 2023 年 11 月 30 日 2 版 要闻/48

第一观察/49

学习小组/50

World Watch(世界观察)/51

金视角/52

玉渊谭天/53

向前一步/54

今晚/55

新华时论/56

亲历/57

第一眼/58

"爆款长红"的探索与思考/59

主力军全面挺进主战场 构建媒体深度融合新生态/60

人民的选择
　　——写在习近平同志全票当选国家主席、中央军委主席之际/61

人民江山/62

以中国式现代化全面推进中华民族伟大复兴
　　——习近平总书记今年以来治国理政纪实/63

"全面深入学习贯彻习近平强军思想"系列评论员文章/64

万桥飞架
　　——山水间的人类奇迹/65

互动视频丨跨越 35 年的"双向奔赴"/66

A decade of BRI:From vision to reality("一带一路"十周年:从"大写意"
　　到"工笔画")/67

东西问/68

"新华社五论中美关系"系列评论/69
Nation's export curbs on key semiconductor materials seen as fair
　　（中国对关键半导体材料的出口限制符合公平、公正原则）/70
出海记・走进非洲/71
Israel-Palestine Conflict（战地纪实：巴以一线报道）/72
伊莎白——我的选择是中国/73
先生/74
丝路上的中国医生/75
"候鸟教授"团队：攥牢"红莲稻"种 心怀农业"中国芯"/76
"部分中小学生课间10分钟被约束现象调查"系列报道/77
填坑？挖坑！/78
一颗老鼠头为何要省级调查组才能查清？/79
风雨落坡岭/80
顶级实验室｜在地下700米捕捉宇宙中的"幽灵粒子"/81
看！《我们亚洲》，雄风更劲！/82
"福通五洲"出入境信息服务平台/83

▌二等奖

人来了，外地考的证却不认/87
国际性自行车赛走进古城拉萨 百余名骑手竞逐雪域高原/88
从孤羽七只到万鸟竞翔 濒危朱鹮保护创造生态奇迹/89
吉林粮食连续三年超800亿斤 盐碱地成重要增长极/90
全国首个GDP破5000亿元县级市诞生/91
台湾品牌首次拿到大陆"老字号"/92
大桥西移四十米，为崖沙燕留下"家"/93
Nation unveils plan on crewed moon mission（中国披露载人登月任务方案）/94
"智能石头"保安澜 黄河"进"电脑更近一步/95
"我的人生因共建'一带一路'而精彩"/96
重磅！国产首艘大型邮轮命名交付/97
支持民营企业从还欠账做起/98
"第二个结合"是又一次的思想解放/99
"网红"干部"出圈"更要"出彩"/100
白鹤恋农田，生态真的好吗？/101
把调查研究的"自行车"骑到基层一线/102
唱衰中国经济者注定失望/103
乡村体育火爆：是乐子，更是路子/104
"不拘一格地选拔人才"
　　——习近平同志在河北正定工作期间推出"人才九条"的实践与启示/105
榆柳巷里，一场主人缺席的中秋家宴/106
"我们看不见，就让更多人看见我们"
　　——盲人全国人大代表王永澄履职记/107
训时甘苦与共 战时生死与共/108
"千万工程"20年实践激发世界回响/109

清退362个工作群 为基层干部"松绑"/110

为了机匣不再"卡脖子"/111

山上种树 心底开花/112

从"第一滴水"开始
　　——西藏用心呵护长江源/113

一张写了8年的公约/114

盐碱地上的新粮仓/115

揭穿视觉贫困谎言/116

跨越世纪的鼓岭声音/117

我国空军首批歼-11B战机女飞行学员顺利单飞/118

来了！丝路新画卷/119

守护"最近的遥远"/120

"千万工程"20年纪录片《绿水青山的回响》/121

山区学子的强军梦/122

东西岔三年（上下集）/123

巅峰/124

落坡岭
　　——受困旅客救援全纪录/125

"起底美国"舆论斗争系列报道/126

花开中国
　　——百家融媒体"枫桥经验"60周年调研行系列报道/127

我从山中来/128

数字时代，如何回应劳动者新期待/129

微光·小店/130

"入境游问题调查"系列报道/131

一线调研·经营主体看活力/132

中国"枫景"系列微视频/133

文学里的村庄/134

暴雨中转移群众/135

候鸟栖息地竟"长"出连片捕鸟网/136

成都成就梦想/137

海中寻"碳"/138

同爱同在 情动亚运/139

末路/140

准备直播/141

秦岭为媒，长江黄河"牵手"/142

山泉村的"大儿子"
　　——一位乡村振兴"探路者"的15年/143

大国人物志｜张雨霏的冠军之路/144

蔡英文"过境"窜美"倚美谋独"解放军亮剑 统一大势不可逆！/145

李东宪：我怕台湾人忘记回家的路/146

章金媛：心跳不停止 永远不退休/147

大江奔流，千年回响
　　——湖北、浙江、四川三省交通广播探源长江文明特别直播/148

中国高铁"出海"刷新纪录 直击雅万高铁正式启用/149
100小时不间断直播 直击台风"苏拉"/150
经济日报2023年1月6日8版/151
2023年7月23日《新闻晚高峰》纪念抗美援朝战争胜利70周年特别节目/152
大众日报2023年6月5日4—5版/153
江南都市报2023年12月27日T01—04/154
共情,新闻评论的流量密码/155
主流媒体"账号化"发展现状、挑战与对策/156
媒体融合背景下"广电 + 文旅"创新发展路径研究
——宁夏广播电视台探索与实践/157
聚焦"六个维度",推动党报事业高质量发展/158
携手"出圈","小屏"挑大梁/159
《求是》杂志学习贯彻习近平新时代中国特色社会主义思想主题教育
　　系列评论/160
奔腾之路
　　——"一带一路"大型全媒体报道/161
中国共产党为什么能始终代表最广大人民的根本利益?/162
人不负青山,青山定不负人/163
新时代首都发展巡礼·生态治理/164
大型互动融媒产品|我们向前 中国向上/165
苏皖两个相邻山村的岁月嬗变
　　——关于乡村振兴的调研/166
"数说两会"融媒体报道/167
吉林开年建设农业强省一线观察系列报道/168
台籍火车司机:深知离别苦 方晓团圆甜/169
新马可 · 波罗游记/170
"千万工程"系列报道/171
沿着运河看中国/172
探宝觅踪
　　——寻找湾区民间文化力量/173
PLA in Every Minute(时刻·中国军队)/174
出海游戏遇上三星堆/175
回家 Saving Dolphin Chess/176
"我们找到在鼓岭的根"/177
黑脸琵鹭/178
我在敦煌做研究/179
京之轴 Beijing Central Axis－The Legend of A Line/180
演出之后/181
大国重器
　　——北大荒打造"中国饭碗""农业航母"记/182
黎明师傅闯关记/183
穿越千年的陶阳里/184
六问:河南南阳收割机为何无法下高速?/185
山东莱荣高铁被举报:偷工减料暗藏重大安全隐患/186

3·15特别报道·江西—江苏—山东:养殖虾当成野生卖? 消费者质疑网络主播带货"虚假宣传"/187
一束照进生命的光/188
沉浸式交互H5|深海之锤/189
送你一张机票!/190
甲骨文申请上两会/191
"破四唯""立新标"有多难?/192
我家住在长三角/193
全国首个少先队员劳动教育实践网上平台——红领巾劳动吧/194
"星城"移动服务/195

三等奖

【大国重器生态文明实践】"算大账"高峡出平湖 "凭鱼跃"碧水双通道/199
辽宁为1806名受到不实举报的党员干部澄清正名/200
墨子巡天望远镜正式投入观测并发布仙女座星系照片/201
西海固"水故事"讲到联合国/202
揭示葡萄起源驯化之谜突破葡萄种业难题/203
兵团高端采棉机打破西方技术垄断/204
铭记这一刻! 昆明禄劝"红军洞"21名烈士遗骸入土为安/205
断航26年后,古老小清河获新生/206
河南在全国率先建成"米"字形高铁网/207
全国首份! 四川崇州法院发出"保障妇女隐私和个人信息"人身安全保护令/208
全国首份盲文版建议答复递交盲人代表/209
"小雪"回家/210
响应时间从数小时缩至8分钟 我国卫星遥感实现重大突破/211
泪别龚全珍 这个奶奶不一样/212
(特别策划·潮涌东方)全球首创"数实融合" 杭州亚运主火炬"浙"样点燃/213
我国新能源汽车产量跃上二千万辆/214
总统亲自提车! 1000辆"山东造"客车出口吉尔吉斯斯坦/215
浙江"蓝色循环"项目荣获"地球卫士奖"/216
"网暴"必须整治,戾气肆虐伤害的是每一个人/217
别让痕迹管理成了"痕迹主义"/218
忧心年轻人上香,不如关心他们在求什么/219
报忧也是担当/220
没有底线的流量就是流毒/221
真唱是职业道德更是入行门槛/222
基层不是"机"层 "指尖调研"应休矣/223
消费"伪苦难",是对农民的多重伤害/224
会员"一充再充"也看不了想看的内容,为什么看电视越来越复杂?/225
为了2700多名旅客的平安/226
在泥土里寻找夏朝/227
"顶流"之下,看人工智能喜与忧/228
"信义老农"陈廷海风雨践诺17年/229

一条铁路,连接两个"世界第一"/230
"千眼天珠"里的95个手印/231
特稿│196位村民,一个都没少!/232
再宿建德江/233
"小哥"高温津贴勿变"冲单奖励"/234
苍穹之上,点亮"东方慧眼"/235
杨贵林的"山水生意经"/236
"我在缅北做电诈"
——一群犯法者的审讯供述/237
"群聊"一年,相当于开了五次全会/238
刊登在头版头条的读者来信/239
光明重机重见"光明"/240
"大侠"朋友圈/241
跨越6000公里的"重逢"/242
决定生死的57分钟通话/243
微视频│看雄安·水下白洋淀/244
我们在西藏/245
巨无霸"镖师":我们要成为那个"别人"/246
总书记打卡的土特产①│"大有前途"的延安苹果/247
"空箱堆港"的背后/248
千年瓷 万里路/249
"争气钢"这样炼成/250
【大道薪传】中国的民主党派:民进篇/251
维也纳唱响山里的歌/252
突破察尔汗/253
大咖扎堆 外资加码 中国是必选/254
"盛世中华 何以中国"山西主题日/255
叶胜春:三十九年"光影人生"助力乡村文化振兴/256
"郧县人"3号/257
风里雨里 我在嘎什根等你/258
天山/259
鲵娃归来/260
《七三一真相》第四集被实验的"马路大"/261
棉花的故事/262
"丝路花正开·'一带一路'十周年全球调研行"系列报道/263
强军有我/264
探访甘肃湿地/265
独家记忆
——《东北日报》和辽宁71本地方志中的抗美援朝/266
"村超"全民星/267
"科技文明探源"系列报道/268
"福建有种"系列报道/269
文物里的北京/270
"共富争先·微故事"系列融媒报道/271

"跪地求水"系列报道/272

筑梦丝路/273

盛世修文/274

解码深圳新质生产力/275

鹅喉羚"安居"新疆油田/276

罕见！江苏火烈鸟与麋鹿同框/277

第十批在韩中国人民志愿军烈士遗骸回国/278

保护古籍 赓续文脉/279

感受"中国速度"！东南亚首条高铁雅万高铁开通运行/280

夹金山上"斗"牛 一个藏乡少年的成人礼/281

测天山 探昆仑 我为祖国找油气/282

苍穹之下,长三角"治太"图景志/283

3D图说 浩荡长江/284

潮起亚运绘丨杭州亚运会30个感动瞬间/285

找到那个头破血流的年轻人/286

"今天通知明天要,只能是假报告"/287

我的湖山我的家/288

科学痴人的沙漠狂想
　　——从0到1,中国科学家为"地球癌症"开出力学良方/289

来自4860的信号/290

师道绵延(上、下)/291

人生需要这首歌
　　——对话盲人特教教师张晨/292

"思想的力量"网络公开课,开讲啦！/293

爱国,从书本到心窝窝
　　——对话梁衡/294

甘肃临夏州积石山发生6.2级地震 西海全媒体记者奔赴民和循化等地区
　　现场直播/295

大国治沙/296

大一女生突发罕见脑瘤危及生命 西安北京千里接力大营救/297

河南日报2023年3月29日特刊06—07版/298

2023年7月28日《夜航新闻号》2023成都大运会开幕式特别节目/299

《环球时报》英文版2023年11月11日S8—9版/300

体育盛会传播如何吸引Z世代/301

国际传播中如何打造"元软实力"/302

行文五千,必蹲七天
　　——大众日报经济调研报道的探索与思考/303

数字经济时代传统媒体融合发展路径分析/304

融媒体背景下,时政新闻报道的创新路径
　　——以海南日报的探索为例/305

"理响青年":理论宣传的视频化创新/306

都市类媒体深度融合的策略选择/307

发挥媒体智库作用,讲好新时代中国经济发展故事/308

"中国空间站全面建成"专题报道/309

跨越太平洋的两地"飞书"/310
"中华文明突出特性看河南"系列报道/311
延安苹果挑起乡村振兴"金扁担"/312
现代化 中国"画"/313
2023年,"鼓岭之友"穆言灵时间都用在了中美友谊上/314
Fiona 的"大运"中国行/315
七里海的"三笔账"/316
大道同行 丝路共鸣
　　——2023广西媒体东盟行/317
"中国式现代化·乡村十记"大型融媒体蹲点报道/318
潮涌长三角/319
竹乐冲亚/320
遥感地图上的乡村振兴答卷/321
"千万工程"二十年记/322
《学习时间》系列报道/323
在"黑灯工厂"探寻"智造"之光/324
大国治沙/325
全国省级党报大型融媒联动
　　——自豪中国接力晒/326
我家有条"鸡蛋路"/327
农田"变形记":"三块田"巧解"三个谁"难题/328
【人权行动看中国】探访世界海拔最高行政村推瓦村"云端"生活/329
Adventure along the Silk Road(丝路奇旅)/330
医锦还乡/331
丹尼尔:把中国唱给你听/332
"新丝路"上的"玫瑰"故事/333
寻踪晋商/334
和平之手/335
走过世纪/336
《雄安奇遇记》系列短视频/337
三江源国家公园内百余只白唇鹿横渡黄河/338
国道巡航/339
星条旗下的枪"殇"/340
野生黄羊为啥喜爱结伴"中国游"？/341
你好,俄罗斯(第726期)/342
近观/343
《永远的行走:与中国相遇》(第二季)第一集《岷江邂逅》/344
麦吾兰江的"心"事/345
Chongqing：The BRI Gateway(一带一路十周年特别策划:山海互济共未来)/346
阿内,我们都是你的家人/347
你好,汉语桥/348
Special journey for "C. Ronaldo of Yushu" and his 39 friends(玉树少年的
　　北京旅行日记)/349
独家专访:中国台湾跆拳道选手李东宪领奖时高举五星红旗/350

因暴雨滞留30小时！内蒙古列车员这一举动让旅客泪目……/351
老潘的"三十六计"/352
"陈祥榕，到！"
　　——来自喀喇昆仑的回响/353
马文军：一碗面 一片林 一生情/354
跳桥救人小哥彭清林系列报道/355
一颗大连大樱桃的现代化跋涉/356
怕苦就不要当共产党员/357
"板凳男孩"方宇翔：心有所向 无惧路长/358
赵亚夫的丰收"答卷"/359
350亿元氢能项目假国企系列调查/360
食安西宁，你点我检/361
记者调查：12320卫生热线为何变了味/362
成都一外卖平台商家12张营业执照10张为假/363
公交专用道为何在双休日空荡荡/364
记者调查：研学之乱/365
紫晶存储造假调查：蓝光数据存储项目背后疑云重重/366
虚假的处罚决定书/367
《"卖画大师"速成记》系列报道/368
蜀道翠云 两千年见树如面|XR沉浸式新闻情景短剧/369
3285个铁路车站的回信/370
从神山到石门
　　——江西乡村振兴微观察/371
互动视频｜当AI被拉进华溪村群聊/372
今天，我们写下"中国"/373
AI世界 来"湘"见/374
为全世界造车 中国新能源车的"硬核"输出/375
蛟龙行动/376
在世界最高峰寻找气候密码/377
一条"中国走廊"的日与夜/378
【绘梦丝路｜风动篇】追风逐日，绿色发展点亮万家灯火/379
探路先行
　　——从长三角看改革开放45周年/380
"天眼问政"融合应用/381
"果盘子"上新啦/382
中青报·中青网"大思政课"云平台/383

中国新闻奖

特别奖

Xi Jinping unanimously elected Chinese president, PRC CMC chairman
（习近平全票当选中国国家主席、中央军委主席）

作品信息

作品类型：特别奖·消息
刊播单位：新华通讯社
报送单位：新华通讯社
作　　者：集体
编　　辑：集体
作品字数：759 字
刊播版面：新华社英文线路
首发日期：2023 年 3 月 10 日

作品简介

稿件从习近平总书记全票当选国家主席、中央军委主席写起，用白描的手法记录历史时刻，以及后续进行的宪法宣誓仪式，并充分阐释过去十年总书记如何带领中国取得历史性成就和历史性变革。

获奖理由

这篇稿件用清新地道的文字对历史性时刻进行镜头式记录，以清晰的逻辑梳理新时代党和国家事业令世人瞩目的成就，有力展现总书记大党大国领导人形象，是一条记录历史的新华社精品消息。

新媒体展示

使用手机扫描下方二维码，即可观看本条获奖作品的新媒体展示。

增强实现中华民族伟大复兴的精神力量

✉ 作品信息

作品类型：特别奖·评论
刊播单位：《人民日报》
报送单位：人民日报社
作　　者：集体
编　　辑：集体
作品字数：13 618 字
刊播版面：要闻 1 版转 4 版
首发日期：2023 年 6 月 4 日

💻 作品简介

作品紧紧围绕习近平总书记关于文化建设的新思想、新观点、新论断，深入阐释习近平新时代中国特色社会主义思想是中华文化和中国精神的时代精华，开辟了马克思主义基本原理同中华优秀传统文化相结合的新境界。

🔊 新媒体展示

使用手机扫描下方二维码，即可观看本条获奖作品的新媒体展示。

💬 获奖理由

作品展现出任仲平这一传统政论品牌历久弥新的生命力，充分发挥了党报评论在舆论上的导向作用、旗帜作用、引领作用，让党的声音传得更广更远，让重大时代议题更加深入人心。

选举新一届国家机构领导人

作品信息

作品类型：特别奖·新闻直播
刊播单位：中央广播电视总台
报送单位：中国广播电视社会组织联合会
作　　者：集体
编　　辑：集体
作品时长：1时41分10秒
刊播频道：CCTV-13新闻频道特辟时段
首发日期：2023年3月10日

作品简介

2023年3月10日上午9时，十四届全国人大一次会议在人民大会堂举行第三次全体会议。中央广播电视总台推出特别节目，对大会的重要议程进行了实时播报，对习近平当选国家主席、中央军委主席并进行宪法宣誓全程直播。

获奖理由

该直播报道内容设计精心，信息丰富，节奏流畅，氛围感强烈。整个直播过程既注重呈现宏大场面，也注意放大生动细节，彰显了人民领袖的风采，堪称时政直播报道的典范之作。

新媒体展示

使用手机扫描下方二维码，即可观看本条获奖作品的新媒体展示。

东部战区组织环台岛战备警巡和"联合利剑"演习

作品信息

作品类型:特别奖·消息
刊播单位:解放军报客户端
报送单位:解放军新闻传播中心
作　　者:樊斌、陈利
编　　辑:王通化、魏兵、孔鹏鹏
作品字数:838 字
刊播版面:一版头条
首发日期:2023 年 4 月 9 日

作品简介

针对蔡英文窜美与麦卡锡会面,解放军东部战区组织环台岛演习。《解放军报》记者深入一线报道,稿件如实记录解放军战斗意志与作战能力,展现捍卫主权领土完整的坚定立场,抢占舆论制高点。

新媒体展示

使用手机扫描下方二维码,即可观看本条获奖作品的新媒体展示。

获奖理由

该稿件在重大敏感时机与题材中,精准契合时度效要求。新闻舆论风暴里,主流媒体借独家信息、坚定立场与准确表达,发挥"定海神针"作用,汇聚传播势能,紧握国内外舆论场话语权。

中国新闻奖

一等奖

习近平同美国总统举行中美元首会晤

作品信息

作品类型：一等奖·消息
刊播单位：中央广播电视总台
报送单位：中央广播电视总台
作　　者：集体
编　　辑：李洁、张嘉冀
作品时长：10分31秒
刊播版面：CCTV-1综合频道《新闻联播》栏目
首发日期：2023年11月16日

作品简介

作品全流程生动地记录了拜登总统热情迎接习近平主席、同习近平主席会谈、邀请习近平主席一道在庄园里散步并送别等场景。该片编辑高质高效剪辑呈现，以庄重沉稳的叙事风格传递政治内涵，意蕴深长塑造大国领袖风采。

获奖理由

主创团队紧紧围绕新闻性，用最佳视角、最快时效、最好效果，精彩完美地呈现中美元首会晤盛况，精准报道习近平主席在会晤时的重要讲话精神，传递稳定改善中美关系的鲜明主张，生动展现大国领袖的超凡智慧和魅力风采。

新媒体展示

使用手机扫描下方二维码，即可观看本条获奖作品的新媒体展示。

首次发现"野外灭绝"的长江鲟在野外产卵出苗

作品信息

作品类型:一等奖·消息
刊播单位:四川广播电视台
报送单位:四川省新闻工作者协会
作　　者:集体
编　　辑:鄂文松、郑艺、肖宇洁
作品时长:2分25秒
刊播版面:四川卫视《四川新闻联播》
首发日期:2023年3月27日

作品简介

2021年4月起,主创团队跟随中国水产科学研究院、长江水产研究所等研究机构的专家,持续深入采访重建长江鲟野外种群的人物故事、科研进展,并于2023年3月完整记录了"野外灭绝"的长江鲟在野外产卵出苗的"历史性时刻"。

新媒体展示

使用手机扫描下方二维码,即可观看本条获奖作品的新媒体展示。

获奖理由

作品主题鲜明,以小见大,生动鲜活,时效性强,新闻价值高,现场感强,生动展现了包括四川在内的各地各部门牢记嘱托、筑牢长江上游生态屏障的生动实践,也向世界展示了日益向好的中国生态与从不言弃的中国科研精神。

江苏发出第1000万户个体工商户营业执照
成为全国首个在册个体工商户总量破千万省份

作品信息

作品类型：一等奖·消息
刊播单位：新华日报社
报送单位：江苏省新闻工作者协会
作　　者：杭春燕、许海燕
编　　辑：顾新东
作品字数：897字
刊播版面：头版
首发日期：2023年3月31日

作品简介

作品报道了可以载入史册的标志性事件——2023年3月30日，南京市民张康领到了全省第1000万户个体工商户营业执照，江苏成为全国首个在册个体工商户总量破千万省份。

获奖理由

一方面，作品极具新闻价值，展示了江苏经济的韧性，凸显了经济大省江苏在呵护经营主体方面的引领性；另一方面，作品既蕴含丰富的信息量，又将新闻的鲜活性和历史的纵深感巧妙融合。

新媒体展示

使用手机扫描下方二维码，即可观看本条获奖作品的新媒体展示。

这一步走了73年
马英九回湖南祭祖寻根

作品信息

作品类型：一等奖·消息
刊播单位：湖南广播电视台
报送单位：湖南省新闻工作者协会
作　　者：魏波、鲁超、郑晓
编　　辑：李特生、陈帅、王楠
作品时长：3分59秒
刊播版面：湖南卫视《湖南新闻联播》
首发日期：2023年4月3日

作品简介

2023年3月底至4月初，马英九率台湾青年参访大陆。在湖南期间，本台记者全程跟拍了他携家人回乡祭祖的寻根之旅。马英九祖籍湖南，历经73年终回故乡。

新媒体展示

使用手机扫描下方二维码，即可观看本条获奖作品的新媒体展示。

获奖理由

该报道精准把握时度效，紧扣热点，处理慎重，鲜活生动，感染力强，充分体现了创作者的政治素养、新闻敏感和业务能力。报道折射出两岸同胞要和平、要发展、要交流、要合作的人心所向。

中美乐团上演
"茉莉香飘《茉莉花》"

作品信息

作品类型：一等奖·消息
刊播单位：《中国青年报》
报送单位：中国青年报社
作　　者：李超、徐蕾、朱智红
编　　辑：惠滢、李立红
作品字数：969字
刊播版面：头版01版
首发日期：2023年11月20日

作品简介

习近平主席赴美国旧金山参加中美元首会晤之际，美国费城交响乐团抵达苏州，并特意选择江苏民歌《茉莉花》作为当晚压轴曲目。表演开始前，美国乐手们收到一份特殊礼物——一个茉莉花手环。

获奖理由

作品选题重大、故事性强、文笔细腻，逻辑清晰，以小见大，客观上起到了驳斥中美关系对立的报道的作用，也传递出两国音乐人、两国人民热爱和平，渴望中美友谊的茉莉花能够跨越时间、长长久久的美好心愿。

新媒体展示

使用手机扫描下方二维码，即可观看本条获奖作品的新媒体展示。

"江西造"在沙特点亮中国品牌之光

作品信息

作品类型:一等奖·消息
刊播单位:江西日报社
报送单位:江西省新闻工作者协会
作　者:朱彦、林雍、宋思嘉
编　辑:罗云羽、蒋少征
作品字数:970字
刊播版面:1版
首发日期:2023年8月18日

作品简介

作品从沙特客户安装"江西造"LED照明灯的新闻现场起笔,叙述中国企业走出国门、打开海外市场的鲜活故事,深刻揭示"一带一路"是合作之路、机遇之路、繁荣之路,惠及共建国家的幸福之路。

新媒体展示

使用手机扫描下方二维码,即可观看本条获奖作品的新媒体展示。

获奖理由

作品主题重大,具有挑战性,挖掘深入,视角独特,文风朴实,文字生动,话语凝练,国际传播价值高,为推动共建"一带一路"进入高质量发展的新阶段注入强大的舆论力量。

一等奖

钟华论：民族复兴的领路人 亿万人民的主心骨

作品信息

作品类型：一等奖·评论
刊播单位：新华通讯社
报送单位：新华通讯社
作　　者：集体
编　　辑：孙承斌、李忠发
作品字数：5170 字
刊播版面：新华社通稿
首发日期：2023 年 3 月 10 日

作品简介

在十四届全国人大一次会议第三次全体会议上，习近平总书记全票当选国家主席、中央军委主席并进行宪法宣誓。作品阐释总书记在两会期间的重要论述，全方位展示新时代党和国家事业取得的历史性成就、发生的历史性变革。

获奖理由

评论精准把握时度效，以高远的政治站位、深厚的理论功底、生动的语态文风，凸显"两个确立"的决定性意义，在舆论场中产生强烈反响，取得了较好的社会效果和传播效果。

新媒体展示

使用手机扫描下方二维码，即可观看本条获奖作品的新媒体展示。

让大地赋我们无穷力量
——写在全党大兴调查研究之际

作品信息

作品类型：一等奖·评论
刊播单位：光明日报社
报送单位：光明日报社
作　　者：集体
编　　辑：张淼、包晗
作品字数：12 804 字
刊播版面：1 版、4 版要闻
首发日期：2023 年 4 月 21 日

作品简介

文章展现了党在不同历史阶段通过调查研究探索中国革命和建设道路的宝贵品格和优良传统；聚焦党的十八大以来习近平总书记对调查研究的深刻阐述，以及率先垂范，在调查研究中不断丰富发展治国理政理念和方略的启示。

新媒体展示

使用手机扫描下方二维码，即可观看本条获奖作品的新媒体展示。

获奖理由

文章全面系统地分析了党的调查研究思想的深层逻辑与蕴含其中的深刻内涵，阐释了我们党大兴调查研究的宝贵经验与现实意义，为全党大兴调查研究、做好各项工作提供启示。

年轻干部既要德配其位 也要才配其位

作品信息

作品类型:一等奖·评论
刊播单位:学习时报社
报送单位:学习时报社
作　　者:何忠国
编　　辑:毛强、王翠娟、吴青
作品字数:1551字
刊播版面:国内大局、第1版
首发日期:2023年7月26日

作品简介

评论根据习近平总书记对年轻干部成长中如何把握好德与才的关系所作的深刻阐述,从历史逻辑、理论逻辑和实践逻辑的角度,对德与才的辩证关系、新形势下年轻干部应该具备什么样的德、应该练就什么样的才进行了解读阐释。

获奖理由

评论文章紧紧围绕习近平总书记的重要论述进行阐述,评论文章文字简练、文风朴实,可读性强,读来引人思考。文章观点鲜明、逻辑清晰、论证有力,具有较强的时效性、理论性和可读性,形成了很好的传播效果。

新媒体展示

使用手机扫描下方二维码,即可观看本条获奖作品的新媒体展示。

经济随笔｜中央经济工作会议精神的深层逻辑

📧 作品信息

作品类型：一等奖·评论
原创单位：中央广播电视总台
刊播单位：中央广播电视总台
作　　者：集体
编　　辑：集体
作品字数：1806字
刊播平台：央视新闻客户端
刊播日期：2023年12月17日

💻 作品简介

该稿件在重大敏感时机和重大敏感题材中准确体现了时度效的要求；在新闻舆论风暴中，展现出主流媒体"定海神针"的作用；凭借独家信息、坚定立场和准确表达，汇聚起强大的传播势能，有力把握住国内、国际两个舆论场话语权。这是一篇新闻报道佳作，也是一柄舆论斗争重剑。

📶 新媒体展示

使用手机扫描下方二维码，即可观看本条获奖作品的新媒体展示。

💬 获奖理由

该评论抓住"从生动现象，看内在逻辑"的宗旨，围绕中央经济工作会议内容，由表及里，层层分析，为受众通过会议了解当前经济大势及未来经济工作方向提供了窗口。文章不仅语言平实可感，见解独到，逻辑清晰，论证有力，还运用生动比喻帮助读者理解会议内容，适合新媒体平台语态，发布后取得了传播效果和社会效益双赢。

再造一个新广东

作品信息

作品类型：一等奖·评论
原创单位：南方日报社
刊播单位：南方日报社
作　　者：丁建庭、王庆峰
编　　辑：黄常开、金强
作品字数：4557字
刊播版面：要闻A01版、A04版
刊播日期：2023年2月13日

作品简介

广东是全国经济第一大省，城乡区域发展不平衡是广东高质量发展的最大短板，是不容回避的现实问题。2023年年初，广东省省委提出"再造一个新广东"，将实施"百县千镇万村高质量发展工程"作为推动广东高质量发展的头号工程来抓，促进城乡区域协调发展向着更高水平和更高质量迈进。本篇评论文章聚焦上述问题，起到舆论动员的功效。

获奖理由

作品主题鲜明、视野宏阔、论证严密，有高度、有深度、有锐度，指导性、权威性、可读性兼备，在关键节点推出，先声夺人，营造出比学赶超、创先争优的舆论氛围。据不完全统计，这篇评论在全网的阅读量超过1000万，其中在南方+客户端的点击量超过23万。

新媒体展示

使用手机扫描下方二维码，即可观看本条获奖作品的新媒体展示。

筑牢"大国粮仓" 端稳"中国饭碗"

作品信息

作品类型：一等奖·评论
原创单位：黑龙江广播电视台（黑龙江省全媒体中心）
刊播单位：黑龙江广播电视台（黑龙江省全媒体中心）
作　　者：高攀、关瀚
编　　辑：牟维宁、杨程
作品时长：14分15秒
刊播栏目：新闻广播《早餐前后》
刊播日期：2023年12月23日

作品简介

记者深入田间地头、科研院所，探寻东北地区的粮食丰收"密码"，通过对权威专家的采访，抽丝剥茧、层层递进，探索有效破解路径。评论立足全国视角、东北实践，深刻剖析了当下中国粮食安全面临的挑战与应对举措，全景展望了东北地区现代化大农业的未来发展之路，分析透彻、发人深思。

新媒体展示

使用手机扫描下方二维码，即可观看本条获奖作品的新媒体展示。

获奖理由

作品以高度的责任感、前瞻性思维与敏锐的分析力，为东北地区如何发展现代化大农业提供了有建设性的决策参考。报道播出后，引发相关部门重视及业界专家高度关注，越来越多农业工作者行动起来，在东北全面振兴浪潮中与发展现代化大农业指引下，全力投入保粮食安全、发展农业现代化、实现农业强国的探索实践。

两名基层干部的"鸡毛信"

作品信息

作品类型：一等奖·通讯
原创单位：人民日报社
刊播单位：人民日报社
作　　者：张武军、张佳莹
编　　辑：集体
作品字数：2414 字
刊播版面：要闻 4 版
刊播日期：2023 年 8 月 22 日

作品简介

2023年七八月间，华北、黄淮等地出现极端降雨过程，引发洪涝和地质灾害。在河北省涞水县九龙镇山上，8个村庄、5000多名村民与外界失去联系。两名基层干部主动请缨，并手写数封信件向镇党委政府传递灾情信息。《人民日报》要闻4版刊发典型报道《两名基层干部的"鸡毛信"》，将基层党员干部的动人故事带入公众视野。

获奖理由

稿件刊发后，当日在客户端阅读量突破百万、60余家媒体转载，"鸡毛信"成为全网热词。多家媒体以该报道为基础进行二次创作，制作漫画、视频等新媒体产品，持续掀起传播热潮。记者践行"四力"，以鲜活的故事、平实的文字，生动展现了灾难面前党员干部冲锋在第一线、战斗在最前沿的责任担当，具象化诠释了人民至上的理念。

新媒体展示

使用手机扫描下方二维码，即可观看本条获奖作品的新媒体展示。

瞭望·治国理政纪事｜建设牢不可破的北疆绿色长城

作品信息

作品类型：一等奖·通讯
原创单位：新华社
刊播单位：新华社
作　　者：刘紫凌、何晨阳、马丽娟
编　　辑：史湘洲、杨琳
作品字数：8707字
刊播平台：《瞭望》新闻周刊
刊播日期：2023年7月17日

作品简介

稿件坚持以习近平总书记讲话为统领，充分阐释了新时代"三北"工程深入贯彻践行习近平生态文明思想的经验做法和显著成效，展现了人与自然和谐共生的中国式现代化样本以及全球生态治理的典范。以"三北"工程45年来的建设成就为"底板"，以翔实权威数据和典型鲜活案例，从小切口透视宏大视野与历史纵深。

新媒体展示

使用手机扫描下方二维码，即可观看本条获奖作品的新媒体展示。

获奖理由

稿件播发后，被中央网信办全网置顶推送，1600家媒体采用，全网浏览量2.1亿人次。稿件被《宁夏新闻联播》口播、国家林草局微信公众号全文转发，稿件得到国家林草局主要负责同志、宁夏回族自治区党委主要负责同志等充分肯定。稿件获评2023年下半年新华社优秀新闻作品。

高陂抗击台风攻坚战：
惊心动魄的五天五夜

作品信息

作品类型：一等奖·通讯
原创单位：南方报业传媒集团
刊播单位：南方+客户端
作　　者：集体
编　　辑：曹斯、田一鸣
作品字数：5827字
刊播平台：南方+客户端
刊播日期：2023年9月14日

作品简介

2023年8月底至9月上旬，广东接连遭遇台风"苏拉""海葵"袭击。特别是"海葵"带来的强降雨，创下广东历史上9月最强降雨纪录。报道通过梅州大埔高陂镇抗击"海葵"这一小切口案例，生动诠释惊涛骇浪之下广东坚持人民至上、生命至上的初心使命，南方+客户端内流量达到18万+。

获奖理由

报道通过抗洪"小切口"，展示为民"大担当"，新闻价值高、时效性强、文本可读、影响力大。报道推出后获央办全网推荐，人民日报社、光明网、中国青年报社、中国新闻网、上观新闻、广西新闻网等中央及地方主流媒体全文转载，极大地鼓舞广东全省上下防汛抗洪、重建美好家园的信心决心。

新媒体展示

使用手机扫描下方二维码，即可观看本条获奖作品的新媒体展示。

外卖小哥一通电话，北京这个小区154个单元楼装上新号牌

作品信息

作品类型：一等奖·通讯
原创单位：北京日报社
刊播单位：北京日报社
作　　者：孙宏阳、邓伟
编　　辑：集体
作品字数：1397字
刊播平台：北京日报客户端
刊播日期：2023年8月8日

作品简介

一名外卖小哥拨打北京政务便民热线12345反映问题，推动了社区给154个单元统一装上了号牌。记者敏锐地意识到了其中的新闻价值，马上找到这名外卖小哥及社区书记等多位当事人，还原了事情的经过，在街道的支持下，154个单元楼很快装上了号牌。这一典型事例，生动反映了"接诉即办"是为民服务的"连心桥"。

新媒体展示

使用手机扫描下方二维码，即可观看本条获奖作品的新媒体展示。

获奖理由

想讲道理，先讲故事。北京"接诉即办"的故事很多，记者能够敏锐地捕捉到"快递小哥"等具有爆款潜质的关键词，从大量案例中做出准确筛选，并抓住线索进行深入采访挖掘。稿件简练生动，通篇没有拔高和说教，只是朴素地还原事情过程，但由于切入点准，读后容易让受众产生共情和共鸣，是一个将成就报道打造为爆款的成功案例。

一等奖

防止脱实向虚

作品信息

作品类型：一等奖·通讯
原创单位：经济日报社
刊播单位：经济日报社
作　　者：集体
编　　辑：乔申颖、温宝臣、周剑
作品字数：3995 字
刊播版面：《经济日报》1 版
刊播日期：2023 年 8 月 9 日

作品简介

2023 年 4 月，党中央提出"加快建设以实体经济为支撑的现代化产业体系"这一重大战略任务。经济日报社调度骨干记者组成调研组，形成"避免现代化产业体系建设误区"问题探析系列调研报告 6 篇，本作品作为系列调研报告的首篇，深度剖析了"防止脱实向虚"的极端重要性，凸显专业深度。

获奖理由

作品秉持问题导向，对"防止脱实向虚"主题进行了全面、深入、系统分析，政治站位高，经济特色强，兼具理论价值和实践指导意义，提升和创新了经济深度调研报道的选题立意、写作模式和呈现方式，形成广泛而深刻的社会影响，有助于更好地澄清歧见、凝聚共识、稳定预期，充分发挥了中央党报和经济大报的舆论引导作用。

新媒体展示

使用手机扫描下方二维码，即可观看本条获奖作品的新媒体展示。

习近平的"艾奥瓦老友记"

作品信息

作品类型：一等奖·新闻专题
原创单位：深圳广播电影电视集团
刊播单位：深圳广播电影电视集团
作　　者：集体
编　　辑：肖鹏、秦建文、李文涛
作品时长：12分21秒
刊播栏目：深圳卫视《直播港澳台》
刊播日期：2023年11月19日

作品简介

2023年11月14日至17日，国家主席习近平赴美国旧金山举行中美元首会晤，同时出席APEC第三十次领导人非正式会议。其间，习近平出席美国友好团体联合举行的欢迎宴会，并同他在1985年结缘的"艾奥瓦老友"见面。习近平主席高度重视并亲自推动中美民间友好，海内外高度关注，深圳卫视派出采访组赴旧金山现场采访报道。

新媒体展示

使用手机扫描下方二维码，即可观看本条获奖作品的新媒体展示。

获奖理由

作品传播力强劲，社会反响热烈。作品于当晚在深圳卫视《直播港澳台》首播，收视率位列全国省级卫视同时段第5名；二次传播产生"刷屏"效应，在微博平台话题阅读量超过5800万，当天在百度相关搜索首页位列头条位置，并获凤凰网、观察者网、今日头条、腾讯、网易、搜狐等网络平台转载。

从延安到红旗渠

作品信息

作品类型：一等奖·新闻专题
原创单位：河南广播电视台
刊播单位：河南广播电视台
作　　者：集体
编　　辑：集体
作品时长：59 分
刊播栏目：河南广播电视台 新闻频道
刊播日期：2023 年 12 月 22 日

作品简介

该片分为"天地英雄气""自有后来人"上下两篇，以新时代的视角回望延安革命年代和红旗渠建设年代，寻访亲历者和见证者，记录奋进在中国式现代化建设征程上的生动实践，展现延安精神和红旗渠精神"历久弥新、永不过时"的时代价值，为建设中国式现代化、实现为中华民族伟大复兴凝聚精神力量。

获奖理由

作品以新时代新视角，以跨地域、跨时代的"双跨越"方式，展现共产党人精神谱系的伟大与崇高，映照平凡英雄的奉献与传承。以宏大主题融入故事化和电视化表达，实现情感和故事的双向奔赴，体现出很强的思想教育价值、文化传承价值、艺术审美价值和国际传播价值。

新媒体展示

使用手机扫描下方二维码，即可观看本条获奖作品的新媒体展示。

四天三夜,被困门头沟列车乘客大救援

作品信息

作品类型:一等奖·新闻专题
原创单位:北京广播电视台
刊播单位:北京广播电视台
作　　者:集体
编　　辑:集体
作品时长:17 分 45 秒
刊播栏目:北京新闻广播(FM94.5)《主播在线》
刊播日期:2023 年 8 月 4 日

作品简介

2023 年 7 月底,北京遭遇 140 年未遇的特大暴雨,山洪汹涌,冲毁路基,三趟列车上近 3000 名乘客被困门头沟山区,进退维谷。北京迅速组织力量展开陆空立体大救援,历时四天三夜,终于化险为安。这篇广播专题于 8 月 4 日早间播出,距离最后一批乘客获救仅过去 20 多个小时,是首篇全景式展现这场大救援的报道,视角独家,叙事有张力。

新媒体展示

使用手机扫描下方二维码,即可观看本条获奖作品的新媒体展示。

获奖理由

节目播出后,引发巨大反响。图文和音频版报道当天即被全网推送,后又被全国广电新媒体联盟推送。新浪微博话题♯列车大救援♯冲上同城热搜榜,总阅读量近 1000 万;话题 ♯救援 K396 的武警战士出发了♯登上热搜主榜,阅读量超过 500 万。听众纷纷留言点赞:"报道真挚平实、温暖动人,虽然洪水无情,但是一方有难,八方支援。"

独家:50部朝鲜战争电影揭露美国意图

📧 作品信息

作品类型:一等奖·新闻专题
原创单位:中央广播电视总台
刊播单位:中央广播电视总台
作　　者:集体
编　　辑:集体
作品时长:7分26秒
刊播平台:央视频客户端
刊播日期:2023年10月1日

💻 作品简介

2023年,是抗美援朝战争胜利70周年。在还原这段伟大斗争的过程中,报道团队发挥数字技术应用创新能力,运用大数据监测,捕捉美西方媒体歪曲历史真相的倾向,结合国庆对抗美援朝影视题材的热议,推出国内首个影像模态大数据调查专题报道。报道先破后立,结构化分析50部美国拍摄的朝鲜战争题材电影,拆解美西方错误叙事。

📶 获奖理由

该专题报道拓展了多模态大数据应用于新闻创作的形态和空间,创造了起底调查融合报道新模式。报道实现了计算机视觉、人工智能技术、开源信息挖掘等跨界跨领域的有效融合,开拓了以往传统报道中没有的视角,以色彩等画面元素为分析载体,令用户耳目一新,从而让用户获得了兼具内容独家性和视觉有效性的双重体验。

💬 新媒体展示

使用手机扫描下方二维码,即可观看本条获奖作品的新媒体展示。

诺　言

作品信息

作品类型：一等奖·新闻专题
原创单位：新华社
刊播单位：新华社
作　　者：集体
编　　辑：集体
作品时长：14分21秒
刊播平台：新华社客户端
刊播日期：2023年2月23日

作品简介

两会前夕，新华社推出时政微纪录片《诺言》，采用人物传记式纪录片的形式，将真实影像资料与写实风特效相融合，讲述习近平总书记一路走来，初心如磐、夙夜在公，矢志不渝将对人民的诺言一一实现的动人故事，生动展现总书记重信守诺的人格魅力。

新媒体展示

使用手机扫描下方二维码，即可观看本条获奖作品的新媒体展示。

获奖理由

作品采用明暗线相互交织的叙述方式，打破时空界限，既有感人至深的画面和故事，又有众多国内外政要、学者观点鲜明、独家鲜活的访谈内容，勾勒出过去十年间总书记带领中国取得历史性成就背后的故事，策划独到、主题鲜明、制作精良、传播广泛，是总书记报道话语创新的一次成功探索。

《通向繁荣之路》第一集 大道同行

作品信息

作品类型：一等奖·新闻纪录片
刊播单位：中央广播电视总台
报送单位：中央广播电视总台
作　　者：集体
编　　辑：集体
作品时长：52 分
刊播版面：CCTV-1 综合频道 特辟时段
首发日期：2023 年 10 月 11 日

作品简介

该片是按中央部署，中央广播电视总台与推进"一带一路"建设工作领导小组办公室联合摄制的纪录片。该片生动描摹"一带一路"从中国倡议走向国际实践，从愿景变为现实的宏大进程。

获奖理由

该片堪称兼具思想性和艺术性的扛鼎之作，全面梳理总结共建"一带一路"倡议提出十周年的重要进程和重大成果，展现共建"一带一路"倡议作为构建人类命运共同体重要实践平台的历史价值和现实意义。

新媒体展示

使用手机扫描下方二维码，即可观看本条获奖作品的新媒体展示。

白鹤之约

作品信息

作品类型：一等奖·新闻纪录片
刊播单位：江西广播电视台 都市频道
报送单位：江西广播电视台
作　　者：集体
编　　辑：袁进涛、金石明、许文兵
作品时长：49 分 10 秒
刊播版面：江西广播电视台都市频道 特辟时段
首发日期：2023 年 12 月 15 日

作品简介

本片真实呈现白鹤救助的第一现场，深度调研白鹤种群在我国的生存现状，通过实地探访和数据分析，拍摄记录了大量珍贵的反映白鹤生活习性的纪实影像，将白鹤个体跌宕起伏的命运与新闻性、科普性和艺术性有机统一。

新媒体展示

使用手机扫描下方二维码，即可观看本条获奖作品的新媒体展示。

获奖理由

作品主题鲜明，构思精巧，具有思想引领价值；内容真实，情感真挚，具有科学教育价值；制作精良，配乐出彩，具有艺术审美价值；传播广泛，富有实效性，具有国际传播价值。

"了不起的青春小店"系列报道

作品信息

作品类型:一等奖·系列报道
刊播单位:中国青年报社
报送单位:中国青年报社
作　者:集体
编　辑:集体
作品字数:10 081 字
刊播版面:04 版、01 版
首发日期:2023 年 5 月 19 日

作品简介

2023 年是改革开放 45 周年,在主题教育期间,《中国青年报》提倡大兴调查研究之风,开展了持续近一年的"了不起的青春小店"寻访调研,记录大时代浪潮中的青年创新创业力量。

获奖理由

该作品梳理了不同地域、不同领域的创业青年故事,展现了年轻一代创业者在经济发展大潮中的生存状态,也由此剖析出关于营商环境、创业就业政策、传统行业升级等更深层次的施政变化和社会变迁,兼具政治意义和时代价值。

新媒体展示

使用手机扫描下方二维码,即可观看本条获奖作品的新媒体展示。

隐形冠军

 作品信息

作品类型：一等奖·系列报道
刊播单位：中央广播电视总台
报送单位：中央广播电视总台
作　　者：集体
编　　辑：王磊、张棉棉
作品时长：8分42秒
刊播版面：中国之声《新闻纵横》栏目
首发日期：2023年8月1日

作品简介

作品精选多家高精尖特企业，以记者探访加观察的形式，聚焦关键创新成果、关注企业在成长历程中如何克服困难、迎来转机的故事，凸显中国经济的巨大发展动力、潜力和活力，增强社会各界对中国经济发展的信心。

新媒体展示

使用手机扫描下方二维码，即可观看本条获奖作品的新媒体展示。

获奖理由

作品主题重大，重点突出高精尖特企业在疫情转段后恢复生产和发展规划的新举措。系列报道生动鲜活，记者深入一线调研，节目形态各具特色。记者观察深入，系列报道调研扎实，娓娓道来，令人信服。

《总书记的回信》第二季

📧 作品信息

作品类型：一等奖·系列报道
刊播单位：河南广播电视台
报送单位：河南广播电视台
作　　者：集体
编　　辑：张斌、符军、杨亮
作品时长：9分24秒
刊播版面：河南广播电视台都市频道《都市报道》栏目
首发日期：2023年12月5日

💻 作品简介

《总书记的回信》系列在打造领袖故事新IP方向，迈出了重要的一步。该系列围绕习近平新时代中国特色社会主义思想，以"江山就是人民、人民就是江山"为核心主旨，充分展现了总书记与人民之间的鱼水情深。

📶 获奖理由

在党的二十大开局之年，《总书记的回信》第二季围绕"中国式现代化"这一关键词，精选十多年来的回信，从不同侧面揭示中国式现代化的科学内涵，在创作方面有着更为集中的讲述、更强的第一视角、更酷的表述方式。

💬 新媒体展示

使用手机扫描下方二维码，即可观看本条获奖作品的新媒体展示。

提奥的天鹅地图

作品信息

作品类型：一等奖·系列报道
刊播单位：山东广播电视台 综合广播频道
报送单位：山东广播电视台
作　　者：集体
编　　辑：原宝国、李献刚、翁平亚
作品时长：7分56秒
刊播版面：综合广播频道《山东新闻》
首发日期：2023年12月25日

作品简介

作品以法国留学生提奥寻找艺术展主题为切入点，从"沿黄追鸟"出发，通过留学生的视角探寻黄河流域生态保护和高质量发展的成效，通过提奥与沿黄非遗传承人的互动展现了中国优秀传统文化的魅力。

新媒体展示

使用手机扫描下方二维码，即可观看本条获奖作品的新媒体展示。

获奖理由

作品主题重大、立意新颖、故事动人、现场感强，深入贯彻习近平生态文明思想，以外国留学生视角创新性展示了黄河流域生态保护和高质量发展的新成就，是一组用心、用力生产的接地气、"冒热气"、有高度的好作品。

《百姓话思想》第三季

作品信息

作品类型：一等奖·系列报道
刊播单位：上观新闻
报送单位：解放日报社
作　　者：集体
编　　辑：集体
作品字数：1407 字
首发日期：2023 年 10 月 27 日

作品简介

采编团队在三个月时间里精心策划、精心选择案例，以"牢记嘱托 砥砺奋进"为主题，以鲜活故事和亲和语言，展现了上海把习近平总书记擘画的宏伟蓝图细化为施工图、高质量转化为实景画的生动实践。

获奖理由

作品以白描纪实风格，从微观视角切入，呈现上海在建设"五个中心"、强化"四大功能"、深化更高水平改革开放、推动高质量发展方面的不懈努力。系列视频在整体上立意高远，风格统一，语言亲和，叙述得体，制作精良。

新媒体展示

使用手机扫描下方二维码，即可观看本条获奖作品的新媒体展示。

特写：
"您认识这位年轻人吗？"

作品信息

作品类型：一等奖·新闻摄影
刊播单位：新华通讯社
报送单位：新华通讯社
作　　者：李学仁
编　　辑：集体
刊播版面：中文对外专线、新媒体专线（图片）、新华网—领导人专稿、县级融媒体专线、英文对外专线
首发日期：2023年11月16日

作品简介

在美国旧金山郊外的斐洛里庄园，习近平主席结束了同美国总统拜登的晤谈，出席拜登总统举行的宴会。记者捕捉到重要瞬间，随后前方编辑积极与领导机关负责同志沟通，最终促成这组鲜活生动的照片在发稿程序框架内安全播发。

新媒体展示

使用手机扫描下方二维码，即可观看本条获奖作品的新媒体展示。

获奖理由

画面语言生动有趣、可读性强，充分表现了大国领导人在国际政坛的风采和人性情怀。瞬间情节故事性强，反映了作者扎实的采访功底。这一现场细节瞬间意义重大，充满故事性，成为新华社独家佳作。

（杭州亚运会）男子个人花剑：中国队 陈海威晋级决赛

作品信息

作品类型：一等奖·新闻摄影
刊播单位：中国新闻社
报送单位：中国新闻社
作　　者：杜洋
编　　辑：张茵、张炜、毛建军
刊播版面：图片电讯通稿
首发日期：2023 年 9 月 24 日

作品简介

杭州第 19 届亚运会男子个人花剑比赛，于 2023 年 9 月 24 日在杭州电子科技大学体育馆举行，中国队陈海威战胜中国香港队蔡俊彦晋级决赛。记者在比赛现场用镜头记录下运动员飞身进攻的精彩瞬间。

获奖理由

记者凭着敏锐的观察力和快速的反应能力，抓取了击剑运动员在比赛中跃起反击的精彩瞬间。构图精美，用光准确，细节生动，动态十足。该图片播发后，被多家国内外媒体采用、转载。

新媒体展示

使用手机扫描下方二维码，即可观看本条获奖作品的新媒体展示。

丝路行旅图，带你穿越千年

作品信息

作品类型：一等奖·新闻漫画
刊播单位：人民日报社
报送单位：人民日报社
作　　者：集体
编　　辑：集体
刊播版面：人民日报微信公众号
首发日期：2023 年 10 月 17 日

作品简介

人民日报社新媒体中心推出工笔手绘长图《丝路行旅图》，描绘"一带一路"共建国家风土人情与十年建设成果，在手机端长约 26 屏，前后迭代 52 个版本，创制过程历时近 3 个月。

新媒体展示

使用手机扫描下方二维码，即可观看本条获奖作品的新媒体展示。

获奖理由

作品精准洞察年轻人对东方美学与中华优秀传统文化元素的喜爱，融入大量个体叙事和生活细节，连人物神情、衣服褶皱等都精心绘制。一个个具象的场景，在传递信息、彰显意义的同时，也与用户实现了情感共振和价值共识。

歌声起太行

作品信息

作品类型:一等奖·副刊作品
刊播单位:人民日报社
报送单位:人民日报社
作　　者:张健
编　　辑:集体
作品字数:12 366 字
刊播版面:要闻1版、要闻6版
首发日期:2023年2月13日

作品简介

作品是习近平总书记在河北阜平发出脱贫攻坚动员令十周年之际,社领导亲自布置、亲自指导、提前策划、重点打造的一项重大主题创作成果,折射汇聚全党全国之力打赢脱贫攻坚战的波澜壮阔的伟大历程。

获奖理由

该作品主题重大,立意高远,采访扎实,文风朴实,叙事平实,生动鲜活。它以"歌声"为红线,串起"初心之歌""奋斗之歌""信心之歌""青春之歌"四个故事,展现了阜平干部群众昂扬的奋斗精神和坚定的必胜信念。

新媒体展示

使用手机扫描下方二维码,即可观看本条获奖作品的新媒体展示。

鲁健访谈丨对话《流浪地球2》(上下集)

作品信息

作品类型:一等奖·新闻访谈
刊播单位:中央广播电视总台
报送单位:中央广播电视总台
作　　者:集体
编　　辑:集体
作品时长:52分
刊播频道:CCTV-4 中文国际频道《鲁健访谈》
首发日期:2023年3月17日

作品简介

节目上集聚焦中国科幻电影如何展示人类危机关头的中国智慧,首次独家呈现中国科学家助力科幻电影人的动人故事;下集聚焦中国电影产业如何探索本土工业化之路,中国电影人从计划学习好莱坞转变为全力靠自己。

新媒体展示

使用手机扫描下方二维码,即可观看本条获奖作品的新媒体展示。

获奖理由

该访谈节目立意高远、制作精良、叙事生动,访谈视角立体、丰富、多元。通过一部科幻电影的幕后故事,它不仅呈现了新时代中国科幻电影的成长和飞跃,更让人看到了背后强大的科技和国力支撑。

中国好儿女

作品信息

作品类型：一等奖·新闻访谈
刊播单位：黑龙江广播电视台（黑龙江省全媒体中心）
报送单位：黑龙江广播电视台（黑龙江省全媒体中心）
作　　者：集体
编　　辑：袁静
作品时长：21分10秒
刊播频道：新闻法治频道
首发日期：2023年7月27日

作品简介

2023年7月27日是抗美援朝战争胜利70周年纪念日。黑龙江广播电视台从2023年3月开始对本次访谈提前策划，在辽宁丹东、黑龙江虎林等地采访，"抢救性"实录了年龄大多在90岁以上的志愿军老战士。

获奖理由

在抗美援朝70周年这一重要的历史节点，作品呈现了一幅幅感人至深的英雄画卷。节目通过邀请亲历者、后代及相关专家，多角度、多层次地展现了那段峥嵘岁月。节目全媒体传播效果突出，为传承革命精神营造了良好舆论氛围。

新媒体展示

使用手机扫描下方二维码，即可观看本条获奖作品的新媒体展示。

杭州第 19 届亚运会开幕式直播

作品信息

作品类型:一等奖·新闻直播
刊播单位:中央广播电视总台
报送单位:中国广播电视社会组织联合会
作　者:集体
编　辑:集体
作品时长:2 时 9 分 39 秒
刊播频道:CCTV-5 体育频道
首发日期:2023 年 9 月 23 日

作品简介

2023 年 9 月 23 日,杭州亚运会开幕,这是中国举办的大型国际体育赛事。中央广播电视总台首担主转播,制作团队 6 月筹备、多次彩排,开幕式用 4K/8K 转播,以 AR、数字烟花、数实融合技术打造了震撼的视觉效果。

新媒体展示

使用手机扫描下方二维码,即可观看本条获奖作品的新媒体展示。

获奖理由

该直播节目尽显大型运动会开、闭幕式直播艺术与技术创新成果。镜头设计巧妙,视觉语言丰富,切换流畅精准,关键元素到位。节目全程运用 AR 技术,电子火炬手点火环节更是创新突破,视觉效果震撼惊艳。

Live: Latest developments in Palestinian-Israeli conflict on day eight
(第一现场火线直击:关注巴以冲突现场报道)

作品信息

作品类型:一等奖·新闻直播
刊播单位:中国国际电视台
报送单位:中国广播电视社会组织联合会
作　　者:集体
编　　辑:集体
作品时长:1时34分50秒
首发日期:2023年10月14日

作品简介

2023年10月巴以冲突升级,西方媒体报道偏颇,社交平台成为舆论战场。总台CGTN推出直播,打破西方单一报道局面,邀请嘉宾分析,综合多方信息,多视角直击冲突核心,呈现真实危机现场,引发对和平的思考。

获奖理由

该作品打破西方媒体单一报道局面,破除"话语霸权",多视角直击巴以冲突核心,挖掘前线资源,展现真实危机,引发对和平的思考,用国际化表达传递中国立场,彰显媒体担当,引导舆论走向。

新媒体展示

使用手机扫描下方二维码,即可观看本条获奖作品的新媒体展示。

(亚洲共此时)2023年9月23日《浙江新闻联播》

作品信息

作品类型：一等奖·新闻编排
刊播单位：浙江广播电视集团
报送单位：中国广播电视社会组织联合会
作　　者：集体
编　　辑：集体
作品时长：28分
刊播频道：浙江卫视《浙江新闻联播》
首发日期：2023年9月23日

作品简介

杭州亚运会是党的二十大后我国举办的大型国际体育赛事，习近平总书记非常重视，浙江卫视围绕"亚洲共此时"主题，通过多样化形式展现赛事筹备、特色亮点和开幕盛况，呈现杭州亚运会的历史意义、时代背景及体育魅力。

新媒体展示

使用手机扫描下方二维码，即可观看本条获奖作品的新媒体展示。

获奖理由

作品聚焦十九届亚运会开幕式报道，选题精准，传播逻辑清晰，借多元形式，含独家采访，层层递进传递其重要影响力，叙事结合实地画面与观众反馈，融入杭州文化等，展现热烈氛围，体现相关价值观与奥运精神。

陕西日报
2023年5月20日 4—5版

✉ 作品信息

作品类型：一等奖·新闻编排
刊播单位：陕西日报社
报送单位：中国新闻漫画研究会
作　　者：龚凌燕、辛刚
编　　辑：王睿、陈丹
作品字数：5032字
刊播版面：《陕西日报》4—5版
首发日期：2023年5月20日

💻 作品简介

2023年5月20日，《陕西日报》借首届中国—中亚峰会报道给出地方党报国际会议在地化报道答案。以长安号为切入点，邀六国人士和外媒记者讲故事，版面以"桥"为理念，设计精巧，展现六国合作，立意深远。

🔊 获奖理由

该版面主题突出，以一列奔驰在桥上的中欧班列长安号为视觉中心，清晰提炼内容，全景呈现峰会背景，寓意深刻，冲击力强。内容软硬结合，结构明快连贯，兼具新闻与思想性，编排精巧，尽显编辑功力。

💬 新媒体展示

使用手机扫描下方二维码，即可观看本条获奖作品的新媒体展示。

解放日报
2023年11月30日2版 要闻

作品信息

作品类型:一等奖·新闻编排
刊播单位:解放日报社
报送单位:中国新闻漫画研究会
作 者:周扬清、范志睿、张看
编 辑:倪佳
作品字数:2212字
刊播版面:《解放日报》2版 要闻
首发日期:2023年11月30日

作品简介

2023年11月30日,习近平总书记在上海召开长三角一体化发展座谈会。《解放日报》当天在2版整版刊发习近平17年来相关指示"金句",梳理关键节点与重要指示,版面搭配地标手绘等,见证长三角发展成果。

新媒体展示

使用手机扫描下方二维码,即可观看本条获奖作品的新媒体展示。

获奖理由

在长三角一体化发展座谈会召开当天,该版面梳理呈现了2007年以来习近平总书记对长三角一体化发展的思考探索,体现党报编辑对选题的把控。版面从上海着眼沪苏浙皖,手绘与文字结合,内容形式融合,精巧大气。

第一观察

作品信息

作品类型：一等奖·新闻专栏
刊播单位：新华社客户端
报送单位：中国记协新媒体专业委员会
作　　者：集体
编　　辑：集体
作品字数：3519 字
创办日期：2020 年 1 月 22 日

作品简介

《第一观察》是新华社高端时政融媒体栏目，以独特视角、深度分析和清新风格，阐释习近平总书记治国理政理念。主创团队借独家发掘瞬间解读，以见微知著视角实现内容与传播价值统一，推出众多独到报道，已发布 417 个原创报道。

获奖理由

该专栏是解读习近平总书记治国理政思想与实践的融媒体栏目，以独特视角、深度分析、清新表达阐释理念思想战略。多篇报道独家呈现，彰显原创力与影响力，提升时政新闻传播，引领"核心报道"，值得品味借鉴。

新媒体展示

使用手机扫描下方二维码，即可观看本条获奖作品的新媒体展示。

学习小组

作品信息

作品类型：一等奖·新闻专栏
刊播单位：人民日报海外网
报送单位：中国记协新媒体专业委员会
作　　者：集体
编　　辑：龚雯、杨凯、张远晴
作品字数：2600字
创办日期：2014年2月28日

作品简介

《学习小组》是央媒最早解读习近平总书记重要讲话、报道其重要活动的新媒体专栏，创办10年来创新不断。它思想求深、风格重实、创意谋巧、平台相融，发稿4600余篇次，阅读量55亿次，已成为头部新媒体品牌。

新媒体展示

使用手机扫描下方二维码，即可观看本条获奖作品的新媒体展示。

获奖理由

该专栏融合思想深度与灵动叙述、丰富形态，不断创新传播形式，多平台、多渠道发力，推出众多特色报道，传播效果良好。作为舆论场里上连党心、下接民心的"轻骑兵"，它有效推动了习近平新时代中国特色社会主义思想深入人心、落地生根。

World Watch
(世界观察)

作品信息

作品类型：一等奖·新闻专栏
刊播单位：中国日报社
报送单位：中国报纸副刊研究会
作　　者：集体
编　　辑：文综铎、苏强、王晓东
作品字数：1935 字
刊播周期：每周 5 期
创办日期：2019 年 1 月 2 日

作品简介

《世界观察》是《中国日报》国际版头版言论专栏，周一至周五刊发。依托海外分社和智库人脉，组建了 500 多位国际撰稿人队伍。2023 年刊发 250 篇文章，外国政要及专家围绕热点发声，紧跟时事，破立结合，传播中国主张。

获奖理由

《中国日报》依托其强大的国际撰稿人队伍，推出《世界观察》栏目，借外嘴说话，回应传播中国立场主张，引导国际舆论；约请国际知名政要、学者撰稿，影响"有影响力的人"，在创新话语体系和精准传播上实践成效显著。

新媒体展示

使用手机扫描下方二维码，即可观看本条获奖作品的新媒体展示。

金视角

 作品信息

作品类型:一等奖·新闻专栏
刊播单位:经济日报社
报送单位:中国报纸副刊研究会
作　　者:集体
编　　辑:集体
作品字数:1589字
刊播周期:每周6期左右
创办日期:2021年8月5日

作品简介

近年来,《经济日报》坚持"评论立报",实现"版版有评论"。重点打造的《金视角》栏目聚焦经济热点,覆盖多领域。编委会高度重视该专栏打造,2023年刊发273篇,特色鲜明,重视全媒体推广,多平台传播并转化为视频。

新媒体展示

使用手机扫描下方二维码,即可观看本条获奖作品的新媒体展示。

获奖理由

《金视角》栏目是"评论立报"的重要阵地,政治站位高,宣传阐释习近平经济思想;专业水准高,聚焦热点准确研判;坚持问题导向,思想性和预警性强;文风清新,短小精悍,说服力强;社会效果好,舆论引导作用显著。

玉渊谭天

作品信息

作品类型：一等奖·新闻专栏
刊播单位：央视网
报送单位：中国记协新媒体专业委员会
作　　者：集体
编　　辑：张勤、吴龙海、郑天皓
作品字数：8148字
创办日期：2019年4月6日

作品简介

2019年中美经贸摩擦升级时，中央广播电视总台推出首个原生融媒体品牌栏目《玉渊谭天》。它紧扣时代命题，聚焦国家核心利益议题，推出诸多爆款，锻造五大竞争力，布局多元产品矩阵，以数字化精准传播，为中国媒体平视世界提供实践。

获奖理由

该栏目作为传播国家主流声音的"轻骑兵"，探索数字化、智能化创新传播路径，产出多形态爆款产品，成为全球媒体焦点信源，有效触达境外多方，在锻造国际传播力、设置舆论议程上发挥引领开创作用。

新媒体展示

使用手机扫描下方二维码，即可观看本条获奖作品的新媒体展示。

向前一步

作品信息

作品类型:一等奖·新闻专栏
刊播单位:北京广播电视台
报送单位:中国广播电视社会组织联合会
作　　者:集体
编　　辑:集体
作品时长:2时4分30秒
刊播周期:每周一期
创办日期:2018年6月29日

作品简介

《向前一步》是北京广播电视台自主研发的新闻品牌栏目,贯彻总书记讲话精神,深度参与基层治理,破解300余个治理难题,惠及390万人次,首创多种模式、提出众多"北京方案",多次参与重大新闻报道。

新媒体展示

使用手机扫描下方二维码,即可观看本条获奖作品的新媒体展示。

获奖理由

《向前一步》是北京"接诉即办'电视版'",从民生难题切入,在问题现场设录制,营造"官民对话"场,以"精治共治法治"模式解难题,是"枫桥经验"样板。节目借直播互动,挖掘故事情感,传播力强。

今　晚

📧 作品信息

作品类型：一等奖·新闻专栏
刊播单位：上海广播电视台
报送单位：中国广播电视社会组织联合会
作　　者：集体
编　　辑：集体
作品时长：40 分 4 秒
刊播周期：每周一至周五
创办日期：2019 年 1 月 1 日

💻 作品简介

2019 年 1 月东方卫视推出《今晚 60 分》，次年 3 月改版为《今晚》。栏目秉持"全球视野、中国立场"，聚焦时政新闻，以快速反应、深度解析、专业评论为特色。近年来深度探索媒体融合，多平台直播，形成矩阵产出爆款。

📡 获奖理由

作品坚持正确的政治方向、舆论导向、价值取向，积极发声，主动引导，紧贴时代脉搏，展现中国立场；内容丰富，涵盖领域广泛，满足观众多元信息需求。节目以深度报道为基础、专业评论为特色，探索媒体转型，创新融合传播，提升效能。

💬 新媒体展示

使用手机扫描下方二维码，即可观看本条获奖作品的新媒体展示。

新华时论

作品信息

作品类型:一等奖·新闻专栏
刊播单位:新华日报社
报送单位:中国报纸副刊研究会
作　　者:集体
编　　辑:双传学
作品字数:2698字
刊播周期:每周3—4篇
创办日期:2006年10月10日

作品简介

2006年10月,新华日报社创办《新华时论》言论专栏,至今已坚持18年,每年刊发近200篇评论,9篇获中国新闻奖。它特色鲜明,围绕重大问题及时发声,社会影响力强。2023年,栏目在多方面发力,影响进一步扩大。

新媒体展示

使用手机扫描下方二维码,即可观看本条获奖作品的新媒体展示。

获奖理由

《新华时论》是新华日报社经营了18年的言论品牌栏目,选题聚焦政治、经济、社会重大问题,表达注重向"深""新"发力,"时""论"并举,特色鲜明。其长期围绕热点发声,体现党报思想、立报恒心,彰显评论的独特价值。

一等奖

亲　历

作品信息

作品类型：一等奖·新闻专栏
刊播单位：浙江日报社
报送单位：中国报纸副刊研究会
作　　者：集体
编　　辑：集体
作品字数：7325 字
刊播周期：每周 1 至 3 次
创办日期：2019 年 1 月 1 日

作品简介

浙江日报社为践行"四力"、转作风改文风，打造《亲历》专栏 5 年，推动采编人员深入基层，围绕中心工作采写大量优秀新闻。截至 2023 年年底，专栏共推出 466 期，特点是永远在现场、新闻"新鲜"、传播"出圈"，采用融媒体报道多渠道推送。

获奖理由

"走转改"活动对采编人员践行"四力"、转变文风意义重大，《亲历》栏目堪称范例。栏目通过沉浸式体验，展示创新实践，具有较强的可读性和感染力。结合融媒体形式，通过多渠道传播，提升了作品的影响力与传播力。

新媒体展示

使用手机扫描下方二维码，即可观看本条获奖作品的新媒体展示。

第一眼

作品信息

作品类型:一等奖·新闻专栏
刊播单位:大武汉客户端
报送单位:中华全国新闻工作者协会新媒体
　　　　　专业委员会
作　　者:集体
编　　辑:王其恒、刘慧、张颖
作品时长:39秒
首发日期:2022年7月15日

作品简介

《第一眼》短视频专栏以武汉城市瞬间展现英雄形象,聚合公共服务视频资源,发动用户参与,提炼新闻故事,通过共情传播提升触达率,实现有效引导,彰显主流媒体价值。

新媒体展示

使用手机扫描下方二维码,即可观看本条获奖作品的新媒体展示。

获奖理由

《第一眼》联动公共服务单位,发动市民记录凡人义举,以小见大讲述感人故事,彰显专业实力。注重共情传播,强化互动,推动正能量传播,营造积极的社会氛围,成就独特的传播效果。

"爆款长红"的探索与思考

作品信息

作品类型：一等奖·新闻业务研究
刊播单位：《新闻战线》编辑部
报送单位：人民日报社
作　　者：董阳
编　　辑：陈利云
作品字数：3955字
刊播版面：2023年4月（上）
首发日期：2023年4月15日

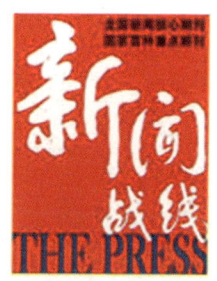

作品简介

《两会艺览》栏目凭借内涵驱动、技术升维、矩阵传播，四年长红，总流量超25亿，《人民日报》以此探索文艺融合报道，创新机制聚合资源，打造新闻产品品牌，助力媒体深度融合。

获奖理由

作品聚焦"主流文艺宣传如何建功主阵地"这一课题，案例分析深入，规律总结到位，展现了思考深度和实践效度，对深入学习贯彻习近平文化思想、做好主流文艺宣传进行有益探索，对文艺界和新闻界做好相关工作具有启发意义。

新媒体展示

使用手机扫描下方二维码，即可观看本条获奖作品的新媒体展示。

主力军全面挺进主战场
构建媒体深度融合新生态

作品信息

作品类型：一等奖·新闻业务研究
刊播单位：传媒杂志社
报送单位：江西省新闻工作者协会
作　　者：集体
编　　辑：陈琦
作品字数：9973字
刊播版面：媒体融合
首发日期：2023年8月25日

作品简介

在我国媒体融合进入攻坚期、面临体制机制挑战之际，江西广播电视台通过广泛调研，发现深度融合存在的问题，提出重构组织、再造流程、强化技术、优化考核等对策，旨在推动媒体全面挺进主战场，构建新生态。

新媒体展示

使用手机扫描下方二维码，即可观看本条获奖作品的新媒体展示。

获奖理由

文章以问题导向，深入剖析传统主流媒体融合的痛点，提出实用性建议；数据翔实，观点鲜明，逻辑性强，为理论界和实务界提供启示；在宏观视野下，前瞻性探讨媒体融合未来、总结经验规律，具有指导意义。

人民的选择

——写在习近平同志全票当选国家主席、中央军委主席之际

📧 作品信息

作品类型：一等奖·重大主题报道
刊播单位：人民日报社
报送单位：人民日报社
作　　者：杜尚泽、李建广、王昊男
编　　辑：集体
作品字数：8183 字
刊播版面：要闻 1 版转要闻 6 版
首发日期：2023 年 3 月 11 日

💻 作品简介

文章在习近平总书记全票当选国家主席之际刊发，通过 30 多个故事，细腻记录历史时刻，深情展现总书记的人民情怀，反映全民爱戴拥护，彰显其当选为众望所归。文章生动展现了新时代成就，引发广泛关注。

📶 获奖理由

文章高屋建瓴，深情展现总书记的人民情怀，反映全民拥护之情；通过生动的故事，将思想融入情节，文风朴实细腻，增强感染力。红色版面设计凸显政治意义，彰显民心所向，具有强烈的引领力和传播效果。

💬 新媒体展示

使用手机扫描下方二维码，即可观看本条获奖作品的新媒体展示。

人民江山

作品信息

作品类型:一等奖·重大主题报道
刊播单位:新华通讯社
报送单位:新华通讯社
作 者:集体
编 辑:集体
作品字数:7379字
首发日期:2023年2月26日

作品简介

新华社长篇通讯《人民江山》创新报道模式,多维度阐释总书记"江山就是人民"的理念,语言灵动大气,情感寓于故事,展现总书记情怀,体现新华社报道话语创新的探索与实践。

新媒体展示

使用手机扫描下方二维码,即可观看本条获奖作品的新媒体展示。

获奖理由

此稿以鲜明的政治站位、宽广的历史视野、缜密的逻辑思维、创新的叙事手法,深刻阐释了"江山就是人民,人民就是江山"的时代内涵。稿件结构创新,语言灵动大气,通过浅近朴实的表达,将总书记的人民情怀娓娓道来,效果直抵人心。

以中国式现代化全面推进中华民族伟大复兴
——习近平总书记今年以来治国理政纪实

 作品信息

作品类型：一等奖·重大主题报道
刊播单位：中央广播电视总台
报送单位：中央广播电视总台
作　　者：集体
编　　辑：集体
作品时长：26分17秒
刊播版面：CCTV-1综合频道《新闻联播》栏目
首发日期：2023年8月2日

作品简介

系列报道全面梳理习近平总书记上半年治国理政实践，围绕中国式现代化主题，通过五集新闻专题，从五个维度深入报道，主创团队全流程协作，三集在《新闻联播》头条播出，两集次头条播出。

获奖理由

该组系列报道既有宏阔的高度立意，又有突出电视特点的生动表达，充分展现习近平总书记的治国理政智慧、战略定力、魄力担当和大国领袖魅力风采，充分体现了总台新闻报道的专业性、权威性、思想性。

新媒体展示

使用手机扫描下方二维码，即可观看本条获奖作品的新媒体展示。

"全面深入学习贯彻习近平强军思想"系列评论员文章

作品信息

作品类型:一等奖·重大主题报道
刊播单位:《解放军报》
报送单位:解放军新闻传播中心
作　者:集体
编　辑:辛士红、桑林峰、孙阳
作品字数:21 784 字
刊播版面:一版
首发日期:2023 年 8 月 2 日

作品简介

2022 年 12 月,习近平主席对新时期党的强军思想进行系统阐发,提出"十一个明确",指引强军目标与方略。解放军报推出 13 篇评论员文章,深入解读习近平强军思想,论述强军兴军的关键问题,逻辑严密,阐释透彻,助力官兵学习领会。

新媒体展示

使用手机扫描下方二维码,即可观看本条获奖作品的新媒体展示。

获奖理由

该系列评论聚焦重大主题,全面深入阐释习近平强军思想,注重理论性、实践性与指导性相统一,政治性、思想性、新闻性强。

万桥飞架
——山水间的人类奇迹

作品信息

作品类型：一等奖·重大主题报道
刊播单位：贵州广播电视台、上海广播电视台、北京广播电视台、湖南广播电视台、浙江广播电视集团、江苏省广播电视总台
报送单位：贵州省新闻工作者协会
作　　者：集体
编　　辑：哈思挺、刘敬源、陈曦
作品时长：120分
刊播版面：贵州卫视、东方卫视《万桥飞架——山水间的人类奇迹》
首发日期：2023年9月26日

作品简介

《万桥飞架——山水间的人类奇迹》是一部4集纪录片，联合贵州、上海媒体制作，深入展现贵州桥梁建设历史与脱贫攻坚成就。摄制组走访30个县市区，记录27座桥梁，采访60余人，生动展现贵州发展，弘扬中国奋斗精神，映照中国现代化进程。

获奖理由

该作品由贵州广播电视台与上海文化广播影视集团联合打造，以贵州桥梁为载体，双线叙事展现桥梁建筑与脱贫攻坚奇迹，深刻描绘贵州精神群像，凸显中国人民自力更生、奋发图强的精神风貌，是一部立意高远、制作精良、叙事精准的佳作。

新媒体展示

使用手机扫描下方二维码，即可观看本条获奖作品的新媒体展示。

互动视频｜
跨越35年的"双向奔赴"

作品信息

作品类型：一等奖·重大主题报道
刊播单位：福建发布微信公众号
报送单位：福建省新闻工作者协会
作　　者：集体
编　　辑：郑建武、郑溦、罗亨钦
作品时长：14分32秒
首发日期：2023年11月19日

作品简介

《跨越35年的"双向奔赴"》通过五次深入宁德霞浦，采用视频互动技术，让观众深度参与探索"四下基层"制度的生命力。作品带领观众回顾制度起源，体验35年来的坚持与创新，通过真实故事展现制度的传承与时代价值，具有深刻感染力。

新媒体展示

使用手机扫描下方二维码，即可观看本条获奖作品的新媒体展示。

获奖理由

《跨越35年的"双向奔赴"》以新媒体形式成功探索重大主题报道，生动展现福建党员干部传承"四下基层"制度，创新传播手段，通过沉浸式体验增强趣味性和参与感，扎实采访传递鲜活故事，架起干群"连心桥"，具有重要传播价值。

一等奖

A decade of BRI: From vision to reality
("一带一路"十周年:从"大写意"到"工笔画")

📧 作品信息

作品类型:一等奖·国际传播
刊播单位:人民日报英文客户端
报送单位:中华全国新闻工作者协会评奖办
作　　者:集体
编　　辑:集体
作品字数/时长:112字;2分24秒
首发日期:2023年10月16日

💻 作品简介

《"一带一路"十周年:从"大写意"到"工笔画"》是人民日报英文客户端推出的微视频,以中西合璧的美学风格和三维动画技术,诗意展现十年共建成果,凸显中国特色与各国地标,生动诠释"一带一路"的宏伟蓝图与实际效益。

🔊 获奖理由

该作品以中西合璧的美学风格,运用三维动画技术,展现"一带一路"旗舰工程,呈现其带来的实际好处,成功突破西方冲突性叙事,为"一带一路"传播话语体系建设提供了创新尝试。

💬 新媒体展示

使用手机扫描下方二维码,即可观看本条获奖作品的新媒体展示。

东西问

作品信息

作品类型：一等奖·国际传播
刊播单位：中国新闻网
报送单位：中华全国新闻工作者协会评奖办
作　　者：集体
编　　辑：集体
作品字数：4235字
首发日期：2020年12月31日

作品简介

中新社《东西问》专栏自2020年年底创办，聚焦文明交流，挖掘中国文化，引导全球受众理解中国；以学理型报道丰富话语，融合媒体形式，专访1626位专家，发稿超2024篇，网络阅读超30亿次，品牌化推动智库建设，深度阐释中国现代化等重大主题。

新媒体展示

使用手机扫描下方二维码，即可观看本条获奖作品的新媒体展示。

获奖理由

《东西问》专栏以深度报道和高端访谈，挖掘中国文化基因，全面展示当代中国，聚焦重大问题，创新学理探讨，传播力广泛，有效推动中西文明交流，具有重要的国际传播意义。

"新华社五论中美关系"系列评论

作品信息

作品类型：一等奖·国际传播
刊播单位：新华通讯社
报送单位：中华全国新闻工作者协会评奖办
作　　者：集体
编　　辑：集体
作品字数：6735字
刊播版面：新华社通稿
首发日期：2023年11月9日

作品简介

新华社在中美元首旧金山会晤前播发系列评论，围绕中美关系重要论述，厘清关系变与不变，传达中方改善关系诚意，指出美方责任，展现战略定力，有效引导国内外舆论，为元首会晤营造积极氛围，体现理性引导和斗争艺术。

获奖理由

"新华社五论中美关系"系列评论，精准指出改善中美关系的关键，顺应世界潮流，及时发出中国声音，贯彻对美外交战略，观点清晰、逻辑严谨、语言精练，易于传播与接受。

新媒体展示

使用手机扫描下方二维码，即可观看本条获奖作品的新媒体展示。

Nation's Export Curbs on Key Semiconductor Materials Seen As Fair
（中国对关键半导体材料的出口限制符合公平、公正原则）

作品信息

作品类型：一等奖·国际传播
刊播单位：《中国日报》国际版
报送单位：中华全国新闻工作者协会评奖办
作　　者：马思
编　　辑：刘巍枫、安百杰
作品字数：515字
刊播版面：3版
首发日期：2023年7月6日

作品简介

面对美国芯片出口管制，中国对镓、锗实施出口管制引发全球关注。记者及时采访权威人士，阐明中国举措法理依据，指出美方行为源于对中国崛起的担忧，强调经济学倡导合作共赢，有效回应外媒质疑。

新媒体展示

使用手机扫描下方二维码，即可观看本条获奖作品的新媒体展示。

获奖理由

报道巧妙借三位权威人士之口，以确凿事实和精确数据，有力回击美方双标行为，有效掌握议题话语权，全文仅500余英文单词，简练而富有影响力，成功引发国际关注。

出海记·走进非洲

作品信息

作品类型：一等奖·国际传播
刊播单位：新湖南客户端
报送单位：中华全国新闻工作者协会评奖办
作　　者：集体
编　　辑：李伟锋、周月桂、刘建光
作品时长：23分56秒
首发日期：2023年6月19日

作品简介

《出海记·走进非洲》报道在"一带一路"10周年之际推出，记录湖南与非洲的合作故事，展示命运共同体构建。记者深入非洲六国，以杂交水稻等为例，生动报道中非合作成果，全媒体形式获超10亿次阅读，提升了国际传播效果。

获奖理由

《出海记·走进非洲》系列报道生动展示了中非合作成果，深入挖掘合作内涵，以杂交水稻等实例贴近实际，采用全媒体形式创新传播，国内外反响热烈，有效提升了湖南乃至中国国际形象。

新媒体展示

使用手机扫描下方二维码，即可观看本条获奖作品的新媒体展示。

Israel-Palestine Conflict
(战地纪实：巴以一线报道)

作品信息

作品类型：一等奖·国际传播
刊播单位：中央广播电视总台
报送单位：中华全国新闻工作者协会评奖办公室
作　　者：集体
编　　辑：集体
作品时长：8分51秒
刊播版面：CGTN英语频道《今日世界》
首发日期：2023年10月23日

作品简介

团队深入采访了死难者家属、焦急的医生以及陷入生活困境的平民，更用镜头真实记录了加沙地区严峻的人道主义形势。每批次的报道团队都在当地停留月余，对战况、人质交换、隔离墙、西岸定居点等焦点话题进行深入报道。

新媒体展示

使用手机扫描下方二维码，即可观看本条获奖作品的新媒体展示。

获奖理由

CGTN记者团队深入战地一线，采制独家声音，制作独家内容，用镜头多视角、多维度、多层面记录新一轮巴以冲突爆发后的真实场景；有效引领了国际舆论的话语走向，展现了重大新闻事件的报道能力和国际传播力。

伊莎白——
我的选择是中国

作品信息

作品类型：一等奖·典型报道
刊播单位：央视纪录频道/四川卫视
报送单位：四川省新闻工作者协会
作　　者：集体
编　　辑：高松、张政、杜春雨
作品时长：49 分 59 秒
刊播版面：央视纪录频道《特别呈现》、四川
　　　　　卫视 特别编排
首发日期：2023 年 12 月 15 日

作品简介

该片是首部关于伊莎白生平的纪录片，是迄今为止关于伊莎白人生最为丰富完整的影像作品。主创团队通过近十年的跟踪拍摄记录，积累了大量珍贵影像，以平实质朴的叙事语态，展现了一个外籍友人对中国一往情深的热爱。

获奖理由

作品选材典型，人物故事具有很强的代表性和鲜明的现实价值。其叙事流畅自然，影像真实生动，既有历史的厚重感，又有鲜活的时代气息。从一个外国人的人生选择这一独特视角出发，作品生动体现了人类命运共同体的价值理念。

新媒体展示

使用手机扫描下方二维码，即可观看本条获奖作品的新媒体展示。

先 生

作品信息

作品类型:一等奖·典型报道
刊播单位:中央广播电视总台
报送单位:中央广播电视总台
作　　者:集体
编　　辑:樊新征、张棉棉
作品时长:44分35秒
刊播版面:中国之声《新闻纵横》栏目
首发日期:2023年9月29日

作品简介

《先生》以新闻系列报道的形式,对这些大师们的精彩人生进行了白描式的记录,充分体现了他们"将深沉的家国情怀根植于血脉之中"的高洁品德,通过讲述老先生们为祖国鞠躬尽瘁、奉献终生的经历,串联起共和国的辉煌发展历程。

新媒体展示

使用手机扫描下方二维码,即可观看本条获奖作品的新媒体展示。

获奖理由

报道对平均年龄87岁的10位行业领军人物进行深入采访,记录下他们为国奋斗、坚守理想的故事,留存下珍贵的声音档案。报道既形成了记录新中国发展的重要历史资料,也是对青年一代最好的激励,具有很高的历史价值和重要的现实意义。

丝路上的中国医生

作品信息

作品类型：一等奖·典型报道
刊播单位：湖南广播电视台
报送单位：湖南省新闻工作者协会
作　　者：集体
编　　辑：集体
作品时长：24分04秒
刊播版面：湖南卫视18点节目带
首发日期：2023年10月18日

作品简介

湖南卫视新闻中心于2023年9月派出五路记者，分别前往塞拉利昂、尼泊尔、摩洛哥、坦桑尼亚、东帝汶五个国家的援外医疗一线采访报道，记录中国援外医疗队在异国他乡救死扶伤的故事。

获奖理由

节目从共建"一带一路"宏大命题、中国援外医疗60年历史以及不同国家中国援外医疗队援助的事实中，深挖细节、以情动人，节目做到以小见大，见微知著，多维度地丰富了国家形象构建内涵，是一次成功且有益的创新尝试。

新媒体展示

使用手机扫描下方二维码，即可观看本条获奖作品的新媒体展示。

"候鸟教授"团队:攥牢"红莲稻"种 心怀农业"中国芯"

作品信息

作品类型:一等奖·典型报道
刊播单位:长江云新闻客户端
报送单位:湖北省新闻工作者协会
作　　者:集体
编　　辑:集体
作品时长:6分33秒
首发日期:2023年11月4日

作品简介

新闻团队多年来持续记录朱英国院士及其团队在湖北仙桃、湖北罗田、广西南宁和海南三亚开建基地,进行水稻功能基因研究、水稻种植创新与新品种培育的情况,生动描绘了他们每年如候鸟般往返多地,研究"红莲稻"的情景。

新媒体展示

使用手机扫描下方二维码,即可观看本条获奖作品的新媒体展示。

获奖理由

作品主题重大,人物典型。种子是农业的"芯片",连着"国之大者"。作品内容丰富,细节生动。新闻团队通过多年蹲点田间地头,独家拍摄了大量真实鲜活的珍贵素材,制作精良,反响强烈,展示了其良好的选题策划、编辑制作和节目创新能力。

"部分中小学生课间10分钟被约束现象调查"系列报道

作品信息

作品类型：一等奖·舆论监督报道
刊播单位：新华通讯社
报送单位：新华通讯社
作　　者：集体
编　　辑：集体
作品字数：3722字
刊播版面：新华通讯社
首发日期：2023年10月31日

作品简介

报道由新华社5个分社合作采写，聚焦群众关心的话题，调研区域覆盖东北、华北、西北、西南和华南，采访了老师、家长和学生等相关群体，收集典型案例，深入剖析此现象产生的原因，并提出了具有针对性和可行性的建议。

获奖理由

记者深入采访践行"四力"，聚焦社会热点话题，反映社会中存在的不合理现象，说出民众的心声，引起教育部权威回应，有效引导舆论。该系列报道有效发挥了媒体舆论监督的职能，彰显了记者的担当和社会责任感。

新媒体展示

使用手机扫描下方二维码，即可观看本条获奖作品的新媒体展示。

填坑？挖坑！

作品信息

作品类型：一等奖·舆论监督报道
刊播单位：中央广播电视总台
报送单位：中央广播电视总台
作　　者：集体
编　　辑：孙杰、王惠莉
作品时长：15分59秒
刊播版面：CCTV-13新闻频道《焦点访谈》栏目
首发日期：2023年5月23日

作品简介

记者调查发现，在离北京200多公里的河北省遵化市，当地政府安排的一家企业以"砂坑回填"项目为幌子，行非法盗采矿产之实。在长达8年的时间里，矿坑不仅没有被填平，反而越"填"越大，矿越采越多，生态环境破坏得越来越严重。

新媒体展示

使用手机扫描下方二维码，即可观看本条获奖作品的新媒体展示。

获奖理由

节目选题上接"天线"，以习近平生态文明思想为指导，体现了国家意识形态重镇名牌栏目的政治意识和大局意识；下接地气，以维护公众利益促进社会公平正义为宗旨，贴近群众切身利益，是舆论监督报道的精品力作。

一颗老鼠头为何要省级调查组才能查清？

作品信息

作品类型：一等奖·舆论监督报道
刊播单位：侠客岛微博账号
报送单位：人民日报社
作　　者：集体
编　　辑：集体
作品字数：379 字
首发日期：2023 年 6 月 17 日

作品简介

侠客岛微博根据最新的权威调查结果，推出微评直指"鼠头鸭脖"事件不仅是食品安全问题，更反映出有关部门单位不作为、懒作为，遇到舆情就和稀泥、"堵捂瞒"，把小事拖大、矛盾上交，浪费大量行政资源，更损害了公信力。

获奖理由

侠客岛对"鼠头鸭脖"事件的报道反应迅捷、把握稳妥、观点深刻，小微评迸发正能量、带来大流量。面对社会热点，"舆论场轻骑兵"没有失语和缺位，舆论引导效果明显，展现了党中央机关报新媒体的责任担当与专业水准。

新媒体展示

使用手机扫描下方二维码，即可观看本条获奖作品的新媒体展示。

风雨落坡岭

作品信息

作品类型:一等奖·融合报道
刊播单位:人民日报客户端
报送单位:中华全国新闻工作者协会新媒体专业委员会
作　者:集体
编　辑:集体
作品时长:12分02秒
首发日期:2023年8月11日

作品简介

2023年夏季华北极端降雨突发引发洪涝灾害,K396次列车从被困落坡岭站到平安脱险的过程牵动人心。人民日报社新媒体中心推出视频,完整记录了列车105个小时脱险全程,真实呈现了风雨来袭时守望相助、万众一心的伟大力量。

新媒体展示

使用手机扫描下方二维码,即可观看本条获奖作品的新媒体展示。

获奖理由

作品源自一线,突出第一视角、第一现场,以被困旅客、列车乘务员、救援队员等亲历者视角,完整记录了K396次列车因洪涝灾害被困落坡岭站后105个小时的脱险全程。内容素材主体来自现场亲历者提供的视频,搭配人物自述,具有很强的感染力。

顶级实验室 | 在地下 700 米捕捉宇宙中的"幽灵粒子"

作品信息

作品类型：一等奖·融合报道
刊播单位：央视新闻客户端
报送单位：中华全国新闻工作者协会新媒体专业委员会
作　　者：集体
编　　辑：丁沂、张娴、吴涛
作品时长：1 时 12 分 10 秒
首发日期：2023 年 7 月 29 日

作品简介

节目组通过 AR 虚拟、特种设备拍摄等技术手段，全景模拟未来探测器形态，让网友提前"看到"这一科学装置工作原理，呈现观众从未见过的特殊视角。节目加强科普互动设计，推出横屏竖屏双播模式，有效激发了受众的兴趣并增强了用户黏性。

获奖理由

作品主题鲜明、形式丰富，立足科普报道本身，首次全景式报道地下 700 米江门中微子实验装置。在满足新闻性、传播力的同时，节目组熟练运用 AR 等摄制技术，全景模拟多种实验形态，充分展现了融合报道的先进性和创新性。

新媒体展示

使用手机扫描下方二维码，即可观看本条获奖作品的新媒体展示。

看!
《我们亚洲》,雄风更劲!

作品信息

作品类型:一等奖·融合报道
刊播单位:新华社客户端
报送单位:中华全国新闻工作者协会新媒体专
       业委员会
作　　者:集体
编　　辑:集体
作品时长:4分3秒
首发日期:2023年9月22日

作品简介

杭州亚运会开幕前日,新华社推出杭州亚运会创意分屏短片《我们亚洲》,聚焦历届亚运赛场上真实感人的故事细节,创造性运用分屏形式,巧妙展现了中国三十年变迁,以及中国与亚洲各国携手前行,共赴未来的时代主题。

新媒体展示

使用手机扫描下方二维码,即可观看本条获奖作品的新媒体展示。

获奖理由

该报道挖掘历届亚运会珍贵历史瞬间,将这些影像进行跨时空拼接,配合音乐音效的融合表达,突出展现团结、友谊、进步的亚运精神,有效拓展了报道的历史纵深感,提供了一场难忘的视觉盛宴,丰富了亚运精神的中国表达。

"福通五洲"
出入境信息服务平台

✉ 作品信息

作品类型:一等奖·应用创新
刊播单位:海博 TV 客户端
报送单位:中华全国新闻工作者协会新媒体专
　　　　　业委员会
作　　者:集体
编　　辑:刘伟程、沈秋菊、黄芸
首发日期:2023 年 6 月 21 日

💻 作品简介

平台通过大数据抓取和信息交互技术,实现了出入境政务服务官方网站、海博 TV 客户端、福建发布微信公众号等多平台的融合互通,具备涉外资讯、文化分享、网上办事、风险预警、境外求助等五大功能。

🔊 获奖理由

该平台抓住福建的独特优势,通过"新闻+政务+服务"的模式,满足出入境人员多样化需求的同时,充分发掘庞大出入境群体的传播潜力,以平台载文化,以用户带平台,实现海外传播从"借船出海"到"造船出海"的进步。

💬 新媒体展示

使用手机扫描下方二维码,即可观看本条获奖作品的新媒体展示。

中国新闻奖

二等奖

人来了，
外地考的证却不认

作品信息

作品类型：二等奖·消息
刊播单位：工人日报社
报送单位：工人日报社
作　　者：北梦原、刘小燕
编　　辑：甘皙、程莉莉
作品字数：981 字
刊播版面：动态·纵深 6 版
首发日期：2023 年 3 月 10 日

作品简介

该报道以务工群体跨区域流动时遭遇技能认定难为切入点，反映了职称证书、职业资格证书和技能等级证书等人才评价结果异地不认这一现实问题，技能等级证书跨企业、跨地区不互通、不互认的现象逐渐凸显。

获奖理由

该报道站位高、时代性强、把握问题准。报道通过采访一线农民工代表，讲述工友切身遭遇，对人才评价结果认定工作中存在的"梗阻"进行了全面深入的剖析，是一篇通过一线职工小切口反映"三工"大主题的佳作。

新媒体展示

使用手机扫描下方二维码，即可观看本条获奖作品的新媒体展示。

国际性自行车赛走进古城拉萨
百余名骑手竞逐雪域高原

作品信息

作品类型：二等奖·消息
刊播单位：西藏卫视
报送单位：西藏自治区新闻工作者协会
作　　者：集体
编　　辑：集体
作品时长：3分58秒
刊播版面：《西藏新闻联播》
首发日期：2023年10月17日

作品简介

该报道提前部署、创新形式，在不同赛段设立报道点，用记者出镜的形式串联起整个赛程报道。报道现场感十足，感染力强，运用不同镜头场景，让观众在领略紧张赛事的同时，感受到古城拉萨焕发出的新活力和不凡魅力。

新媒体展示

使用手机扫描下方二维码，即可观看本条获奖作品的新媒体展示。

获奖理由

体育是世界通用的"语言"，是传递友谊的纽带。这篇报道在深度、广度和角度上都非常出色，提供了详尽的信息和独到的见解，体现了雪域繁荣、突出了运动活力、弘扬了体育精神，展现了西藏人民团结奋进的精神面貌。

从孤羽七只到万鸟竞翔
濒危朱鹮保护创造生态奇迹

作品信息

作品类型：二等奖·消息
刊播单位：陕西广播电视台
作　　者：集体
编　　辑：况元媛
作品时长：3分54秒
刊播版面：陕西卫视《陕西新闻联播》
首发日期：2023年11月2日

作品简介

在"生态汉中·鹮美天下"2023朱鹮文化交流活动上，陕西省林业局宣布朱鹮种群突破1万只，受危等级由极危降为濒危。记者围绕此事，采访多方人士进行全方位报道，深刻阐释了这是习近平生态文明思想在陕西的生动实践。

获奖理由

报道主题鲜明，通过采访、画面、图表等，生动呈现了朱鹮保护的中国方案与陕西经验，彰显了习近平生态文明思想的实践。文章讲述种群历史，提及栖息地扩至日韩，具国际视角，在各平台广泛传播。

新媒体展示

使用手机扫描下方二维码，即可观看本条获奖作品的新媒体展示。

吉林粮食连续三年超800亿斤 盐碱地成重要增长极

作品信息

作品类型:二等奖·消息
刊播单位:吉林广播电视台
报送单位:吉林省新闻工作者协会
作　　者:集体
编　　辑:毛元翰
作品字数:5分15秒
刊播版面:吉林卫视《吉林新闻联播》
首发日期:2023年12月17日

作品简介

《吉林新闻联播》记者深入基层调研采访,以镇赉县盐碱地治理的实践为切入点,以数据和事实说话,把吉林省坚持不懈开展盐碱地综合开发利用,打造新的粮食增长极的实践成效讲清楚、讲生动、讲透彻。

新媒体展示

使用手机扫描下方二维码,即可观看本条获奖作品的新媒体展示。

获奖理由

该稿件新闻性强,吉林盐碱地开发成效显著,保障了粮食安全;逻辑清晰,以事实数据为支撑,展现了各方投入与成果;可视性强,画面精准,电视特色鲜明;感染力足,同期声展现了深厚情感与必胜信心,提振士气。

全国首个GDP破5000亿元县级市诞生

作品信息

作品类型:二等奖·消息
刊播单位:苏州日报社
作　　者:朱新国、占长孙
编　　辑:张晓亮
作品字数:850字
刊播版面:《苏州日报》A01版
首发日期:2023年1月29日

作品简介

2023年1月28日,春节假期后,记者获悉昆山2022年GDP达5006.7亿元,同比增长1.8%,成为全国县域经济新里程碑。作为改革开放样本,昆山此成就具历史性意义。记者当即采访相关部门,当晚稿件全网首发,次日登《苏州日报》头版。

获奖理由

县域经济在国民经济中占据重要地位,昆山市作为全国县域经济发展标杆,2022年GDP突破5000亿元,展现出巨大能量。记者敏锐捕捉到此新闻,及时采访报道,提振了国民经济的发展信心,并为经济发展提供了独特且重要的样本。

新媒体展示

使用手机扫描下方二维码,即可观看本条获奖作品的新媒体展示。

台湾品牌
首次拿到大陆"老字号"

作品信息

作品类型:二等奖·消息
刊播单位:厦门晚报社
报送单位:中国晚报工作者协会
作　　者:吴佳、林润
编　　辑:查本恩、林玉蓉
作品字数:579字
刊播版面:今日·经济 A8版
首发日期:2023年12月30日

作品简介

2023年11月,厦门实施新政策,首纳港澳台资企业申报老字号,4家台企首批获认定。此举为全国首例,利于台企拓市场。报道聚焦颁牌瞬间,凸显两岸融合里程碑。编委精练标题为"台湾品牌首次拿到大陆'老字号'",意义深远。

新媒体展示

使用手机扫描下方二维码,即可观看本条获奖作品的新媒体展示。

获奖理由

该报道虽然仅500余字,却内容全面,涵盖现场、人物访谈及事件意义。标题亮点突出,彰显两岸融合发展及祖国和平统一的决心。报道时效性强,占据重要版面并多渠道推送,实现广泛传播,影响力显著。

二等奖

大桥西移四十米，为崖沙燕留个"家"

作品信息

作品类型：二等奖·消息
刊播单位：河北日报社
报送单位：河北省新闻工作者协会
作　　者：周洁、霍晓丽
编　　辑：张文君、安人和、蔡计锁
作品字数：950字
刊播版面：《河北日报》二版
首发日期：2023年12月19日

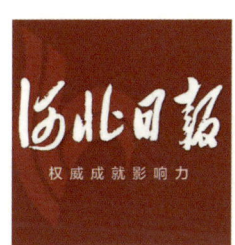

作品简介

滹沱河——石家庄的母亲河，得到习近平总书记的深情牵挂。在习近平生态文明思想的指引下，河北大力修复滹沱河生态，石家庄市投资百亿。记者追踪发现，治理中政府曾两次调整方案保护崖沙燕。最新研究显示，滹沱河石家庄段鸟类增至208种，彰显治理成效。

获奖理由

保护崖沙燕的故事是河北践行习近平生态文明思想的生动体现，具有标杆意义。它展现了河北牢记总书记嘱托，强化生态文明建设，将"绿水青山就是金山银山"理念内化于心、外化于行的实践，是一篇思想深刻、温暖人心、深度十足的新闻佳作。

新媒体展示

使用手机扫描下方二维码，即可观看本条获奖作品的新媒体展示。

Nation Unveils Plan on Crewed Moon Mission
(中国披露载人登月任务方案)

📧 作品信息

作品类型：二等奖·消息
刊播单位：中国日报社
报送单位：中国日报社
作　　者：赵磊
编　　辑：雷蕾
作品字数：510 字
刊播版面：3 版
首发日期：2023 年 7 月 13 日

💻 作品简介

党的十八大以来，习近平总书记高度重视航天事业发展。中国载人月球探测工程启动，受到广泛关注。作为资深航天记者，作者在高峰论坛获悉官方首次公布载人登月详细步骤，迅速撰写快讯独家发布，展现了中国航天成就与和平利用太空的立场。

📶 新媒体展示

使用手机扫描下方二维码，即可观看本条获奖作品的新媒体展示。

💬 获奖理由

习近平总书记在贺信中强调要全面介绍中国发展。本文首报中国载人登月初步方案及实施步骤，增进国内外对中国航天科技实力的认可，助力扩大中国航天的海外影响力。本文是贯彻落实总书记精神，讲好中国故事、传播中国声音的代表之作。

二等奖

"智能石头"保安澜
黄河"进"电脑更近一步

作品信息

作品类型：二等奖·消息
刊播单位：河南广播电视台
报送单位：河南省新闻工作者协会
作　　者：集体
编　　辑：程冰冰、张新昊、王艺枫
作品字数：3分22秒
刊播版面：河南新闻广播《河南新闻联播》
首发日期：2023年9月30日

作品简介

该报道是典型的从"智能石头"小切口做实做活"黄河流域生态保护和高质量发展"大主题的报道。作品舆论导向正确、题材重大重要、角度新颖独特、采访扎实深入、语言生动精练，具有很强的时代感。

获奖理由

黄河安澜是中华儿女千年期盼。习总书记力推黄河流域生态保护与高质量发展。2023年，数字孪生黄河建设试水成功，"智能石头"助力治黄。记者实地探访，记录黄河治理数智化进程，以通俗易懂的语言展现黄河由"治"向"智"的飞跃。

新媒体展示

使用手机扫描下方二维码，即可观看本条获奖作品的新媒体展示。

"我的人生因共建'一带一路'而精彩"

作品信息

作品类型:二等奖·消息
刊播单位:人民日报社
报送单位:人民日报社
作　者:黄培昭
编　辑:马小宁、王佳可
作品字数:837字
刊播版面:国际18版
首发日期:2023年12月25日

作品简介

共建"一带一路"是发展、幸福、友谊之路。消息《"我的人生因共建'一带一路'而精彩"》以小见大,通过埃及导游阿巴斯的生活变迁,展现共建"一带一路"促进全球互联互通、造福民众的主题,文字凝练,情感真挚,融媒体版更添丰富立体。

新媒体展示

使用手机扫描下方二维码,即可观看本条获奖作品的新媒体展示。

获奖理由

埃及导游阿巴斯的故事,生动展现了共建"一带一路"倡议为埃及民众带来的福祉。作品以讲故事的方式,通过阿巴斯的生活变化,折射埃中关系"换挡提速",共显"一带一路"在埃及的丰硕成果,立意高远,形式新颖,文辞凝练。

重磅！
国产首艘大型邮轮命名交付

作品信息

作品类型：二等奖·消息
刊播单位：中国船舶报社
报送单位：中国国防科技工业新闻工作者协会
作　　者：何宝新、刘志良
编　　辑：钱平
作品字数：1425字
刊播版面：中国船舶报社官方微信号
首发日期：2023年11月4日

作品简介

"爱达·魔都号"是我国首艘国产大型邮轮，历时八年科研攻关、五年建造成功交付，标志着中国攻克造船业最高难度，被誉为"皇冠上的明珠"。其建造推动了国产邮轮标准体系构建，彰显了我国开放合作与船舶工业的跨越式发展。

获奖理由

"爱达·魔都号"作为中国首艘国产大型邮轮，是贯彻习近平总书记重要指示、落实国家战略的重大工程，填补了我国高技术邮轮建造空白，标志着中国船舶工业科技创新和高质量发展迈上新台阶。

新媒体展示

使用手机扫描下方二维码，即可观看本条获奖作品的新媒体展示。

支持民营企业 从还欠账做起

作品信息

作品类型：二等奖·评论
刊播单位：重庆日报社
报送单位：重庆市新闻工作者协会
作　　者：单士兵
编　　辑：臧博、王瑞琳、张燕
作品字数：1188字
刊播版面：7版
首发日期：2023年8月3日

作品简介

作品针对民营经济重要政策出台背景，精准剖析"促进民营经济发展31条"对于拖欠民企账款问题的解决方案。作品诉求政策与落实闭环，力防偿还账款成空头支票，见解深刻。

新媒体展示

使用手机扫描下方二维码，即可观看本条获奖作品的新媒体展示。

获奖理由

作品态度鲜明，为民营经济加油鼓劲，深受读者喜爱。语言生动，论据确凿，论述精辟，论证有力，激情洋溢，逻辑严密，说理透彻，引发广泛共鸣，广受社会各界好评，展现了强大的感染力和说服力。

"第二个结合"
是又一次的思想解放

作品信息

作品类型：二等奖·评论
刊播单位：人民日报社
报送单位：人民日报社
作　　者：集体
编　　辑：无
作品字数：7319 字
刊播版面：理论 9 版
首发日期：2023 年 8 月 16 日

作品简介

作品聚焦习总书记文化传承座谈会上的重大论断，从"古今中西之争"视角破题，深度解析其作为思想解放的意义、现实与历史价值，并探讨在"第二个结合"中如何创新未来理论与制度。

获奖理由

作品保持了"任理轩"文章一以贯之的大题大气的特点风格，回答困惑、凝聚共识、增强信心，助推党的创新理论入脑入心、落地生根，彰显了党报思想理论宣传的引领优势和力量。

新媒体展示

使用手机扫描下方二维码，即可观看本条获奖作品的新媒体展示。

"网红"干部"出圈" 更要"出彩"

作品信息

作品类型:二等奖·评论
刊播单位:河北共产党员杂志社
报送单位:中国期刊协会
作　　者:魏春生
编　　辑:姚越华、李文亮
作品字数:1329字
刊播版面:河北共产党员网《冀评新语》
首发日期:2023年6月26日

作品简介

文章分析党员干部"出圈"利弊,肯定其流量红利,警示负面效应。文章建议"网红"干部需守本心、增责任,网络平台应设门槛、建机制,有关单位要强化保障,线上线下结合,将流量变业绩,创新实干,造福民众。

新媒体展示

使用手机扫描下方二维码,即可观看本条获奖作品的新媒体展示。

获奖理由

作品展现党媒担当,警醒"网红"干部防范网络风险。不仅肯定网络宣传的正面效应,更指出潜在危害,并从网络素养、平台管理、服务保障等方面求解,旨在让"网红"干部健康成长,将流量红利转化为地方持续发展动力。

白鹤恋农田，生态真的好吗？

作品信息

作品类型：二等奖·评论
刊播单位：江西广播电视台
报送单位：江西省新闻工作者协会
作　　者：赵洪潭、欧阳敏、王师娥
编　　辑：龚小娟、卢洁华、黄燕
作品时长：8分28秒
刊播版面：综合新闻频率《新闻晚高峰》
首发日期：2023年3月24日

作品简介

2022年鄱阳湖干旱，江西设"候鸟食堂"救急，但2023年年初记者发现候鸟侵农田致农民损失惨重。经多地调研，此现象已蔓延多省。专家指出，人工食堂治标不治本，加剧人鸟矛盾。建立鄱阳湖生态修复长远机制，迫在眉睫。

获奖理由

作品围绕"坚持人与自然和谐共生"主题，深刻剖析"白鹤恋农田"现象，角度新颖且调查深入。评论引发广泛热议，有效推动江西省政府重视鄱阳湖湿地生态修复及农民生态补偿问题，并促进相关立法，成效显著。

新媒体展示

使用手机扫描下方二维码，即可观看本条获奖作品的新媒体展示。

把调查研究的"自行车"骑到基层一线

作品信息

作品类型：二等奖·评论
刊播单位：河北日报社
报送单位：河北省新闻工作者协会
作　　者：贾梦宇、张博
编　　辑：吴宏爱
作品字数：1285 字
刊播版面：要闻一版
首发日期：2023 年 11 月 10 日

作品简介

评论聚焦 2023 年全党主题教育，围绕大兴调查研究展开，以习总书记在正定的调研故事为线索，深刻阐释主题教育意义，彰显其一贯作风。文章以小切口讲大道理，质朴清新，兼具高度与温度，说服力强，是开展主题教育的鲜活教材。

新媒体展示

使用手机扫描下方二维码，即可观看本条获奖作品的新媒体展示。

获奖理由

这篇文章寓事于理、事理交融，既有严谨深入的理性思考，又有感人至深的细腻表达，是一篇难得的评论精品力作。

二等奖

唱衰中国经济者注定失望

作品信息

作品类型：二等奖·评论
刊播单位：经济日报社
报送单位：经济日报社
作　　者：金观平（熊丽）
编　　辑：集体
作品字数：1603字
刊播版面：1版
刊播日期：2023年7月20日

作品简介

美西方一些舆论无视我国经济恢复向好、高质量发展扎实推进的实际，刻意放大我国经济恢复过程中个别指标的波动，唱衰中国经济。《经济日报》敏锐发现舆情动向，及时推出评论，予以有力批驳。

获奖理由

针对美西方唱衰中国的荒谬论调，该文以事实和数据为依托，旗帜鲜明地予以坚决驳斥和有力回击，出手快、站位高、分量重、针对性强，有效发挥了中央党报在经济领域舆论引导中"定音鼓""风向标"作用。

新媒体展示

使用手机扫描下方二维码，即可观看本条获奖作品的新媒体展示。

乡村体育火爆：是乐子，更是路子

作品信息

作品类型：二等奖·评论
刊播单位：新华通讯社
报送单位：中国体育新闻工作者协会
作　者：余孝忠、王丽、李丽
编　辑：丁文娴、沈楠、王楚捷
作品字数：1380字
首发日期：2023年6月16日

作品简介

贵州"村超""村BA"是去年持续火爆的现象级乡村赛事。在各类媒体海量报道中，本文率先揭示了村赛出圈的时代背景、创新探索、功能价值和重要意义，把贵州村赛的宣传报道从现象级赛事提升到了启迪性案例的新高度。

获奖理由

全文凝词炼句，1300余字就解答了现象级事件中的关键性问题，地方干群和网民"是乐子，更是路子"的论述起到了"一针见血、一锤定音"的作用，为如何解读乡村体育热带入了新境界、新阶段。

新媒体展示

使用手机扫描下方二维码，即可观看本条获奖作品的新媒体展示。

"不拘一格地选拔人才"
——习近平同志在河北正定工作期间推出"人才九条"的实践与启示

✉ 作品信息

作品类型：二等奖·通讯
刊播单位：河北日报社
报送单位：河北省新闻工作者协会
作　　者：集体
编　　辑：霍晓丽、刘荣荣、周洁
作品字数：11 202字
刊播版面：一版
首发日期：2023年6月12日

💻 作品简介

全文梳理总结"人才九条"的现实意义和思想启示，再现了总书记在正定工作期间关于人才工作极富远见的思考、站位全局的视野、开拓创新的探索实践，让广大读者深切感悟到大国领袖的人民情怀、创新精神和高超智慧。

💬 获奖理由

稿件生动鲜活、逻辑严谨、理论深厚，是一篇兼具新闻价值、理论价值和社会价值的佳作。这是地方媒体对习近平新时代中国特色社会主义思想学习研究宣传的一次重要探索和成功实践。

📶 新媒体展示

使用手机扫描下方二维码，即可观看本条获奖作品的新媒体展示。

榆柳巷里，一场主人缺席的中秋家宴

作品信息

作品类型：二等奖·通讯
刊播单位：新疆日报社（集团）
报送单位：新疆大学
作　　者：肖春飞、魏永贵、热依达
编　　辑：冯永芳、李菡
作品字数：1691字
刊播版面：一版转接三版
首发日期：2023年9月30日

作品简介

塔城地区是"全国民族团结进步示范地区"，对于铸牢中华民族共同体意识具有重要典型意义。新疆日报社（集团）组织骨干采访团队，在中秋节前往塔城挖掘最能体现各民族交往、交流、交融的故事。

新媒体展示

使用手机扫描下方二维码，即可观看本条获奖作品的新媒体展示。

获奖理由

本篇报道主题重大、文字简洁、角度创新，以铸牢中华民族共同体意识为主题，用1691字的篇幅把这样一个跨度数十年的故事讲得明白晓畅；在中秋节这样一个节点，讲了一个"主人缺席家宴"的故事，充满了浓浓温情。

"我们看不见，就让更多人看见我们"
——盲人全国人大代表王永澄履职记

📧 作品信息

作品类型：二等奖·通讯
刊播单位：福建日报社·新福建客户端
报送单位：福建省新闻工作者协会
作　　者：张永定、肖春道
编　　辑：吴倩、谢婷、戴艳梅
作品字数：1921字
首发日期：2023年3月11日

💻 作品简介

2023年初，盲人王永澄当选十四届全国人大代表，记者对其履职过程进行追踪报道，相关融合报道于3月在《福建日报》等平台刊发。他的履职故事体现了我国对盲人群体参政权利的保障，是残疾人事业发展的生动注脚。

💬 获奖理由

该报道引发巨大反响，获全国人大关注及中国人大网等转载，推动全国人大完善盲人代表无障碍履职保障，如制作盲文版文件等。报道被多平台转载，阅读量破千万，让王永澄受持续关注，其心声被更多人知晓。

📶 新媒体展示

使用手机扫描下方二维码，即可观看本条获奖作品的新媒体展示。

训时甘苦与共
战时生死与共

作品信息

作品类型：二等奖·通讯
刊播单位：解放军报客户端
报送单位：解放军新闻传播中心
作　　者：刘建伟、宋子洵、陈利
编　　辑：周奔、张科进
作品字数：1863 字
刊播版面：一版
首发日期：2023 年 6 月 19 日

作品简介

《解放军报》记者走进第 82 集团军某旅采访，研究新情况新问题，感受新变化新风貌，讲述基层部队密切内部关系、深化革命情谊的生动故事，采写了一篇耐人寻味、情真意切的通讯报道。

新媒体展示

使用手机扫描下方二维码，即可观看本条获奖作品的新媒体展示。

获奖理由

官兵关系关乎部队战斗力，不管外部环境如何变，这都不会变。稿件零距离触摸新时代官兵关系面临的新情况、新问题，报道了部队在练兵备战中培养战友深情的生动实践，为各部队密切新时代官兵关系提供了有益借鉴。

"千万工程"20年实践激发世界回响

作品信息

作品类型：二等奖·通讯
刊播单位：《参考消息》数字报
报送单位：中国行业报协会
作　　者：何玲玲、方问禹、张晓洁
编　　辑：集体
作品字数：3494字
刊播版面：特稿周刊·7版
首发日期：2023年6月22日

作品简介

这篇特稿独辟蹊径，以国际视野讲述中国乡村治理故事，报道"千万工程"造福浙江、引领中国、影响世界，是有效助力乡村可持续发展、具有全球意义的"中国方案"。稿件采访扎实、素材丰富、写作精良，受到一致好评。

获奖理由

稿件以国际视野讲述中国乡村治理故事，报道"千万工程"造福浙江、引领中国、影响世界的重大意义，立意高，角度新，视野广，在同类报道中独树一帜，引发强烈反响，是宣传习近平生态文明思想、践行"四力"的通讯佳作。

新媒体展示

使用手机扫描下方二维码，即可观看本条获奖作品的新媒体展示。

清退362个工作群
为基层干部"松绑"

✉ 作品信息

作品类型：二等奖·通讯
刊播单位：苏州日报社
报送单位：江苏省新闻工作者协会
作　　者：杨溢、陈梦娇
编　　辑：杨天笑
作品字数：1161字
刊播版面：A01版
首发日期：2023年8月30日

💻 作品简介

这是一篇从文件材料中发现线索、深入采访后写成的通讯。记者先后采访村、社区和镇的有关工作人员，了解到该市开展"指尖上的形式主义"专项治理行动落到实处，整治重点放在规范管理上，让基层干部"轻装上阵"。

📶 新媒体展示

使用手机扫描下方二维码，即可观看本条获奖作品的新媒体展示。

💬 获奖理由

文章采访细致深入，文风朴实，写出了开展治理"指尖上的形式主义"的启示意义，彰显出此次工作的系统性思维、科学性谋划、全局性统筹，点明了为基层干部减轻压力、增加动力的积极成效，并为其他地区提供探索经验。

为了机匣不再"卡脖子"

作品信息

作品类型：二等奖·通讯
刊播单位：科技日报社
报送单位：科技日报社
作　　者：付毅飞
编　　辑：刘莉、陈瑜
作品字数：1935字
刊播版面：要闻版一版
首发日期：2023年3月30日

作品简介

武重集团的攻关之路是大国博弈背景下，中国自力更生、自主创新的缩影。记者深入武重集团，采访项目带头人、技术专家，以及从集团领导到一线科研人员等多名亲历者，最终形成报道在《科技日报》头版头条《创新故事》栏目刊发。

获奖理由

此文聚焦大国科技博弈最前沿的战场，"解剖"最难制造的零件之一——燃气轮机机匣的攻关过程，以"科普+故事"的方式，挖掘专精特新示范企业主动融入和服务国家发展战略的努力。

新媒体展示

使用手机扫描下方二维码，即可观看本条获奖作品的新媒体展示。

山上种树 心底开花

作品信息

作品类型:二等奖·通讯
刊播单位:甘肃日报社
报送单位:甘肃省新闻工作者协会
作　　者:谢志娟
编　　辑:邱暄美、李欣瑶、崔亚明
作品字数:4708 字
刊播版面:人物版(九版)
首发日期:2023 年 5 月 24 日

作品简介

75 岁的双胞胎兄弟许志刚、许志强种了一辈子树,作者通过观察老哥俩在省城、在乡下的不同状态,以白描文字绘出一生与土地打交道的老农朴素却又丰富的内心世界,折射出中华民族生生不息的精神来源:爱土地、爱自然、爱生活。

新媒体展示

使用手机扫描下方二维码,即可观看本条获奖作品的新媒体展示。

获奖理由

采访扎实、文字流畅,将两位老农的种树故事、人生故事沉稳道出,深深触动读者内心。文风素净、情感深沉,值得一读、值得一荐。

二等奖

从"第一滴水"开始
——西藏用心呵护长江源

📧 作品信息

作品类型：二等奖·通讯
刊播单位：西藏日报社
报送单位：西藏自治区新闻工作者协会
作　　者：赵书彬、曲珍
编　　辑：集体
作品字数：3728 字
刊播版面：头版头条
首发日期：2023 年 9 月 25 日

💻 作品简介

该作品聚焦"长江第一滴水"，以翔实的事例、扎实的文献深入阐述了"长江源"所具有的生态文明价值和铸牢中华民族共同体意识价值，道出了"长江第一滴水"的丰富内涵。

💬 获奖理由

作者长期关注长江源生态保护和文化建设，既收集了丰富的历史资料，又深入长江源的实地进行采访，写出了长江源的重要文化价值、重要生态价值。

📶 新媒体展示

使用手机扫描下方二维码，即可观看本条获奖作品的新媒体展示。

一张写了 8 年的公约

作品信息

作品类型：二等奖·新闻专题
刊播单位：津云客户端
报送单位：天津市新闻工作者协会
作　　者：集体
编　　辑：李晓丹、吴兴、郭琦
作品时长：14 分 58 秒
首发日期：2023 年 12 月 28 日

作品简介

天津春柳公寓以每平米 0.3 元物业费 14 年未涨，引发居民自觉排队交费的治理"奇观"。记者历时 3 个月深度采访，挖掘出一张坚持 8 年的社区公约背后的治理智慧，展现全过程人民民主在城市基层治理中的生动实践与真实成效。

新媒体展示

使用手机扫描下方二维码，即可观看本条获奖作品的新媒体展示。

获奖理由

该作品以"8 年公约"为主线，聚焦社区治理难题，生动展现全过程人民民主实践，结构清晰、层次分明，紧扣居民关切，探索治理共识。作品传播广泛，被近 750 家媒体转载，在推广基层治理经验中发挥了积极引导作用。

盐碱地上的新粮仓

作品信息

作品类型：二等奖·新闻专题
刊播单位：湖南广播电视台
报送单位：湖南省新闻工作者协会
作　　者：范林、马婉琳、杨壹景
编　　辑：魏笑凡、韩勇、向星华
作品时长：12分41秒
刊播版面：湖南卫视《首发》
首发日期：2023年10月28日

作品简介

2023年金秋十月，测产当日，《首发》记者在现场全程记录测产经过，以"沉浸式"采访形式，和湖南水稻科学家一起走上盐碱地，回顾他们如何克服种种挑战，在盐碱地上建起新粮仓的全过程。

获奖理由

本报道题材意义重大，制作精良，除科普知识外，亦深挖种粮背后的故事，从一张张鲜活的科学家面孔和他们的亲身实践，展现了湖南科学家打造"天下粮仓"的伟大中国梦，同时也彰显了国家重要发展战略成果。

新媒体展示

使用手机扫描下方二维码，即可观看本条获奖作品的新媒体展示。

揭穿视觉贫困谎言

作品信息

作品类型：二等奖·新闻专题
刊播单位：封面新闻客户端
报送单位：兰州大学
作　　者：集体
编　　辑：集体
作品字数：6419 字
首发日期：2023 年 2 月 20 日

作品简介

凉山州是我国脱贫攻坚最难啃的"硬骨头"之一，在网络上存在虚假的"视觉贫困"。该新闻专题以高度的政治责任感和历史使命感，传递指间正能量，筑牢谣言防火墙，用专业的新闻报道，让网络谣言、违法违规行为无所遁形。

新媒体展示

使用手机扫描下方二维码，即可观看本条获奖作品的新媒体展示。

获奖理由

针对互联网上出现的"以贩卖苦难为主题、以摆拍造假为手段、以吸引流量谋取利益为目的"的"视觉贫困"乱象，新闻专题用真相粉碎谣言，通过新闻评论、漫画、海报等形式，清晰呈现"假剧情、真套路"，取得积极成效。

跨越世纪的鼓岭声音

作品信息

作品类型：二等奖·新闻专题
刊播单位：福建省广播影视集团
报送单位：福建省新闻工作者协会
作　　者：集体
编　　辑：赵林、李连申、冯媛媛
作品时长：18 分 21 秒
刊播版面：福建新闻综合广播《声动福建》
首发日期：2023 年 12 月 1 日

作品简介

作品通过典型丰富的采访，抓住历史与现实交汇的特殊节点，立意深刻，讲述总书记与延续百年的鼓岭故事和鼓岭情缘，呈现重大主题。作品在福建省级广播主频率播出，在学习强国、微博等网络平台和新媒体端同步直播与发布。

获奖理由

这是一篇题材重大、站位高远、制作精良的广播专题佳作。创作团队利用 31 年跟踪报道鼓岭故事积累的珍贵采访录音，既有历史的纵深感，又有现实的深刻性，证明国与国关系发展的根基在于两国人民。

新媒体展示

使用手机扫描下方二维码，即可观看本条获奖作品的新媒体展示。

我国空军首批歼-11B 战机女飞行学员顺利单飞

📧 作品信息

作品类型：二等奖·新闻专题
刊播单位：中央广播电视总台
报送单位：军委政治工作部宣传局
作　　者：集体
编　　辑：刘笑宇、苏洲、陈逸松
作品时长：11 分 15 秒
刊播版面：《共同关注》
首发日期：2023 年 3 月 14 日

💻 作品简介

我国首批歼-11B 战机女飞行学员顺利完成单飞，记者在西北大漠进行了半个月的跟拍和采访，全面记录了 5 名女飞行学员首次单飞的过程，展现了女性群体在飞行领域的潜力和实力，体现了空军军事人才培养转型的建设成就。

📶 新媒体展示

使用手机扫描下方二维码，即可观看本条获奖作品的新媒体展示。

💬 获奖理由

该消息主题重大，记录了我国首批歼-11B 战机女飞行学员单飞的重要时刻，是具有突破性和历史意义的事件。采用现场采访和大量的纪实拍摄，报道描述具有极高的专业水平，展示了女飞行员群体突破自我的过程，具有新闻和社会价值。

来了！丝路新画卷

作品信息

作品类型：二等奖·新闻专题
刊播单位："人民网＋"客户端、人民日报客户端、人民日报英文客户端
作　　者：集体
编　　辑：集体
作品字数/时长：2869字；5分26秒
首发日期：2023年10月16日

作品简介

作为创意时政新闻专题片，作品以张骞、郑和、利玛窦等中外文化交流使者的古今"穿越"呈现共建"一带一路"成果，以三维技术和微缩景观搭建历史场景、展现成就，在虚实、历史与当下中穿行，向世界诠释生动的实践。

获奖理由

该作品以"路"为意向，梳理历史资料和人物故事，结合对共建国家人物的采访，产出新的叙述方式。融合多种新媒体技术重现历史场景，以AR场景增强观众代入感，极具视觉冲击力，实现了重大主题的"破圈"传播。

新媒体展示

使用手机扫描下方二维码，即可观看本条获奖作品的新媒体展示。

守护"最近的遥远"

作品信息

作品类型：二等奖·新闻专题
刊播单位：四川广播电视台
作　　者：集体
编　　辑：王俊、徐英伦
作品时长：27分53秒
刊播版面：四川新闻频道《黄金三十分》栏目
首发日期：2023年12月11日

作品简介

作品从微观角度切入，用三个人物的小故事，呈现了正加速融化的达古冰川现状；用大量现场镜头，记录科研团队的艰难实验过程，详细讲解科学实验原理、呈现实验数据、回应网友质疑，希望唤起大众对冰川保护的关注和参与。

新媒体展示

使用手机扫描下方二维码，即可观看本条获奖作品的新媒体展示。

获奖理由

该作品以人物故事切入，从不同角度对四川阿坝达古冰川进行了全面报道，真实记录和呈现冰川消融的现状。作品观点鲜明、选材典型、结构合理、剖析深刻、叙事生动，体现了中国对冰川保护的坚持，倡导保护环境，低碳生活。

"千万工程"20年纪录片《绿水青山的回响》

作品信息

作品类型:二等奖·新闻专题
刊播单位:新华社客户端
报送单位:南开大学
作　　者:集体
编　　辑:集体
作品字数/时长:767字;19分4秒
首发日期:2023年6月27日

作品简介

该片全景展现实施"千万工程"以来,浙江乡村面貌的改变,为全面推进乡村振兴探索路径。从大处着眼,小处落笔,紧扣"回响"主题,印证总书记"千万工程"的高瞻远瞩;以普通人物命运,折射绿色发展带来的乡村巨变。

获奖理由

纪录片聚焦"千万工程"的生动实践,深挖故事,选题重大、立意高远、节奏明快、感染力强,以二十年为观察视域,阐述习近平总书记亲自谋划和部署的"千万工程"的丰富经验、积极成效和强烈反响,展示和谐美好的画卷。

新媒体展示

使用手机扫描下方二维码,即可观看本条获奖作品的新媒体展示。

山区学子的强军梦

作品信息

作品类型：二等奖·新闻专题
刊播单位：安徽广播电视台
报送单位：安徽省新闻工作者协会
作　　者：集体
编　　辑：刘飞、王鹏飞、孙景超
作品时长：13 分 15 秒
刊播版面：安徽卫视《新安夜空》
首发日期：2023 年 12 月 29 日

作品简介

2023 年，习近平总书记给安徽省潜山野寨中学新考取军校的同学回信勉励，记者循线索奔赴上海、长沙等军校，跟拍圆梦军校后学生的学习生活情况。围绕习近平总书记的回信精神，作品展现了学子们献身国防、矢志强军的信念和决心。

新媒体展示

使用手机扫描下方二维码，即可观看本条获奖作品的新媒体展示。

获奖理由

报道题材重大，主题突出，构思精巧，采访扎实，人物讲述娓娓动听，真实动人。人物同期声字字句句彰显出个人对时代、对国家的责任感和使命感。整篇报道既有现实的闪光细节，又具有历史纵深感。

东西岔三年(上下集)

作品信息

作品类型：二等奖·新闻纪录片
刊播单位：央视新闻客户端
报送单位：中央广播电视总台
作　　者：集体
编　　辑：集体
作品时长：1时22分21秒
首发日期：2023年12月7日

作品简介

作为《首都功能核心区控制性详细规划》落地后开工的第一个项目，位于北京历史文化街区的东西岔胡同改造具有标本价值。摄制组记录了胡同更新改造过程中出现的问题、矛盾和解决方案，以专业的方式留下丰富生动的影像。

获奖理由

《东西岔三年(上下集)》客观生动地记录了北京历史文化街区的东西岔胡同改造过程中发生的真实故事。时间跨度三年多，故事生动又冷静客观。作者创作态度严肃，记录翔实生动，是兼具思想性与艺术性的优秀新闻纪录片作品。

新媒体展示

使用手机扫描下方二维码，即可观看本条获奖作品的新媒体展示。

巅　　峰

作品信息

作品类型：二等奖·新闻纪录片
刊播单位：人民日报客户端
报送单位：人民日报社
作　　者：集体
编　　辑：集体
作品字数/时长：4711字；23分23秒
首发日期：2023年9月22日

作品简介

《巅峰》以备战倒计时为逻辑，用23分钟、5个篇章记录中国运动员备战杭州亚运会的历程，多层次展现竞技体育的魅力及中国运动员顽强拼搏的精神、为国争光的使命感，聚焦"冠军"等抽象符号背后真实鲜活的人。

新媒体展示

使用手机扫描下方二维码，即可观看本条获奖作品的新媒体展示。

获奖理由

该作品是新媒体语境下对纪录片新语态的探索，除保持纪录片内容系统、思想深厚的优势之外，还力求打造对用户的实时吸引力。作品优化叙事节奏、创新表达语态、把准传播周期，融合大小屏、多渠道传播能力，具有很高的思想艺术价值。

落坡岭——
受困旅客救援全纪录

作品信息

作品类型：二等奖·新闻纪录片
刊播单位：北京广播电视台
报送单位：天津师范大学
作　　者：集体
编　　辑：集体
作品时长：29分54秒
刊播版面：《落坡岭——受困旅客救援全纪录》
首发日期：2023年8月26日

作品简介

本片以"23·7"特大暴雨中落坡岭受困列车旅客的视角回望四天三夜大救援的故事，通过当事人的讲述和现场拍摄的视频画面，对海量新闻素材进行梳理加工，以多元立体的叙事视角，全景再现这一新闻事件的全程全貌。

获奖理由

本片从多个视角还原惊心动魄的洪水泛滥、上下联动的紧急救援和充满人性的温情互动，少有豪言壮语和刻意煽情，多是真切的画面和表达，使观众产生内心共鸣。在互联网环境下，本片努力探索如何讲好故事，引领舆论导向，深化大众认知。

新媒体展示

使用手机扫描下方二维码，即可观看本条获奖作品的新媒体展示。

"起底美国"
舆论斗争系列报道

作品信息

作品类型：二等奖·系列报道
刊播单位：新华社
报送单位：新华社
作　　者：集体
编　　辑：集体
作品字数：8864字
刊播版面：新华社
首发日期：2023年2月5日

作品简介

"起底美国"系列报道将"议题设置"升级为更具长期性、系统性的"议题运营"，是新华社对美舆论斗争重点创新项目。系列报道深扎调研，以事实数据说话，在更高维度、更深层次的认知层面实现对美西方的全方位祛魅。

新媒体展示

使用手机扫描下方二维码，即可观看本条获奖作品的新媒体展示。

获奖理由

系列报道体现出深厚的国际新闻调研功底和较强的国际采访突破能力，找准美国"七寸"，揭批入木三分，在解构美国话语与国际形象方面见实效，在舆论场上树立起一个舆论斗争新品牌，有效服务对美工作大局。

花开中国
——百家融媒体"枫桥经验"60周年调研行系列报道

作品信息

作品类型：二等奖·系列报道
刊播单位：诸暨日报
报送单位：中国县市报研究会
作　　者：集体
编　　辑：集体
作品字数：9148 字
刊播版面：要闻 2 版或 3 版
首发日期：2023 年 8 月 9 日

作品简介

作品以县域为单位，采用新闻调研的形式，全媒体报道了"枫桥经验"在各地的实践与探索，解开"枫桥经验"历久弥新的密码。调研采访组深入基层，与干部群众展开座谈，力求作品有分量、有深度、有温度。

获奖理由

"花开中国——百家融媒体'枫桥经验'60周年调研行"系列报道以调研作为重要形式，相关采访扎实，全媒体报道，既有新闻的鲜活，又有调研的厚重，体现各地媒体的紧密协作，政法系统、相关乡镇街道的联动合作。

新媒体展示

使用手机扫描下方二维码，即可观看本条获奖作品的新媒体展示。

我从山中来

作品信息

作品类型：二等奖·系列报道
刊播单位：广西广播电视台
报送单位：广西新闻工作者协会
作　　者：集体
编　　辑：谭妍薇、吴霰、李卓茜
作品时长：20 分 52 秒
刊播版面：综合广播《广西新闻联播》
首发日期：2023 年 11 月 3 日

作品简介

该作品聚焦广西易地扶贫搬迁"后半篇"文章，生动展现搬迁群众的新生活，通过采访"广西特色"的易地搬迁后续帮扶经验、实践成果，探寻广西减贫和振兴密码。角度新颖，是广西乡村振兴、经济发展、民生改善的缩影。

新媒体展示

使用手机扫描下方二维码，即可观看本条获奖作品的新媒体展示。

获奖理由

易地搬迁是解决"一方水土养不好一方人"、实现贫困群众跨越式发展的根本途径。该作品聚焦易地扶贫搬迁的"广西实践"，以小切口反映时代重大议题，意义深远，叙事清晰，生动深刻，具有时代意义和新闻价值。

数字时代，如何回应劳动者新期待

作品信息

作品类型：二等奖·系列报道
刊播单位：工人日报社
报送单位：工人日报社
作　　者：卢越、张菁、车辉
编　　辑：兰海燕、张伟杰、卢越
作品字数：6588 字
刊播版面：6 版
首发日期：2023 年 10 月 26 日

作品简介

系列报道分为 6 篇，聚焦用人单位劳动管理边界、员工离职后"网络大号"归属、遏制隐形加班等问题，从个人经历切入，深入报道数字时代下劳动者面临的最现实的权益保障问题，从多个角度探寻、剖析问题症结。

获奖理由

作品聚焦数字时代下劳动权益保障面临的新情况、新变化，探寻劳动者权益保障"新解法"；秉持理性立场，凝聚社会共识，以解决现实问题为导向，推动价值选择、制度构建契合时代要求，具有鲜明的时代性和贴近性。

新媒体展示

使用手机扫描下方二维码，即可观看本条获奖作品的新媒体展示。

微光·小店

作品信息

作品类型：二等奖·系列报道
刊播单位：陕西广电融媒体集团（陕西广播电视台）
报送单位：陕西省新闻工作者协会
作　　者：集体
编　　辑：杨晨、张卓琳、徐文秀
作品时长：29 分 20 秒
刊播版面：FM101.8 陕西都市广播《陕广大视野》
首发日期：2023 年 4 月 14 日

作品简介

作品为消费复苏、提振市场信心发出温暖人心"好声音"，映照时代前进的脚步，点点微光折射出了一个生机勃勃的中国。在体验式、参与式采访中贴近生活，真实、生动地呈现小店店主们的创新求变、奋力求生、"破冬迎春"。

新媒体展示

使用手机扫描下方二维码，即可观看本条获奖作品的新媒体展示。

获奖理由

该作品聚焦小微经营主体的生存现状，记录城市烟火，塑造城市印象。作品真实生动、架构合理；声音里听到的"烟火气"饱含情感和温度，触动人心、引发共鸣，展现出中国经济的韧性和生命力。

二等奖

"入境游问题调查"
系列报道

✉ 作品信息

作品类型：二等奖·系列报道
刊播单位：经济日报社
报送单位：经济日报社
作　　者：集体
编　　辑：集体
作品字数：6130字
刊播版面：一版、三版
首发日期：2023年12月6日

💻 作品简介

2023年疫情防控平稳转段后，入境游复苏却不及预期。经济日报社组建采访组，从多方面调查入境游问题，与多方深入沟通并提出发展建议。系列报道共6篇，在《经济日报》要闻版连续刊发，同时在新媒体平台重点推出。

💬 获奖理由

作品是中央媒体中率先聚焦入境游问题的深度报道，紧扣入境游市场难点，提出相关政策建议，体现了鲜明的问题意识和政策前瞻性，有分量有力度，有效引导了舆论，充分彰显了党报的责任和担当。

📶 新媒体展示

使用手机扫描下方二维码，即可观看本条获奖作品的新媒体展示。

一线调研·
经营主体看活力

作品信息

作品类型：二等奖·系列报道
刊播单位：人民日报社
报送单位：吉林大学
作　　者：集体
编　　辑：吕钟正、韩春瑶、林子夜
作品字数：9144字
刊播版面：经济10版、11版
首发日期：2023年4月18日

作品简介

2023年第一季度的经济活力情况如何，关乎全年经济企稳回升态势。针对唱衰论调，《人民日报》推出此系列报道。采编团队聚焦受疫情影响行业，深入一线挖掘一手材料，编辑精心打磨，刊发当日在人民网同步推送人民映像视频产品。

新媒体展示

使用手机扫描下方二维码，即可观看本条获奖作品的新媒体展示。

获奖理由

该作品深度调研微观经营主体的运营情况，以小切口展现中国经济高水平开放、高质量发展，发挥央媒舆论引导的"定音鼓""风向标"作用，是2023年涉中国经济活力报道中一组分量、质量、流量都很突出的精品佳作。

中国"枫景"系列微视频

作品信息

作品类型：二等奖·系列报道
刊播单位：法治网，法治网微信公众号
报送单位：法制日报社
作　　者：集体
编　　辑：集体
作品时长：19 分 49 秒
首发日期：2023 年 6 月 22 日

作品简介

该作品是在毛泽东同志批示学习推广"枫桥经验"60 周年暨习近平总书记指示坚持发展"枫桥经验"20 周年之际策划的融媒体报道。历时 60 余天，记者深入多地基层，选取典型事例制作，与新时代"枫桥经验"的实践要求不谋而合。

获奖理由

作品立足法治特色、专业优势，走进政法机关、基层一线，走到群众中去，以小切口、新故事展现"枫桥经验"在服务群众、化解矛盾等工作中发挥出的更大效能，进一步增强全民法治观念，取得了良好的社会效果。

新媒体展示

使用手机扫描下方二维码，即可观看本条获奖作品的新媒体展示。

文学里的村庄

作品信息

作品类型：二等奖·系列报道
刊播单位：湖南日报社
报送单位：北京大学
作　者：集体
编　辑：集体
作品字数：15 153 字
刊播版面：4—5 版、6—7 版
首发日期：2023 年 10 月 23 日

作品简介

本大型融媒体系列报道精选了 10 位文学名家笔下的故乡重磅推出。这是习近平文化思想首次提出后全国媒体最早推出的大型策划报道之一。报道一经推出，立刻在省内外热传。经各平台全方位立体传播，全网阅读量超 10 亿次。

新媒体展示

使用手机扫描下方二维码，即可观看本条获奖作品的新媒体展示。

获奖理由

作品把贯彻落实习近平文化思想作为主线，紧扣文学助力乡村振兴主题，采用视图文融合的创新报道方式。该系列报道把前置策划、优质内容与创新传播相结合，实现了良好的传播效果。

暴雨中转移群众

作品信息

作品类型：二等奖·新闻摄影
刊播单位：中国应急管理报社
报送单位：中国新闻摄影学会
作　　者：朱燕林
编　　辑：虞政、魏毓临
刊播版面：要闻，A1
首发日期：2023年7月24日

作品简介

2023年，湖北咸宁暴雨致内涝，消防员在金桂路发现3名群众被困卡车。因水位深车门难开，消防员搭"人梯"助群众爬出车窗并转移。作者同行记录，捕捉到消防员背群众游向安全地带的惊险动人瞬间。

获奖理由

这张图片是广大应急人忠实践行习近平总书记训词精神的缩影，展现消防救援人员救民于水火，助民于危难的人民情怀。照片刊发后，在社会上引起极高的关注度。诸多相关单位在报道宣传2023年防汛救灾工作时纷纷引用这一照片。

新媒体展示

使用手机扫描下方二维码，即可观看本条获奖作品的新媒体展示。

候鸟栖息地
竟"长"出连片捕鸟网

作品信息

作品类型：二等奖·新闻摄影
刊播单位：南方＋客户端
报送单位：中国新闻摄影学会
作　　者：董天健
编　　辑：徐勉、万稳龙、谭唯
首发日期：2023年11月13日

作品简介

记者为核实候鸟捕猎交易，在汕尾陆丰湿地蹲守十余日，走访数十个村落，克服艰险与违法猎人、鸟贩斡旋取证，终获交易"现行"。报道图文并茂，推动公安机关打击查处违法捕鸟产业链，有效推进候鸟保护工作。

新媒体展示

使用手机扫描下方二维码，即可观看本条获奖作品的新媒体展示。

获奖理由

这组照片揭露了广东汕尾潭西镇捕杀野生鸟类的问题，是一个用新闻照片进行舆论监督的生动案例。作者通过一组8幅生动的新闻照片，清晰地讲述了捕杀与拯救的新闻事实。

二等奖

成都成就梦想

作品信息

作品类型：二等奖·新闻摄影
刊播单位：中国日报社
报送单位：中国新闻摄影学会
作　　者：魏晓昊
编　　辑：徐小丹、耿菲菲、朱锋
刊播版面：7 版
首发日期：2023 年 8 月 8 日

作品简介

2023 年 8 月 4 日，成都大运会女子 100 米栏决赛，中国选手吴艳妮以 12 秒 76 获亚军，创运动生涯最佳成绩并直通巴黎奥运会。记者以独特视角记录精彩瞬间，展现体育之美，呼应"成都成就梦想"的主题。

获奖理由

作品采用三分法构图，上部展示赛场氛围，下部显动感，巧妙强调大运会口号"成都成就梦想"。跨栏形成的构图引导视线至主体，作品吸引力强，捕捉到女子 100 米栏决赛运动员吴艳妮的起跑瞬间，以栏为框，突出主题，展现了体育之美。

新媒体展示

使用手机扫描下方二维码，即可观看本条获奖作品的新媒体展示。

海中寻"碳"

作品信息

作品类型:二等奖·新闻摄影
刊播单位:无锡新传媒网
报送单位:中国新闻摄影学会
作　　者:张茂
编　　辑:朱吉鹏、顾泉敏
首发日期:2023年9月8日

作品简介

"双碳"目标对我国绿色发展意义重大,海南陵水海草床是蓝碳重要贡献者。记者敏锐关注到此科技题材,克服困难跟踪拍摄,通过"事件故事化、故事人物化"等策略,精准捕捉科研现场的精彩瞬间,以专业影像提升内容传播力。

新媒体展示

使用手机扫描下方二维码,即可观看本条获奖作品的新媒体展示。

获奖理由

这组作品深入野外科考,主题明确、画面丰富、细节生动,既报道"蓝碳"新事物,又直观呈现科研工作。作品视角独特、故事完整、直击人心,兼具传播、记录价值与时代特点。

同爱同在 情动亚运

作品信息

作品类型：二等奖·新闻摄影
刊播单位：浙江在线
报送单位：中国新闻摄影学会
作　　者：集体
编　　辑：李震宇、叶海
首发日期：2023年10月9日

作品简介

近20天杭州亚运赛期，记者遍访近百场热门赛事，捕捉比金牌更动人的瞬间，成就亚运经典。作品画面蕴含丰富内涵与能量，闪耀奋进光芒，给予人们珍贵的精神启示，超越赛事本身，展现盛会的深远意义。

获奖理由

亚运会上，记者定格饱含激动、温情、友谊的动人瞬间。伟大的体育盛会不仅在于赛事规模和竞技水平，更在于留下的精神财富。对手间的惺惺相惜、夺冠时的激动、亲情爱情的温暖等，串起多个瞬间，超越国家、比赛，引发读者强烈共鸣。

新媒体展示

使用手机扫描下方二维码，即可观看本条获奖作品的新媒体展示。

末　路

作品信息

作品类型：二等奖·新闻漫画
刊播单位：中国日报社
报送单位：中国新闻漫画研究会
作　　者：罗杰
编　　辑：李洋、徐小丹
刊播版面：COMMENT；8 版
首发日期：2023 年 12 月 27 日

作品简介

此漫画发表于中国日报纸媒、中国日报网、中国新闻漫画网、中国日报客户端等平台，其中中国新闻漫画网阅读数 7031。后被百度百家号、搜狐、新华社客户端等各平台持续转发。

新媒体展示

使用手机扫描下方二维码，即可观看本条获奖作品的新媒体展示。

获奖理由

2023 年美国怂恿西方国家援助乌克兰，俄乌战争难以停息；同时中东乱局又出现，巴以战争异常惨烈。作者用直观形象的漫画语言揭露了这一事实；依战谋财必将自取灭亡，视角犀利，创意巧妙，讽刺辛辣，艺术与思想深度兼具。

准备直播

作品信息

作品类型：二等奖·新闻漫画
刊播单位：湄洲日报社
报送单位：中国新闻漫画研究会
作　　者：鲁楠
编　　辑：集体
刊播版面：B4《图说》版
首发日期：2023年4月20日

作品简介

作者敏锐地抓住了直播时代的社会热点，创作了《准备直播》。作品通过人们熟悉的老鼠、米老鼠动漫形象的反差，形成鲜明对比，以别具一格的"喜感"讽刺，会意一笑间，引人深思，发人深省。

获奖理由

作品紧扣当下社会诟病的热点"怪象"，通过人们熟悉的老鼠、米老鼠动漫形象的反差对比，巧妙运用漫画的讽刺与幽默元素，以诙谐的方式描绘社会生活和人性的缺陷，充分体现了漫画作品切口小、构思巧、富新意的表达手法。

新媒体展示

使用手机扫描下方二维码，即可观看本条获奖作品的新媒体展示。

秦岭为媒，长江黄河"牵手"

作品信息

作品类型：二等奖·副刊作品
刊播单位：陕西日报社
报送单位：北京大学
作　　者：魏伟、赵杨博、高振博
编　　辑：曹莉
作品字数：8841字
刊播版面：副刊6版
首发日期：2023年7月17日

作品简介

作品以引汉济渭工程为载体，勾勒其从构想到先期通水近40年的波澜壮阔史，讴歌三秦人特别能吃苦、特别能战斗、特别能奉献的"拧劲"，更映射共产党人坚持发展为了人民、发展依靠人民、发展成果由人民共享的初心使命。

新媒体展示

使用手机扫描下方二维码，即可观看本条获奖作品的新媒体展示。

获奖理由

作品全景式展现引汉济渭工程的丰功伟绩，聚焦库区移民群体的奉献和牺牲，深入挖掘感人细节和大爱事迹。文字简练质朴、纪实性强，可读性强。以小视角折射大时代、反映大主题，文笔细腻生动，是一件优秀的报告文学作品。

山泉村的"大儿子"
——一位乡村振兴"探路者"的 15 年

作品信息

作品类型:二等奖·副刊作品
刊播单位:新华日报社
报送单位:中国报纸副刊研究会
作　　者:薛颖旦、冯圆芳
编　　辑:赵霞
作品字数:6626 字
刊播版面:记录·17 版
首发日期:2023 年 12 月 29 日

作品简介

作品文字清新质朴,人物形象栩栩如生。记者运用当地方言土语,尤其善于捕捉凸显人物个性和境界的语言,生动"立"住了主人公形象。文章话题层层深入,结尾自然隽永,"点"出了一名优秀村干部独特的价值观、人生观。

获奖理由

这是一篇别具匠心的作品:没有把典型人物的故事以传统模式来铺展,而是融入对乡村振兴中诸多问题的思考,把一位共富"领头羊",还原为乡村振兴的"探路者""农民思想家",是一篇兼具思想性和文学性的优秀的报告文学作品。

新媒体展示

使用手机扫描下方二维码,即可观看本条获奖作品的新媒体展示。

大国人物志
张雨霏的冠军之路

作品信息

作品类型：二等奖·新闻访谈
刊播单位：新华通讯社
报送单位：中国广播电视社会组织联合会
作　　者：集体
编　　辑：刘浩、吴炜玲、刘春晖
作品时长：12分31秒
首发日期：2023年9月28日

作品简介

该节目是新华社在杭州亚运会这一重大新闻节点独家、首发的新闻人物访谈。全片紧扣新闻性、时效性、独家性和创新性展开，在张雨霏成为亚运会首个斩获四金的选手之时，第一时间播发，登上了热榜、热搜。

新媒体展示

使用手机扫描下方二维码，即可观看本条获奖作品的新媒体展示。

获奖理由

该作品为杭州亚运会优质新媒体作品；新闻性强，抢抓张雨霏夺得金牌的时间点，赢得报道先机；有"独家内容"，访谈作品对其赛前训练视频独家披露，使访谈更有深度；记者深入采访，挖掘夺冠背后的故事，人物形象饱满。

蔡英文"过境"窜美"倚美谋独" 解放军亮剑 统一大势不可逆！

作品信息

作品类型：二等奖·新闻访谈
刊播单位：中央广播电视总台
报送单位：中国广播电视社会组织联合会
作　　者：集体
编　　辑：王紫思鸣
作品时长：25 分 30 秒
刊播平台：CCTV-7《军事制高点》
首发日期：2023 年 4 月 9 日

作品简介

2023 年 3 月 29 日至 4 月 7 日，民进党当局领导人蔡英文窜访危地马拉和伯利兹，途中"过境"窜美。中国人民解放军东部战区展开环台岛战备警巡和"联合利剑"演习，对"台独"分子起到慑压效果。栏目邀请权威专家进行舆论反制，揭批民进党当局的卑劣行径，展示中国人民解放军维护国家统一的决心和能力。

获奖理由

该节目紧扣时事热点，在重大议题上及时引导舆论，体现了主流媒体的责任担当。节目注重细节与深度，邀请权威专家进行点评，综合运用多种视觉表达手段和丰富的资料，实现对新闻事件的多角度观察，取得良好的传播效果。

新媒体展示

使用手机扫描下方二维码，即可观看本条获奖作品的新媒体展示。

李东宪:
我怕台湾人忘记回家的路

作品信息

作品类型:二等奖·访谈(新媒体)
刊播单位:海博TV客户端
报送单位:中国广播电视社会组织联合会
作　　者:集体
编　　辑:唐征宇、高容峰、金言
作品时长:9分43秒
首发日期:2023年5月30日

作品简介

记者捕捉到中国台湾运动员李东宪在韩国赛场领奖时举起五星红旗这一热点,对李东宪进行深度专访。该访谈立场明确,引领性强。李东宪在访谈中明确表示,对"两岸同属一个中国"的认同感不会改变,在海峡两岸引发共鸣。

新媒体展示

使用手机扫描下方二维码,即可观看本条获奖作品的新媒体展示。

获奖理由

该作品通过敏锐捕捉赛场上的热点凸显了时效性,一方面传递了正能量,有效传播了"两岸一家亲"的理念;另一方面通过挖掘李东宪多次举起国旗背后的感人故事,补充了信息。作品得到广泛的传播,达到较好的传播效果。

章金媛：心跳不停止永远不退休

作品信息

作品类型：二等奖·访谈（电视）
刊播单位：江西广播电视台
报送单位：中国广播电视社会组织联合会
作　　者：集体
编　　辑：张小辉、王清平、刘敏
作品时长：30分
刊播频道：江西广播电视台新闻频道
首发日期：2023年12月5日

作品简介

"国际成就奖"这一全球护理界及健康领域久负盛名的奖项，设立20多年以来，94岁的章金媛是第一位中国获奖者。记者以这一新闻热点为由头，对章金媛进行了近半年的跟踪拍摄和独家专访。

获奖理由

节目以章金媛获得2023年"国际成就奖"这一新闻热点为由头，以点带面，以情动人，多角度展示了立体的章金媛。特别是节目记录扎实、细节丰富，全面展现了章金媛对护理服务严格要求、与患者亲如一家的感人故事。

新媒体展示

使用手机扫描下方二维码，即可观看本条获奖作品的新媒体展示。

大江奔流，千年回响
——湖北、浙江、四川三省交通广播探源长江文明特别直播

作品信息

作品类型：二等奖·直播（广播）
刊播单位：湖北广播电视台
报送单位：中国广播电视社会组织联合会
作　　者：集体
编　　辑：集体
作品时长：1时59分38秒
刊播频率频道：湖北广播电视台楚天交通广播
首发日期：2023年11月14日

作品简介

该节目带领听众走进长江沿岸的三个史诗级文化遗址，亲临考古现场，发布最新考古成果，感受考古黑科技和丰富多彩的文旅体验，与专家一同探源长江文明，生动呈现各地文化保护传承与繁荣发展的丰硕成果。

新媒体展示

使用手机扫描下方二维码，即可观看本条获奖作品的新媒体展示。

获奖理由

该节目立意深远，呈现中华文明的源远流长。节目设计巧妙，通过三地代表性考古遗址（良渚、石家河和三星堆）来感知长江文化、读懂中国精神。作品内容丰富，涉及长江早期文明的孕育、诞生与发展的重要内容。

二等奖

中国高铁"出海"刷新纪录
直击雅万高铁正式启用

作品信息

作品类型：二等奖·新闻直播（广播）
刊播单位：江苏省广播电视总台、浙江广播电视集团、山东广播电视台
报送单位：中国广播电视社会组织联合会
作　　者：集体
编　　辑：集体
作品时长：1时25分29秒
刊播频率：江苏交通广播网、浙江交通之声、山东交通广播等
首发日期：2023年10月2日

作品简介

本次直播以雅万高铁正式启用这一新闻事件为切入点，通过现场访谈、记者登上列车体验连线、录音报道等多种方式进行呈现，记录雅万高铁为印尼交通设施、旅游出行、人口就业等带来的变化。

获奖理由

该报道关注度高且意义重大，主创团队抓准这一重要节点，挖掘放大新闻价值，以生动的事件载体展现"一带一路"倡议的丰硕成果，说服力强、传播效果好，凸显了深入推动共建"一带一路"倡议的重大意义。

新媒体展示

使用手机扫描下方二维码，即可观看本条获奖作品的新媒体展示。

100小时不间断直播
直击台风"苏拉"

作品信息

作品类型:二等奖·新闻直播(消息)
刊播单位:触电新闻客户端
报送单位:中国广播电视社会组织联合会
作　　者:集体
编　　辑:王瑜、许锡铭、谢晓琦
作品时长:1时59分1秒
刊播平台:触电新闻App
首发日期:2023年9月1日

作品简介

该档直播时长近120分钟,直击台风"苏拉"的最新路径及各地迎战"苏拉"的最新消息,传递党和政府的声音。其间不仅邀请气象专家出镜,对台风发展趋势进行权威解读,而且就受众关心的台风来袭市民该如何避险等话题进行访谈。

新媒体展示

使用手机扫描下方二维码,即可观看本条获奖作品的新媒体展示。

获奖理由

该作品有效发挥融媒直播的系统集成优势,打造全新的融媒直播模式。通过多方联动,有效增强了直播对全省境内台风动态的实时更新和持续追踪,具有较好的新闻性、饱满的现场感和丰富的新闻信息量。

经济日报
2023年1月6日8版

作品信息

作品类型：二等奖·新闻版面
刊播单位：经济日报社
报送单位：中国新闻漫画研究会
作　　者：王智、胡文鹏、李瞳
编　　辑：孟飞、朱双健
版面字数：2000字
刊播版面：8版数据版
首发日期：2023年1月6日

作品简介

这一期数据版是围绕2022年中国消费市场高质量发展精心设计的可视化版面，主创人员提前策划选题、搜集数据、设计版面，经过多轮协调沟通，最后确定了设计方案。

获奖理由

《经济日报》的这幅版面比较好地实现了数据新闻的功能，同时也通过标题提炼和言论设置，弥补了单纯数据呈现易产生理解困难的缺陷；采用经典数据图形呈现，在信息传输上更为直接，朴实而有效。

新媒体展示

使用手机扫描下方二维码，即可观看本条获奖作品的新媒体展示。

2023年7月23日《新闻晚高峰》纪念抗美援朝战争胜利70周年特别节目

作品信息

作品类型：二等奖·新闻编排（广播）
刊播单位：江苏省广播电视总台
报送单位：中国广播电视社会组织联合会
作　　者：集体
编　　辑：田甜、方曦、美文（王敏）
作品时长：56分27秒
刊播频率频道：江苏新闻广播
首发日期：2023年7月27日

作品简介

节目带着多位抗美援朝老战士的心愿，走访了抗美援朝出征地丹东、抗美援朝纪念馆、沈阳抗美援朝烈士陵园、志愿军烈士杨根思故乡等地，重温保家卫国之战的历史荣光，缅怀志愿军浴血奋战的慷慨激昂。

新媒体展示

使用手机扫描下方二维码，即可观看本条获奖作品的新媒体展示。

获奖理由

该作品奏响强劲的时代主旋律，纪念抗美援朝战争胜利70周年。节目以"如愿"为线贯穿全篇，引起受众强烈的情感共鸣。同时作品有着生动的多样表达方式，更可贵的是线上线下同步互动，社会参与度高，大大增强了传播效果。

大众日报
2023年6月5日4—5版

✉ 作品信息

作品类型：二等奖·新闻版面
刊播单位：大众日报社
报送单位：中国新闻漫画研究会
作　　者：梁旭日、姚广宽、巩晓蕾
编　　辑：徐超超、李洪翠
版面字数：3524字
刊播版面：4—5版
首发日期：2023年6月5日

作品简介

报纸从珍稀鸟类这一小切口做文章，重点推出"世界环境日"。版面设计以山东地图为基本坐标，合理布局、精美呈现，刊多维形式内容。同时，导读链接客户端推出的系列故事，丰富版面内容，延长传播链条。

获奖理由

该版面以山东地图为基本坐标，主题鲜明、设计精美，鸟儿自述与手绘图示相结合，展现了山东深入贯彻习近平生态文明思想的生动实践。总体看，作品颇具新闻性、准确性、艺术性、创新性和传播力。

新媒体展示

使用手机扫描下方二维码，即可观看本条获奖作品的新媒体展示。

江南都市报
2023年12月27日 T01—04

作品信息

作品类型：二等奖·新闻版面
刊播单位：江南都市报社
报送单位：中国新闻漫画研究会
作　　者：集体
编　　辑：集体
版面字数：1117字
刊播版面：《诗意昌景黄》T01—04
首发日期：2023年12月27日

作品简介

该八连版手绘长卷聚焦昌景黄高铁开通这一新闻事件，生动展现了高铁沿线地区深厚的历史文化底蕴、丰富的生态文明资源和高质量发展的生动实践，深刻阐释了昌景黄高铁的开通带来的意义。

新媒体展示

使用手机扫描下方二维码，即可观看本条获奖作品的新媒体展示。

获奖理由

版面聚焦昌景黄高铁开通这一新闻事件，以八连版手绘长卷的形式，阐释了昌景黄高铁的开通对于江西省社会经济文化发展的重要意义。版面呈现精美新颖，艺术表达形式丰富，富有文化意义和创新价值。

共情，
新闻评论的流量密码

📧 作品信息

作品类型：二等奖·新闻业务研究（期刊）
刊播单位：《中国记者》杂志
报送单位：工人日报社
作　　者：刘文宁
编　　辑：梁益畅
版面字数：5718字
刊播版面：2023年第9期
首发日期：2023年9月15日

💻 作品简介

基于20多年媒体新闻评论的实践，作者敏锐地捕捉到在媒体深度融合发展进程中新闻评论正在发生的深刻转变，认为努力与受众达成情绪、情感及心理的共鸣，是媒体深度融合发展中新闻评论寻求突破的一条可期路径。

💬 获奖理由

此文基于多年主流媒体新闻评论一线实践，结合多学科，对媒体融合发展进程中受众心理、传播规律的变化等给出判断与分析；同时注重分析的分寸感和平衡感，体现出作者对国计民生及时下传播规律的清醒把握。

📶 新媒体展示

使用手机扫描下方二维码，即可观看本条获奖作品的新媒体展示。

主流媒体"账号化"发展现状、挑战与对策

✉ 作品信息

作品类型：二等奖·新闻业务研究（期刊）
刊播单位：《新闻战线》
报送单位：自荐他荐
作　　者：邵晓晖、王永连
编　　辑：王月
版面字数：5690字
刊播版面：2023年12月下
首发日期：2023年12月25日

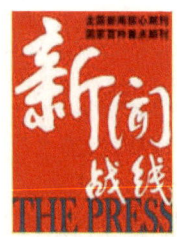

💻 作品简介

本文基于对媒体融合发展路径特别是新媒体账号发展管理的持续深度全面的思考和创新实践，对主流媒体"账号化"的发展成因、积极作用、存在问题进行了全向度分析，提出了高质量推进"账号化"发展的标本兼治之策。

📶 新媒体展示

使用手机扫描下方二维码，即可观看本条获奖作品的新媒体展示。

💬 获奖理由

该作品抓住当前媒体深度融合发展过程中存在的深层次问题，凝练了作者的深入观察和思考，对地方主流媒体借力商业平台与建设自有平台这对矛盾关系做出了辩证应答。

媒体融合背景下"广电＋文旅"创新发展路径研究
——宁夏广播电视台探索与实践

作品信息

作品类型：二等奖·新闻业务研究（期刊）
刊播单位：《中国广播电视学刊》
报送单位：宁夏回族自治区新闻工作者协会
作　　者：张仁汉
编　　辑：樊丽萍
作品字数：7641字
刊播版面：2023年第12期《交流之窗》栏目
首发日期：2023年12月1日

作品简介

本文是首次对"广电＋文旅"跨界融合模式进行系统性理论阐释和创新性实践总结并发表在新闻类核心期刊的研究成果，提出了媒体融合赋予"广电＋"的双重意涵，阐释了"广电＋文旅"融合发展的双重逻辑。

获奖理由

此文视角独特，聚焦当前广电行业跨界创新探索中的"广电＋文旅"热点领域，具有一定的前瞻性、引领性和实效性。展现出宁夏通过"广电＋文旅"提升主流媒体的传播力、影响力、感染力而进行的有益探索。

新媒体展示

使用手机扫描下方二维码，即可观看本条获奖作品的新媒体展示。

聚焦"六个维度",推动党报事业高质量发展

作品信息

作品类型:二等奖·新闻业务研究(期刊)
刊播单位:《新闻战线》
报送单位:陕西省新闻工作者协会
作　　者:李伟
编　　辑:武艳珍
作品字数:7428 字
刊播版面:2023 年 12 月上《深入学习贯彻习近平总书记关于新闻舆论工作的重要论述》栏目第 4 页至第 8 页
首发日期:2023 年 12 月 1 日

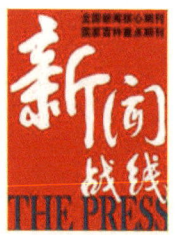

作品简介

本文从六个维度,详细阐释了《陕西日报》这一拥有 84 年光荣历史的省级党报,深入实施"以报立社、人才兴社、产业强社"的发展战略,全力构建全媒体传播体系,提升现代传媒治理能力的积极探索与实践感悟。

新媒体展示

使用手机扫描下方二维码,即可观看本条获奖作品的新媒体展示。

获奖理由

文章既有对习近平总书记关于新闻舆论工作重要论述的深入理解与思考,也充分展示了《陕西日报》贯彻落实习近平总书记对《陕西日报》创刊 80 周年的重要指示,全力构建全媒体传播体系,推动党报事业高质量发展的探索与经验。

携手"出圈",
"小屏"挑大梁

作品信息

作品类型:二等奖·新闻业务研究(期刊)
刊播单位:《新闻战线》
报送单位:湖南省新闻工作者协会
作　　者:胡信松、孟姣燕
编　　辑:陈利云
作品字数:3900字
刊播版面:《实践天地》(第72—74页)
首发日期:2023年7月10日

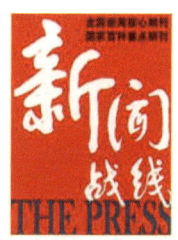

作品简介

本文从三个层面,提出省级党报应积极拓展媒体"朋友圈",从单打独斗到协同作战,从联动破题到携手"出圈",打造具有地方特色的原创优质全媒体产品,有效提升重大主题报道的传播力和影响力。

获奖理由

论文观点新颖独特,论证严谨充分,结构清晰、逻辑严密、言简意赅,相关观点和实践举措可复制、易推广,具有较高的启发借鉴价值。

新媒体展示

使用手机扫描下方二维码,即可观看本条获奖作品的新媒体展示。

《求是》杂志学习贯彻习近平新时代中国特色社会主义思想主题教育系列评论

作品信息

作品类型：二等奖·重大主题报道（期刊）
刊播单位：《求是》杂志、求是网
报送单位：求是杂志社
作　　者：集体
编　　辑：集体
作品字数：16 416 字
刊播版面：《求是》2023 年第 7—14、16 期，求是网
首发日期：2023 年 4 月 5 日

作品简介

该系列评论文章紧跟习近平总书记主题教育系列重要讲话精神和相关时政报道，紧扣在全党开展主题教育的重大意义、目标要求、根本任务和部署安排，体现了较强的权威性、理论性、可读性、指导性。

新媒体展示

使用手机扫描下方二维码，即可观看本条获奖作品的新媒体展示。

获奖理由

该系列评论文章围绕学习宣传阐释习近平新时代中国特色社会主义思想，特别是习近平总书记关于主题教育的系列重要讲话精神，突出理论特色，统筹网上网下，加强选题策划，推出了该系列精品力作。

奔腾之路
——"一带一路"大型全媒体报道

作品信息

作品类型：二等奖·重大主题报道
刊播单位：石榴云客户端
报送单位：新疆维吾尔自治区新闻工作者协会
作　　者：集体
编　　辑：集体
作品字数/时长：4733字；5分32秒
首发日期：2023年8月8日

作品简介

2023年是共建"一带一路"倡议提出十周年，《新疆日报》发挥东联西出优势，派出31名记者历时58天跨国采访，以6种语言报道，推出23期特刊、317件全媒体新闻产品，通过5个系列呈现了"奔腾之路——'一带一路'大型全媒体报道"。

获奖理由

该主题报道在共建"一带一路"十周年之际推出，讲述生动故事，见证合作共赢。报道视野宏阔、成果丰硕，节奏把握巧妙，结尾呼应高峰论坛；同时秉持开放思维，与多方媒体合作，在众多报道中脱颖而出。

新媒体展示

使用手机扫描下方二维码，即可观看本条获奖作品的新媒体展示。

中国共产党为什么能始终代表最广大人民的根本利益?

作品信息

作品类型:二等奖·重大主题报道
刊播单位:中国网
报送单位:中国外文出版发行事业局
作　　者:集体
编　　辑:孙婉露
作品时长:40分9秒
首发日期:2022年10月18日

作品简介

党的二十大召开后,为向海外受众宣传阐释党的二十大精神,回应西方社会对中国共产党的质疑,中国网策划了《中国共产党为什么能始终代表最广大人民的根本利益?》系列节目,从五个维度深刻诠释了党的人民观和中国的民主实践。

新媒体展示

使用手机扫描下方二维码,即可观看本条获奖作品的新媒体展示。

获奖理由

政党议题是海外关注中国的重点和媒体实践难题。中国网系列节目从五个维度阐释中国共产党人民观,在叙事、视听等方面创新,摆脱传统宣传窠臼,引导海外舆论,是"自塑"中共国际形象的有益尝试。

二等奖

人不负青山，
青山定不负人

作品信息

作品类型：二等奖·重大主题报道
刊播单位：浙江日报社
报送单位：浙江省新闻工作者协会
作　　者：王世琪、沈晶晶、严粒粒
编　　辑：集体
刊播版面：要闻1版
作品字数：9452字
首发日期：2023年8月14日

作品简介

首个全国生态日前夕，记者前往"绿水青山就是金山银山"理念诞生地、习近平生态文明思想践行典型的浙江安吉余村蹲点采写月余，掌握余村20年发展的历史细节，以地方实践阐释理论，充分展现了习近平生态文明思想的真理伟力。

获奖理由

该报道题材重大，兼具思想性、典型性与创新性，社会影响力大。在首个全国生态日来临前刊发，深刻阐述"两山"理念对余村、浙江乃至中国的影响，促进习近平生态文明思想传播，是践行"四力"的生动实践。

新媒体展示

使用手机扫描下方二维码，即可观看本条获奖作品的新媒体展示。

新时代首都发展巡礼·生态治理

作品信息

作品类型：二等奖·重大主题报道
刊播单位：听听 FM
报送单位：北京市新闻工作者协会
作　　者：集体
编　　辑：集体
作品字数：15 392 字
首发日期：2023 年 4 月 17 日

作品简介

2023 年，北京广播电视台在"新时代，新征程，新伟业"主题下，推出《新时代首都发展巡礼·生态治理》报道，分三个篇章聚焦北京市生态环境治理的不同侧面，通过多种形式展现生态治理成果，分享北京生态建设经验。

新媒体展示

使用手机扫描下方二维码，即可观看本条获奖作品的新媒体展示。

获奖理由

该报道选题重大，回顾党的十八大以来北京生态治理，融合宏微观叙事，展现发展答卷与实践经验。创新叙事，从平民视角讲百姓故事，践行"四力"。作品采用融媒传播方式，打破单一模式，创新重大主题报道新范式。

大型互动融媒产品
我们向前 中国向上

作品信息

作品类型：二等奖·重大主题报道
刊播单位：新华日报·交汇点新闻
报送单位：江苏省新闻工作者协会
作　　者：集体
编　　辑：潘青松、杜雪艳、朱威
作品字数：195 866 字
首发日期：2023 年 12 月 31 日

作品简介

该作品以新华日报社 10 年跟踪调研中国式现代化基层观察点行动为基，展现了江苏"向前"新实践，记录了高质量发展的"向上"中国，具有全局示范价值。作品构思精巧、内容饱满，集多样性于一体，还通过技术创新融媒实践，社会宣传效应巨大。

获奖理由

该作品主题重大，内容丰富，结构完整，形式创新，技术先进，有力、生动地回答了"何以中国、是以中国"的世界之问、时代之问、人民之问，铺展出中华大地高质量发展的画卷，激发群众积极投身中国式现代化的建设热潮，传播效果好。

新媒体展示

使用手机扫描下方二维码，即可观看本条获奖作品的新媒体展示。

苏皖两个相邻山村的岁月嬗变
——关于乡村振兴的调研

作品信息

作品类型：二等奖·重大主题报道
刊播单位：光明日报社
报送单位：光明日报社
作　　者：集体
编　　辑：集体
作品字数：15 727 字
刊播版面：1 版要闻、4 版综合新闻
首发日期：2023 年 7 月 24 日

作品简介

该作品追踪调研跨越近 30 年，1995 年记者王慧敏关注到苏皖边界两村差异，深入调研并两度发文，引发苏皖两地思想解放大讨论；2023 年光明日报社社长王慧敏再次带队蹲点调研，定位关键问题，以散文化表达实现了良好传播效果。

新媒体展示

使用手机扫描下方二维码，即可观看本条获奖作品的新媒体展示。

获奖理由

报道聚焦"乡村振兴"重大主题，响应中央大兴调查研究号召，视角独特，成对比式新闻典范；追踪近 30 年，挖掘深度，提出关键问题引共鸣；文笔优美，以散文笔法改进文风；同时推动了实际工作，改变两村面貌，打造当地文化品牌。

"数说两会"融媒体报道

📧 作品信息

作品类型：二等奖·重大主题报道
刊播单位：经济日报新闻客户端，经济日报抖音、快手、视频号，经济日报社
报送单位：经济日报社
作　　者：集体
编　　辑：集体
作品字数/时长：1000字；2分
首发日期：2023年3月5日

💻 作品简介

2023年全国两会，正值全面贯彻党的二十大精神开局之年，各界高度关注我国经济发展目标。《经济日报》策划"数说两会"融媒体报道，以"原创短视频＋报纸专栏"的形式，解读重要经济指标，播发7条短视频、7篇稿件，探索不同表达优势，效果显著。

💬 获奖理由

《经济日报》发挥内容优势，创新传播，让宏观经济数据生动起来，助网友读懂数据、把握经济大势。作品解读客观、表达鲜活，彰显了中央党报、经济大报的传播力与影响力，是中央媒体对重大主题宣传进行轻量化表达的一次积极探索。

📶 新媒体展示

使用手机扫描下方二维码，即可观看本条获奖作品的新媒体展示。

吉林开年建设农业强省一线观察系列报道

作品信息

作品类型：二等奖·重大主题报道
刊播单位：吉林日报社、新华每日电讯社
报送单位：吉林省新闻工作者协会
作　　者：集体
编　　辑：集体
作品字数：8028 字
刊播版面：《吉林日报》一版、《新华每日电讯》一版
首发日期：2023 年 2 月 19 日

作品简介

该组报道打破单位壁垒，多名记者深入吉林省十余个产粮大县采访一线干部群众，写出了基层干部群众的创业热情，在 2023 年"中央一号"文件向社会公布的第一时间刊发，掀起了社会各界关注农业强国建设的热潮，形成了良好的影响和传播声势。

新媒体展示

使用手机扫描下方二维码，即可观看本条获奖作品的新媒体展示。

获奖理由

该稿件主题重大、刊发时机精准，集中反映了"黑土粮仓"如何迅速落实党的二十大精神，及时回应了总书记的关切。稿件紧扣全方位夯实粮食安全根基，聚焦地方敢为敢闯的精神，采访扎实、基调昂扬，生动展现粮食主产区抢抓机遇建设农业强国的新气象、新作为。

台籍火车司机：
深知离别苦 方晓团圆甜

作品信息

作品类型：二等奖·重大主题报道
刊播单位：中国新闻社
报送单位：中国新闻社
作　者：龙敏
编　辑：集体
作品字数：1379 字
首发日期：2023 年 1 月 20 日

作品简介

祖籍台湾花莲的何志刚是福州机务段内燃机车司机，2023 年是他退休前最后一个春运。中新社记者多年关注何志刚，除夕前一日跟随他体验记录繁忙春运，而后过渡到其亲人跨越海峡的离别与团圆，凸显"两岸一家亲"的主题。

获奖理由

该报道以一位台籍火车司机的小故事反映中国发生的翻天覆地的变化，以个人春运的离别与团圆反映海峡两岸要和平、要发展、要团圆的大主题，视角独到、主题突出、内容丰富、新闻性、现场感强，在平实叙述中寓真情，富有感染力和传播力。

新媒体展示

使用手机扫描下方二维码，即可观看本条获奖作品的新媒体展示。

新马可·波罗游记

作品信息

作品类型：二等奖·重大主题报道
刊播单位：华龙网首页、客户端
报送单位：重庆市新闻工作者协会
作　　者：集体
编　　辑：康延芳、佘振芳、李裕锟
作品时长：7分50秒
首发日期：2023年10月19日

作品简介

该作品在2023年第三届"一带一路"国际合作高峰论坛期间推出，紧扣总书记论述，融合文明交往与传统文化故事；以马可·波罗传奇经历为创意亮点，内容精选重庆典型场景、故事，同时引入多种前沿数字技术，经百余次优化精彩呈现。

新媒体展示

使用手机扫描下方二维码，即可观看本条获奖作品的新媒体展示。

获奖理由

该作品是地方媒体在重大主题报道媒体融合上的匠心探索，有助于行业水准跃升。技术上引入AIGC等前沿技术，制作上兼具宏大叙事与细节表达，传播紧扣时代，激发情感共振，实现破圈裂变传播。

"千万工程"系列报道

作品信息

作品类型：二等奖·国际传播
刊播单位：光明网、《光明日报》TikTok、捷克《文学报》、巴基斯坦《战斗报》、泰国《沙炎叻日报》、塞尔维亚《政治报》、埃及《消息报》、希腊《每日报》、埃塞俄比亚《亚的斯泽门报》、Facebook、Twitter 账号、塞尔维亚《政治报》网站、泰国《沙炎叻日报》网站
报送单位：中华全国新闻工作者协会评奖办公室
作　　者：集体
编　　辑：薄洁萍、谈莉敏、刘家铭
作品字数：14 188 字
刊播版面：捷克《文学报》、巴基斯坦《战斗报》5 版、泰国《沙炎叻日报》7 版、塞尔维亚《政治报》7 版、埃及《消息报》7 版、希腊《每日报》7 版、埃塞俄比亚《亚的斯泽门报》4 版
首发日期：2023 年 6 月 14 日

作品简介

在 2023 年"千万工程"实施二十周年之际，光明日报社成立全媒体国际传播调研采访组，走访浙江多地 13 个乡村、采访百余位代表性人物，讲述"千万工程"给农民生活、乡村发展带来的深刻改变，在多国主流媒体推出专版专刊，并通过多平台开展网络传播。

获奖理由

"千万工程"系列报道新闻性强，深入挖掘浙江美丽乡村建设内涵，展现了乡村新貌与农民生活变迁。报道以小切口故事引导思考乡村振兴，发挥新媒体优势吸引年轻受众，创新国际传播效果多渠道传播，国内外反响热烈。

新媒体展示

使用手机扫描下方二维码，即可观看本条获奖作品的新媒体展示。

沿着运河看中国

作品信息

作品类型：二等奖·国际传播
刊播单位：美国国家地理、江苏省广播电视总台
报送单位：南京大学
作　　者：集体
编　　辑：集体
作品时长：1时32分21秒
刊播平台：美国国家地理、江苏卫视、江苏国际
　　　　　频道
首发日期：2023年9月30日

作品简介

中美合拍纪录片《沿着运河看中国》创作团队足迹遍布运河沿线的30多个城镇，跟随美国学者费家炯的独特视角行进式体验、沉浸式互动、跨文化解读，向世界讲述跨越时间和空间的运河故事，展现中华文明所蕴含的生态理念和发展智慧。

新媒体展示

使用手机扫描下方二维码，即可观看本条获奖作品的新媒体展示。

获奖理由

该作品选题重大，由运河切入进行国家叙事，展现中国发展智慧；角度新颖，实现古今纵横交融；制作精良，以普通人的故事传递共通情感；讲述平实，用"他者"视角打通传播壁垒；国际传播有突破，掀起全球"中国大运河热"。

探宝觅踪
——寻找湾区民间文化力量

作品信息

作品类型：二等奖·国际传播
刊播单位：N视频客户端
报送单位：中华全国新闻工作者协会评奖办公室
作　　者：集体
编　　辑：戎明昌、刘江涛、王佳
作品时长：59分31秒
刊播平台：美国国家地理、江苏卫视、江苏国际频道
首发日期：2023年5月18日

作品简介

该作品邀请来自书画、戏曲、建筑等领域的八位大咖，以"湾区民间文化探寻官"的身份走访30多家民间博物馆，最终制作出8集融合传统元素、创新表达和跨文化传播的优质纪录片，为境内外受众带来了一场场文化视听盛宴。

获奖理由

作品寻访大湾区30多家民间博物馆，对民间珍宝故事进行了挖掘展示，是对中华优秀传统文化的传承和弘扬。有质感的画面、有流量的大咖、有温度的叙事，线上线下多渠道呈现，让湾区文化"破圈出海"，提升了国际传播效能。

新媒体展示

使用手机扫描下方二维码，即可观看本条获奖作品的新媒体展示。

PLA in Every Minute
(时刻·中国军队)

作品信息

作品类型:二等奖·国际传播
刊播单位:中国军网
报送单位:中华全国新闻工作者协会评奖办公室
作　　者:集体
编　　辑:集体
作品时长:12分13秒
首发日期:2023年11月6日

作品简介

在全面贯彻落实党的二十大精神的开局之年,解放军新闻传播中心为加强军事国际传播,历经8个月,深入多地一线部队调研,推出 PLA in Every Minute(《时刻·中国军队》)系列外宣视频双语短片,展现了人民军队的坚定决心与精神风貌。

新媒体展示

使用手机扫描下方二维码,即可观看本条获奖作品的新媒体展示。

获奖理由

该系列视频作品与外军外宣的战略威慑、隐藏等手段不同,其专注形象塑造,以故事呈现我军国家主权、安全、发展利益的决心、信心和能力,凸显我军应对挑衅的规范性、法理性与正义性,用"3+1"方式在镜头切换中立体展现解放军风貌。

出海游戏遇上三星堆

作品信息

作品类型:二等奖·国际传播
刊播单位:四川国际传播中心油管(sharing sichuan)、推特(X)@sichuandaily、脸书(center.culture)、三星堆考古官网、三星堆文化油管@sanxingdui、推特(X)@sanxingduiC、四川国际传播中心微信视频号、四川国际传播官网Center.top
报送单位:中华全国新闻工作者协会评奖办公室
作　　者:集体
编　　辑:汤晨、戈丹、谢秀丽
作品字数/时长:3394字;13分39秒
首发日期:2023年2月17日

作品简介

为吸引更多海外"Z世代",持续探索创新国际传播渠道路径,四川国际传播中心以三星堆为依托,利用Minecraft和《原神》等在海外影响力巨大的游戏,通过活动征集、游戏内容植入、联合推广等方式,面向海外"Z世代"讲好中国故事。

获奖理由

该作品创新性地将传统文化传播植入游戏,将出海游戏拓展为国际传播载体,并结合海外社交平台,利用多模态、多主体、多体裁的形式进行系列报道,精准抵达海外"Z世代",成功实现了让更多海外年轻人成为中华文化传播的积极参与者和推广者。

新媒体展示

使用手机扫描下方二维码,即可观看本条获奖作品的新媒体展示。

回家
Saving Dolphin Chess

作品信息

作品类型:二等奖·国际传播
刊播单位:三沙卫视
报送单位:中华全国新闻工作者协会评奖办公室
作　　者:集体
编　　辑:邢蔓、陈秀
作品时长:16分41秒
刊播版面:三沙卫视
首发日期:2023年6月8日21:00

作品简介

《回家 Saving Dolphin Chess》是三沙卫视历时一年跟踪拍摄的一部反映海洋生态保护的微纪录片。一只海豚在海南昌江棋子湾搁浅,由此引发了来自社会多方历时300多天的接力救治,最终回归大海。

新媒体展示

使用手机扫描下方二维码,即可观看本条获奖作品的新媒体展示。

获奖理由

精美的画面、清晰的叙事、生动的表现形式,为我们呈现了一个引人入胜的故事,向世界传达了中国人爱护自然、保护生物的理念,展现了可信、可爱、可敬的中国形象。在国际传播中,这样的故事能够很好地连接世界,引发共鸣。

二等奖

"我们找到在鼓岭的根"

作品信息

作品类型：二等奖·国际传播
刊播单位：华人头条
报送单位：中华全国新闻工作者协会评奖办公室
作　　者：集体
编　　辑：林硕峰、何艳娟、郑喆炜
作品时长：7分8秒
首发日期：2023年9月11日 14:17

作品简介

1948年，美国侨民穆蔼仁在鼓岭上买了一座老房子，然而由于历史的原因，他们仓促地离开了福州。多年后，穆蔼仁的儿媳穆言灵帮助许多外国友人找到了他们祖辈曾在鼓岭的"家"，直到2023年找到了自己的"家"。

获奖理由

《"我们找到在鼓岭的根"》忠实记录了一段中美民间友好的情缘，生动叙述了习近平主席当年在福建工作时，亲力亲为接续的"鼓岭缘"——中美民间友好树苗到今天不断开枝散叶的故事。润物细无声，跨国传播的"共情"效果满满。

新媒体展示

使用手机扫描下方二维码，即可观看本条获奖作品的新媒体展示。

黑脸琵鹭

作品信息

作品类型：二等奖·国际传播
刊播单位：YouTube"文化之旅"账号（英文版）
报送单位：中华全国新闻工作者协会评奖办公室
作　　者：集体
编　　辑：王会军、张田收、于庆华
作品时长：30 分
刊播版面：MC 俄语卫星电视频道《记录中国》栏目
首发日期：2023 年 12 月 21 日

作品简介

本片是国内首部以来自中国台湾岛的黑脸琵鹭作为表现主体、将候鸟故事融进祖国统一和新时代生态文明叙事视角的自然题材系列纪录片，讲述了生命的繁衍和生存，以独特的中国题材进行了具有国际传播力的中国式叙事。

新媒体展示

使用手机扫描下方二维码，即可观看本条获奖作品的新媒体展示。

获奖理由

真实完整的记录，精彩的细节呈现以及众多珍贵镜头带来的惊喜，使该作品具有较强可看性，展现了人与自然和谐共生的深远意义。特别是创作者从黑脸琵鹭辽东半岛、福建沿海到台湾的迁徙路线中，提炼出海峡两岸血脉相连的亲情主题。

我在敦煌做研究

✉ 作品信息

作品类型：二等奖·国际传播
刊播单位：新甘肃客户端、HiGansu 视频号、Facebook
报送单位：中华全国新闻工作者协会评奖办公室
作　　者：集体
编　　辑：杨方铭、祁晴、蒋蕊
作品时长：4 分 2 秒
首发日期：2023 年 9 月 4 日

📺 作品简介

该作品通过外国学者的第三视角，沉浸式走访观察记录敦煌莫高窟的十年变迁、文化内涵，全片贯穿着敦煌莫高窟与外国学者史瀚文的温暖触碰，跨越了民族和语言，反映了中国传统文化跨越国界、引发共鸣的魅力。

💬 获奖理由

该作品主题鲜明、对象典型、立意新颖、采访深入、制作精良、感染力强。作品流露出外国学者史瀚文对敦煌文化的向往和敬仰，以人文视角寻觅共情，诠释了敦煌文化的博大精深，展现了以学相知、万里为亲的文化交融新图景。

📶 新媒体展示

使用手机扫描下方二维码，即可观看本条获奖作品的新媒体展示。

京之轴
Beijing Central Axis - The Legend of A Line

作品信息

作品类型：二等奖·国际传播
刊播单位：中央广播电视总台 CGTN
报送单位：中华全国新闻工作者协会评奖办公室
作　　者：集体
编　　辑：韩莉、王丹英
作品时长：29 分 1 秒
刊播版面：CGTN 纪录片频道《特别呈现》
首发日期：2023 年 7 月 3 日

作品简介

《京之轴》秉持放眼全球思路，立足国际传播，力求以通俗易懂的语言、丰富而精美的画面讲好北京中轴线的故事。该片不仅将北京中轴线上所有的核心建筑囊括其中，更将镜头延伸到胡同深处，探寻中轴线百年以来的文明积淀。

新媒体展示

使用手机扫描下方二维码，即可观看本条获奖作品的新媒体展示。

获奖理由

作品以故事化的叙事策略，用世界语言为全球观众讲好多彩中国故事，实现了多元文化的深度交流和国际共鸣。

演出之后

作品信息

作品类型:二等奖·典型报道
刊播单位:中国蓝新闻客户端
报送单位:浙江省新闻工作者协会
作　　者:集体
编　　辑:程波、吕梦佳、间高桥
作品时长:14分52秒
首发日期:2023年12月28日

作品简介

在杭州第四届亚残运会开幕式上,来自杭州市上城区弯湾托管中心的25名心智障碍青年表演了排练三年的团体舞。作品以"弯湾"为典型,持续记录了在他们演出结束之后,政府、社会、家庭如何帮助残疾人融入社会。

获奖理由

杭州第四届亚残运会是全社会关注的热点。该作品对于在推进中国式现代化新征程过程中如何关爱特殊群体及其家庭,更好地保障残疾人基本民生、改善残疾人生活品质、促进残疾人全面发展等问题,进行了及时深入的观察与探讨。

新媒体展示

使用手机扫描下方二维码,即可观看本条获奖作品的新媒体展示。

大国重器
——北大荒打造"中国饭碗""农业航母"记

作品信息

作品类型：二等奖·典型报道
刊播单位：农民日报社
报送单位：农民日报社
作　　者：集体
编　　辑：周泉涌、赵宇恒、王一晴
作品字数：13 062 字
刊播版面：要闻一版
首发日期：2023 年 9 月 25 日

作品简介

在习总书记考察北大荒五周年之际，《农民日报》提前精心策划，派出采访组深入北大荒采访调研。记者用一周时间深入北大荒多个农场采访，获取了大量最新一手素材和北大荒70多年来的历史资料，几易其稿完成报道。

新媒体展示

使用手机扫描下方二维码，即可观看本条获奖作品的新媒体展示。

获奖理由

粮食安全是"国之大者"，该作品关注粮食安全重要议题，以典型报道强引领稳信心；兼具历史眼光与全球视野，发掘报道老典型的时代内涵；内容创新与形式创新相结合，传统写法与新媒体表达相结合，历史穿透与现实聚焦相结合。

黎明师傅闯关记

作品信息

作品类型:二等奖·典型报道
刊播单位:津云客户端
报送单位:天津市新闻记者协会
作　　者:集体
编　　辑:集体
作品时长:11分23秒
首发日期:2023年12月19日

作品简介

作品以"承诺"为切入点,主创团队对张黎明进行了为期一年的跟踪拍摄,通过记录张黎明与一线电力工人、社区书记、广大居民的沟通细节,真实呈现了张黎明从萌生灵感到落地安装,以及在研发升级中不断"闯关"的故事。

获奖理由

随着新能源汽车数量的快速增长,一"桩"难求已然成为社区治理的瓶颈之一。该作品立足现实,展现了一名共产党员破解难题、全心全意为人民服务的精神,为推动基层治理提供了可借鉴的经验,营造了良好的舆论氛围。

新媒体展示

使用手机扫描下方二维码,即可观看本条获奖作品的新媒体展示。

穿越千年的陶阳里

作品信息

作品类型：二等奖·典型报道
刊播单位：江西广播电视台
报送单位：江西省新闻工作者协会
作　　者：集体
编　　辑：张小辉、刘在胜、高笑
作品时长：5分38秒
刊播版面：江西卫视《江西新闻联播》
首发日期：2023年12月31日

作品简介

2023年10月11日，习近平总书记来到景德镇陶阳里历史文化街区考察。陶阳里的发展模式为什么能够获得总书记的点赞？记者第一时间深入陶阳里历史文化街区蹲点调研，挖掘历史文化遗产保护传承的"陶阳里模式"。

新媒体展示

使用手机扫描下方二维码，即可观看本条获奖作品的新媒体展示。

获奖理由

一是主题重大，展现了当地探索历史文化遗产与文旅产业良性互动的生动实践。二是结构精巧，把陶阳里历史文化街区的发展路径呈现得淋漓尽致。三是采访扎实、语言朴素、细节感人，是一篇践行"四力"的佳作。

六问：河南南阳收割机为何无法下高速？

作品信息

作品类型：二等奖·舆论监督报道
刊播单位：央广网
报送单位：吉林大学
作　　者：汪宁、余京津、刘保奇
编　　辑：张军、于锋、王薇
作品字数：4149字
首发日期：2023年5月30日

作品简介

2023年5月底，网传"南阳上百台收割机无法下高速"引起社会广泛关注。尽管南阳官方及时回应，网上仍是质疑不断，引发不良社会影响。对此，记者及时深入一线进行深入调查并快速发声，客观全面还原事实真相。

获奖理由

作品不是简单地对谁对谁错进行归因判断和批评指责，而是对利益相关方进行全面深入采访，通过全景视角还原事实真相，以建设性的姿态进行理性探讨，回应社会关注，实事求是，发挥了较好的舆论引导作用。

新媒体展示

使用手机扫描下方二维码，即可观看本条获奖作品的新媒体展示。

山东莱荣高铁被举报：
偷工减料暗藏重大安全隐患

作品信息

作品类型：二等奖·舆论监督报道
刊播单位：经济参考报社
报送单位：中国行业报协会
作　　者：王文志
编　　辑：祁蓉、陈东、刘超
作品字数：2127 字
刊播版面：《经参调查》(4 版)
首发日期：2023 年 7 月 20 日

作品简介

我国高速铁路建设进入高速发展阶段，工程质量管理成为重中之重。本文抓住莱荣高铁部分标段路基段桩基施工被举报偷工减料这一典型案例，揭开其隐藏在地下的"缩水桩"真面目，经过大量核实和证伪使得事实证据链完整。

新媒体展示

使用手机扫描下方二维码，即可观看本条获奖作品的新媒体展示。

获奖理由

该报道成为当前大规模、高标准的高速铁路建设背景下一个具有标本价值的观察样本，为该领域速度与质量失衡的苗头敲响警钟、提供镜鉴。

3·15特别报道·江西—江苏—山东:养殖虾当成野生卖?消费者质疑网络主播带货"虚假宣传"

作品信息

作品类型:二等奖·舆论监督报道
刊播单位:江西广播电视台都市频道
报送单位:西藏民族大学
作　　者:集体
编　　辑:刘凌、李彬、王甜
作品字数:14分16秒
刊播版面:都市频道《都市现场》
首发日期:2023年3月14日

作品简介

江西都市频道收到消费者投诉,反映在"东方甄选"平台主播直播间买到的野生大虾疑似养殖虾。记者通过一个多月的暗访调查,坐实"东方甄选"涉嫌虚假宣传,并把一条将养殖虾包装成野生虾的灰色供销链条连根拔起。

获奖理由

该报道追求新闻的真实性,用事实说话,针砭时弊,令人信服。报道播出后,涉事企业认错整改,有效推动了行业自律,提振了社会公众的消费信心,也再次让人们认识到舆论监督的重要性。

新媒体展示

使用手机扫描下方二维码,即可观看本条获奖作品的新媒体展示。

一束照进生命的光

作品信息

作品类型：二等奖·融合报道
刊播单位：石榴云客户端
报送单位：中华全国新闻工作者协会新媒体
　　　　　专业委员会
作　　者：集体
编　　辑：晁瑾、方云静、杰文津
作品时长：5分6秒
首发日期：2023年11月14日

作品简介

玛依努尔的故事是新疆人权事业发展最真实的写照，是开展涉疆对外斗争的生动素材。捕捉到这一主题的重大意义，新疆日报社（集团）组织创作团队投入产品策划，用一个有分量的手绘短视频承载了这个有分量的故事。

新媒体展示

使用手机扫描下方二维码，即可观看本条获奖作品的新媒体展示。

获奖理由

作品用四篇章手绘漫画表现维吾尔族女医生玛依努尔的感人事迹，表达流畅简洁又不乏细节，展现了人物多方面的高光点。在画面制作上将黑白色调画面与彩色画面交叉使用，突出了关键信息与情绪高潮，堪称用心用情之作。

沉浸式交互 H5 | 深海之锤

作品信息

作品类型:二等奖·融合报道
刊播单位:津云客户端
报送单位:中华全国新闻工作者协会新媒体
　　　　　专业委员会
作　　者:集体
编　　辑:集体
作品字数/时长:9446 字;27 分 48 秒
发布平台:津云客户端
首发日期:2023 年 12 月 15 日

作品简介

2023 年,由我国历时 3 年自主研制的 2500 米级超深水打桩锤完成海试。记者蹲点采访数十位科研骨干,挖掘科研故事,运用 14 部短视频,再融合音频、图片、文字、游戏等多媒体手段,创作这部沉浸式、有交互体验的 H5 作品。

获奖理由

该稿件聚焦深海油气开发核心装备的研发,展现中国自主创新的综合实力。记者通过长期跟踪采访记录一线故事,以 H5 的形式将生动的视频与深海场景巧妙结合,增强用户的沉浸感,并通过组装、操作等互动方式提高用户的参与感。

新媒体展示

使用手机扫描下方二维码,即可观看本条获奖作品的新媒体展示。

送你一张机票!

作品信息

作品类型:二等奖·融合报道
刊播单位:长江云客户端
报送单位:中华全国新闻工作者协会新媒体专业委员会
作　　者:集体
编　　辑:滕益艺、刘云鹏、郭金华
作品字数:520字
发布平台:长江云客户端
首发日期:2023年9月19日

作品简介

2023年9月18日,武汉与台北之间的直飞航班时隔三年正式复航。湖北广播电视台国际传播中心推出融合报道《送你一张机票!》。主创人员设计17张互动海报,配以诗意文案,将机票与湖北、台湾的自然、美食和人文等相结合。

新媒体展示

使用手机扫描下方二维码,即可观看本条获奖作品的新媒体展示。

获奖理由

作品富有创意,以一张机票为切入点,定格在武汉与台北直飞航班时隔三年正式复航的重要历史瞬间,一张小小的机票跨越山海,拉近了海峡两岸的距离,诸多创意体现了融媒时代的传播特色,具有较强的传播力和感染力。

甲骨文申请上两会

作品信息

作品类型:二等奖·融合报道
刊播单位:映象网
报送单位:中华全国新闻工作者协会新媒体
　　　　　专业委员会
作　　者:集体
编　　辑:梁德宝、杨肖宁、曹源
作品时长:2分58秒
发布平台:映象网
首发日期:2023年3月2日

作品简介

《甲骨文申请上两会》从文案撰写、动漫设计等方面探索创新,选取"仓、火、车、民、森"五个甲骨文,设计出其数字化虚拟形象;用拟人态的手法,结合戏精式的文案内容,讲述粮食、经济、创新、民生、环保方面的发展。

获奖理由

作品依托故事化场景,借助拟人化的"仓、火、车、民、森"五个甲骨文的对话,巧妙串联起粮食、经济、创新、民生、环保五个话题,以具体数据展示我国多领域的建设成就,实现了硬话题的软着陆。

新媒体展示

使用手机扫描下方二维码,即可观看本条获奖作品的新媒体展示。

"破四唯""立新标"有多难?

作品信息

作品类型:二等奖·融合报道
刊播单位:光明日报客户端
报送单位:中华全国新闻工作者协会新媒体专业委员会
作　　者:集体
编　　辑:常戍、蔡侗辰、丰捷
作品时长:2486字;7分47秒
发布平台:光明日报客户端
首发日期:2023年5月10日

作品简介

作品聚焦我国科研评价体系重大改革议题,调研组深入全国20余个省市区、近百所高校和科研院所,得到大量案例、问题和建议,首次采取记者担当"科技博主"的讲解形式,专业性与可视性融合,让深奥的内容变得浅显易懂。

新媒体展示

使用手机扫描下方二维码,即可观看本条获奖作品的新媒体展示。

获奖理由

作品以深入调研为基础,通过"科技博主"讲解的形式,让复杂内容变得通俗易懂。作品运用高科技质感的动画,结合光影效果带来强烈视觉冲击,传达深刻观点,揭示了科研体制改革的痛点,展现了对未来科研生态的积极期待。

我家住在长三角

作品信息

作品类型：二等奖·融合报道
刊播单位：中安新闻客户端
报送单位：中华全国新闻工作者协会新媒体专业委员会
作　　者：集体
编　　辑：程玉涵
作品字数/时长：1524字；5分41秒
发布平台：中安新闻客户端
首发日期：2023年12月15日

作品简介

作品融入动画视频、手绘、互动游戏、新闻采访音视频等新媒体元素，以安徽省鸟灰喜鹊的卡通形象作为引导者，带领网友沉浸式体验"长三角一体化"发展战略给三省一市百姓带来的在交通、政务、医疗和文旅等方面的变化。

获奖理由

报道生动展现了"长三角一体化"国家战略实施以来，长三角地区三省一市持续分类推进各领域公共服务便利共享，协力描绘民生福祉最大同心圆的幸福画卷。作品构思精巧、制作精良、画风精美，兼具艺术性与新闻性。

新媒体展示

使用手机扫描下方二维码，即可观看本条获奖作品的新媒体展示。

全国首个少先队员劳动教育实践网上平台——红领巾劳动吧

作品信息

作品类型：二等奖·应用创新
刊播单位：交汇点新闻客户端
报送单位：中华全国新闻工作者协会新媒体专业委员会
作　　者：集体
编　　辑：潘青松、高伟、唐澄
发布平台：交汇点新闻客户端
首发日期：2023年3月16日

作品简介

平台由"资讯池（劳动新闻资讯）""行动派（各类活动开展）""云课堂（劳动微课）""劳动家（成果分享）""互动屋（在线交流）"五大板块组成，每日推出原创资讯，组织互动交流，开展品牌活动，广受好评。

新媒体展示

使用手机扫描下方二维码，即可观看本条获奖作品的新媒体展示。

获奖理由

作品围绕中小学生劳动课程打造线上实践平台，很好地体现了该应用的目标群体和应用特色；通过丰富的板块设计实现"传媒＋教育＋服务"功能，覆盖用户广泛，自主搭建的平台可持续性强，可供其他省份学习。

"星城"移动服务

作品信息

作品类型:二等奖·应用创新
刊播单位:我的长沙客户端
报送单位:中华全国新闻工作者协会新媒体专业委员会
作　　者:集体
编　　辑:魏梦冬、吴奕锋、杨明亮
发布平台:我的长沙客户端
首发日期:2023年1月23日

作品简介

"星城"移动服务是集资讯浏览、社交分享、意见收集、办事服务、舆论监督于一体的应用创新服务产品。平台积极拓展"新闻＋政务＋服务"功能,在满足公众需求、提供公共服务、参与社会治理方面发挥积极作用。

获奖理由

作品集资讯浏览、社交分享、意见收集、办事服务、舆论监督于一体,积极拓展"新闻＋政务＋服务"功能,对于推进政府决策科学化、社会治理精准化、公共服务高效化,走好全媒体时代群众路线,具有示范引领作用。

新媒体展示

使用手机扫描下方二维码,即可观看本条获奖作品的新媒体展示。

中国新闻奖

三等奖

【大国重器生态文明实践】
"算大账"高峡出平湖 "凭鱼跃"碧水双通道

作品信息

作品类型:三等奖·消息
刊播单位:广西广播电视台
报送单位:广西新闻工作者协会
作　　者:集体
编　　辑:刘红明、李莉、唐昕妍
作品时长:3分53秒
刊播版面:广西卫视《广西新闻》
首发日期:2023年9月3日

作品简介

2023年9月2日,大藤峡主体工程全面完工。记者采访直接参与其双鱼道设计的重磅专家,把磅礴的水电现场与过鱼监测现场通过"双视窗"呈现,整个片子表达精练,善"抖包袱",叙事引人入胜。

获奖理由

作品关注大藤峡水利枢纽工程,从建设单一鱼道到建设双鱼道再到建成全国水利工程最大的水生态保护体系的一波三折,是一篇关于习近平生态文明思想生动实践的重大典型报道;挖掘深入,注重时度效;叙事有理有据,语言精练。

新媒体展示

使用手机扫描下方二维码,即可观看本条获奖作品的新媒体展示。

辽宁为1806名受到不实举报的党员干部澄清正名

作品信息

作品类型：三等奖·消息
刊播单位：辽宁日报社
报送单位：辽宁省新闻工作者协会
作　　者：王坤
编　　辑：集体
作品字数：829字
刊播版面：要闻A01版
首发日期：2023年9月8日

作品简介

记者抓住铁岭开原市为不实举报干部澄清正名及锦州凌源市严肃惩处诬告陷害的典型案例，从纪检监察机关到澄清证明对象及所在单位，做了全方位的跟踪采访，报道辽宁为1806名受到不实举报的党员干部澄清正名这一事件。

新媒体展示

使用手机扫描下方二维码，即可观看本条获奖作品的新媒体展示。

获奖理由

报道挖掘辽宁严厉惩治诬告陷害、为清白者正名的典型做法，传递了辽宁净化政治生态的坚决态度，增强了干部敢为的底气、有为的信心。记者走进基层、多方求证，重点突出，层次清晰，体现了不断锤炼"四力"的职业素养。

墨子巡天望远镜正式投入观测并发布仙女座星系照片

作品信息

作品类型：三等奖·消息
刊播单位：青海广播电视台
报送单位：青海省新闻工作者协会
作　　者：刘尚仑、马占元、杨统鹏
编　　辑：李晓辉
作品时长：1分24秒
刊播版面：《青海新闻联播》
首发日期：2023年9月17日

作品简介

记者记录墨子巡天望远镜正式投入观测并发布首张拍摄照片的历史时刻，简要介绍其设计初衷、技术参数、工作特性、观测用途，并通过发布的目前世界上最大视场仙女座星系高分辨率图像，展示其先进的技术配备和观测能力。

获奖理由

作品简明扼要、拍摄精良、剪辑合理、时效性强。

新媒体展示

使用手机扫描下方二维码，即可观看本条获奖作品的新媒体展示。

西海固"水故事"讲到联合国

作品信息

作品类型:三等奖·消息
刊播单位:宁夏日报社
报送单位:宁夏新闻工作者协会
作　　者:裴云云
编　　辑:连小芳、宗时风、马骏
作品字数:954字
刊播版面:《宁夏日报》1版
首发日期:2023年3月24日

作品简介

2023年3月22日至24日,联合国水大会召开。在分论坛上,中国代表向世界讲述了西海固利用"互联网＋"推动农村供水数字化改革的实践。记者连夜采访,数易其稿,第一时间抢发新闻,彰显中国方案、中国智慧。

新媒体展示

使用手机扫描下方二维码,即可观看本条获奖作品的新媒体展示。

获奖理由

这是一篇以小见大,反映重大主题的作品。稿件结构精巧,以不大的篇幅,通过朴实、简洁、白描式的语言,讲述了一个跨度达51年的"水故事",是一篇能展现我国制度优势,彰显全球治理体系中国方案、中国智慧的好作品。

揭示葡萄起源驯化之谜
突破葡萄种业难题

作品信息

作品类型：三等奖·消息
刊播单位：云南日报社
报送单位：云南省新闻工作者协会
作　　者：陈怡希
编　　辑：徐保祥
作品字数：770字
刊播版面：要闻1版
首发日期：2023年3月10日

作品简介

云南农业大学董扬团队在《科学》期刊上发表关于葡萄全球生物资源的研究成果。稿件围绕这一成果，阐述两项葡萄研究的重要里程碑成果；同时表明可建立葡萄基因组辅助育种技术，在短期内突破葡萄"种业"难题。

获奖理由

该报道详细介绍了云南农业大学董扬团队在《科学》期刊上发表的关于葡萄起源及其对中国葡萄产业发展的重要影响，题材重大，典型性强，作品简明扼要，表述准确，有较好的社会影响力和传播效果。

新媒体展示

使用手机扫描下方二维码，即可观看本条获奖作品的新媒体展示。

兵团高端采棉机
打破西方技术垄断

作品信息

作品类型：三等奖·消息
刊播单位：兵团日报社
报送单位：新疆生产建设兵团新闻工作者协会
作　　者：马军权、都满龙
编　　辑：牛永刚、孙卫东、尹辉
作品字数：866字
刊播版面：要闻一版
首发日期：2023年12月31日

作品简介

兵团围绕高端采棉机研发集中攻关。记者跟踪新疆兵团高端采棉机研发、市场占比等情况，并实地了解高端采棉机制造企业生产经营情况。稿件集中展现兵团打破西方国家高端采棉机技术垄断和封锁的具体举措和工作成效。

📶 新媒体展示

使用手机扫描下方二维码，即可观看本条获奖作品的新媒体展示。

💬 获奖理由

这篇消息主题重大、思想深刻，是近年来关于采棉机的一篇集大成稿件，反映了兵团推动新质生产力加快发展的生动实践，发表后产生了深远的社会影响。文章写作精心用心，是一篇具有很强感染力、传播力、影响力的新闻作品。

铭记这一刻！昆明禄劝"红军洞"21名烈士遗骸入土为安

作品信息

作品类型：三等奖·消息
刊播单位：云南广播电视台
报送单位：云南省新闻工作者协会
作　　者：集体
作品时长：3分
刊播版面：新闻频率《全天新闻纵览》
首发日期：2023年5月6日

作品简介

2022年禄劝县启动"红军洞"烈士遗骸搜寻鉴定，2023年5月完成并举行安葬仪式。记者采访群众、专家及政府人员，稿件聚焦搜寻鉴定，展现悲壮历史与技术佐证。音频运用现场音效，营造庄严肃穆的氛围，丰富新闻报道的情感。

获奖理由

该广播消息播发及时，简短有力，音效丰富。稿件内容准确、全面，很好地平衡了新闻报道和情感表达，是一则有温度的新闻报道。

新媒体展示

使用手机扫描下方二维码，即可观看本条获奖作品的新媒体展示。

断航26年后，古老小清河获新生

作品信息

作品类型：三等奖·消息
刊播单位：大众日报社
报送单位：山东省新闻工作者协会
作　　者：集体
编　　辑：蒋兴坤、王彤彤、梁旭日
作品字数：988字
刊播版面：要闻一版
首发日期：2023年7月2日

作品简介

2023年7月1日，小清河断航26年后全线空载试航。《大众日报》采访组提前实地采访沿线多地，采访了80余人，形成了9万字素材。试航当天，采访组现场跟访并发布新媒体产品，采写提炼出消息《断航26年后，古老小清河获新生》。

新媒体展示

使用手机扫描下方二维码，即可观看本条获奖作品的新媒体展示。

获奖理由

该作品精练、结构巧、视角新，详述小清河复航过程、价值及前景。记者采访了80余人，素材9万字，终成900余字佳作，体现其专业追求。复航当天大众日报社推出多形式新媒体产品，展现融媒传播力，对党报新闻事件的全媒体采制与传播做出探索。

河南在全国率先建成"米"字形高铁网

作品信息

作品类型：三等奖·消息
刊播单位：河南广播电视台
报送单位：河南省新闻工作者协会
作　　者：集体
编　　辑：无
作品时长：1分24秒
刊播版面：河南卫视《河南新闻联播》
首发日期：2023年12月8日

作品简介

2023年12月8日，随着济郑高铁济濮段的建成通车，济郑高铁全线贯通运营，这也标志着河南在全国率先全面建成"米"字形高速铁路网。节目围绕这一新闻热点，将关注点落到民生和发展两个方面，生动勾勒出河南用18年的努力换来的丰硕成果。

获奖理由

此新闻主题鲜明、时效性强，所报道内容意义深远，通过河南"米"字形高铁网的建成，从全国铁路的发展反映了民生发展。

新媒体展示

使用手机扫描下方二维码，即可观看本条获奖作品的新媒体展示。

全国首份！四川崇州法院发出"保障妇女隐私和个人信息"人身安全保护令

作品信息

作品类型：三等奖·消息
刊播单位：中国妇女报社
报送单位：中国妇女报社
作　　者：任然
编　　辑：赵梓涵、孔一涵
作品字数：993字
刊播版面：1版
首发日期：2023年1月5日

作品简介

2023年1月1日，四川省成都市崇州市人民法院依据《中华人民共和国妇女权益保障法》，发出了全国首份"保障妇女隐私和个人信息"人身安全保护令。这则消息刊发在当日头版头条，也充分体现了《中国妇女报》对新闻价值的判断。

新媒体展示

使用手机扫描下方二维码，即可观看本条获奖作品的新媒体展示。

获奖理由

在《中华人民共和国妇女权益保障法》实施后第一时间捕捉全国首个相关案例并予以报道，该消息具有较高的新闻价值；同时做到了权益类新闻应有的客观、准确、完整和流畅，对相关类型的报道具有借鉴参考价值。

全国首份盲文版建议答复递交盲人代表

作品信息

作品类型：三等奖·消息
刊播单位：福建省广播影视集团海博TV客户端
作　　者：集体
编　　辑：林信心、吴孟春、侯宇欣
作品字数/时长：1009字；3分28秒
首发日期：2023年11月13日

作品简介

王永澄是首位盲人全国人大代表。2023年11月13日，全国人大常委会代表工作委员会同四家单位，来闽将盲文版建议答复送到王永澄代表手上，这也是全国首份盲文版代表建议答复，生动诠释了全过程人民民主的真谛。

获奖理由

该作品以盲人全国人大代表王永澄为中心，展现了全过程人民民主的鲜活实践。作品画面丰富，情感饱满，报道主题鲜明，且具有高度人文关怀，充分展示了我国残疾人权益保障的进步和人民主体地位的彰显。

新媒体展示

使用手机扫描下方二维码，即可观看本条获奖作品的新媒体展示。

"小雪"回家

作品信息

作品类型：三等奖·消息
刊播单位：江西广播电视台
报送单位：西北大学
作　　者：王小平、郑文娟、黄羚
编　　辑：刘守洪、徐倩、胡瑾琼
作品时长：2 分 30 秒
刊播版面：江西卫视《江西新闻联播》
首发日期：2023 年 11 月 13 日

作品简介

2023年冬天，记者在基层采访时了解到一只曾经受伤落单在鄱阳湖的白鹤，跨越千山万水只为回到鄱阳湖的动人故事。该消息作品主题重大，时效性强，充分反映了中国人民守护自然、呵护生命、保护生态的生动实践。

新媒体展示

使用手机扫描下方二维码，即可观看本条获奖作品的新媒体展示。

获奖理由

作品主题重大、结构精巧、采访扎实，通过白鹤"小雪"回家的感人故事，彰显了在习近平总书记关于生态文明建设的重要论述和重要指示批示精神的指引下，中国探索人与自然和谐共生的生动实践，是一篇践行"四力"的佳作。

响应时间从数小时缩至8分钟
我国卫星遥感实现重大突破

作品信息

作品类型：三等奖·消息
刊播单位：湖北广播电视台
作　　者：集体
编　　辑：夏威
作品时长：3分34秒
刊播版面：湖北电视教育频道《湖北教育新闻》
首发日期：2023年4月29日

作品简介

"珞珈三号01星"是我国新一代互联网智能遥感科学实验卫星。在新闻发布会上，记者没有简单地按照发布单位的通稿进行采写，而是敏锐地以两院院士李德仁提到的"出海护航"为切入点，提炼出"自责与自强"的感人故事。

获奖理由

该报道及时关注由武汉大学牵头研制的"珞珈三号01星"的重大技术突破，通过倒叙的手法，将这一重大科技突破的研究背景、实验过程、成功影响娓娓道来，是一篇另辟蹊径，有故事、有温度、有高度、有力度的科技新闻报道。

新媒体展示

使用手机扫描下方二维码，即可观看本条获奖作品的新媒体展示。

泪别龚全珍 这个奶奶不一样

作品信息

作品类型：三等奖·消息
刊播单位：今视频
报送单位：江西省新闻工作者协会
作　　者：集体
编　　辑：刘崇智、蒋建敏、黄珊
作品时长：3分6秒
首发日期：2023年9月7日

作品简介

被习近平总书记称为"老阿姨"的龚全珍，曾获第四届全国道德模范等荣誉。2023年9月2日，当龚全珍因病去世的讣告发布后，报道团队打破传统，选取其晚年为群众奔忙的点滴细节和感人话语，迅速引发网友对她的追思和悼念。

新媒体展示

使用手机扫描下方二维码，即可观看本条获奖作品的新媒体展示。

获奖理由

作品主题深刻，角度新颖，以"这个奶奶不一样"为立意，通过倒叙方式，将史料与现实交融，将其自身言行与群众评价相呼应，反映了全国道德模范、全国优秀共产党员、"最美奋斗者"龚全珍无私奉献、艰苦奋斗的精神。

(特别策划·潮涌东方)全球首创"数实融合"杭州亚运主火炬"浙"样点燃

作品信息

作品类型：三等奖·消息
刊播单位：浙江卫视
报送单位：浙江省新闻工作者协会
作　　者：集体
编　　辑：邵一平、陈婕、虞婷
作品时长：3分59秒
刊播版面：浙江卫视《正午播报》
首发日期：2023年9月24日

作品简介

2023年9月23日晚,随着杭州第19届亚运会开幕,亚运主火炬在全球范围内首次以"数实融合"方式现场点燃,主创团队现场记录下这一激动人心的时刻,彰显了"数字中国"的独特魅力,展现共建人类命运共同体的美好愿景。

获奖理由

该报道选题意义重大,报道角度独特,主题明确、层次清晰、场景丰富。同时融媒传播精准,作品时效性强,在中国蓝新闻客户端和矩阵号全网同步推送,进一步扩大了主流媒体解读亚运的传播力、影响力、公信力。

新媒体展示

使用手机扫描下方二维码,即可观看本条获奖作品的新媒体展示。

我国新能源汽车产量跃上二千万辆

作品信息

作品类型：三等奖·消息
刊播单位：经济日报社
报送单位：经济日报社
作　　者：杨忠阳
编　　辑：周雷、郭存举、包元凯
作品字数：686字
刊播版面：《经济日报》1版
首发日期：2023年7月4日

作品简介

2023年7月3日，我国第2000万辆新能源汽车下线。《经济日报》在头版刊出的这篇消息，见证和记录了这一重要里程碑事件，揭示其对于中国汽车产业由大变强的标志性意义，从产业实践层面回应了习近平总书记的重要论断。

新媒体展示

使用手机扫描下方二维码，即可观看本条获奖作品的新媒体展示。

获奖理由

该作品题材重大、分析独到、层次清晰，具有较高的新闻价值，彰显了《经济日报》在产业经济报道上的特色与优势。作品对我国新能源汽车产业发展历史背景进行了简要回顾，客观指出了产业仍存在的问题，体现了记者的辩证思维和专业水准。

总统亲自提车！1000辆"山东造"客车出口吉尔吉斯斯坦

作品信息

作品类型：三等奖·消息
刊播单位：山东广播电视台
报送单位：山东省新闻工作者协会
作　　者：集体
编　　辑：高昌洁、王晶、焦阳
作品时长：1分26秒
刊播版面：电视新闻频道《晚间新闻》
首发日期：2023年5月20日

作品简介

5月20日，吉尔吉斯斯坦总统扎帕罗夫第一时间来到山东聊城，参加首批燃气公交车下线仪式。通过生动细致的采访，作品呈现出山东作为工业大省为深化中吉双方经贸合作、服务国家共建"一带一路"倡议做出的务实努力。

获奖理由

该作品选题重大、现场独家、内容鲜活。围绕"总统亲自提车"生动的第一现场，消息短小精悍、时效性强，展现了高质量共建"一带一路"的丰硕成果，引起了强烈的社会反响。

新媒体展示

使用手机扫描下方二维码，即可观看本条获奖作品的新媒体展示。

浙江"蓝色循环"项目荣获"地球卫士奖"

作品信息

作品类型：三等奖·消息
刊播单位：浙江日报社
报送单位：浙江大学
作　　者：胡静漪、吉文磊
编　　辑：裘一佼、李鹤琳
作品字数：988 字
刊播版面：《浙江日报》头版
首发日期：2023 年 10 月 31 日

作品简介

2023 年 10 月 30 日，浙江基层首创的"蓝色循环"项目获联合国"地球卫士奖"，为全球生态文明建设贡献中国力量。记者在基层采访了解到这一环保项目后持续跟踪，展现了习近平生态文明思想重要萌发地浙江接续奋进的新成果。

新媒体展示

使用手机扫描下方二维码，即可观看本条获奖作品的新媒体展示。

获奖理由

该报道展示了浙江坚定走绿色发展之路的新探索、新成效。稿件时效性和权威性俱佳，采访扎实深入，选题意义重大，充分展示项目对环境治理的显著效果，还点出该模式将治理困境转为产业红利的深层价值。

"网暴"必须整治，戾气肆虐伤害的是每一个人

✉ 作品信息

作品类型：三等奖·评论
刊播单位：中国妇女报官方微博、微信公众号
报送单位：中国妇女报社
作　　者：周志飞、杨一帆、颜昱晔
编　　辑：孙钱斌、陈晓冰、杨辉
作品字数：615 字
首发日期：2023 年 6 月 3 日

💻 作品简介

2023 年 5 月 23 日，武汉市一小学生在校内被老师刘某撞倒，经抢救无效后身亡。孩子母亲杨女士遭网络恶评指责，而后坠楼身亡。主创团队第一时间撰写刊发评论，强烈谴责网暴行为，呼吁依法监管，唤醒网络事件参与者的良知与责任。

💬 获奖理由

该作品站位高，语言犀利，行文简洁，针对网络热点事件及时发声，激浊扬清，传递理性声音，以主流声音有效引导社会舆论，回应公众期待，凝聚人心。

📶 新媒体展示

使用手机扫描下方二维码，即可观看本条获奖作品的新媒体展示。

别让痕迹管理成了"痕迹主义"

作品信息

作品类型:三等奖·评论
刊播单位:《中国纪检监察报》
报送单位:中央纪委国家监委新闻传播中心
作　　者:李许坚
编　　辑:集体
作品字数:1106字
刊播版面:要闻三版
首发日期:2023年7月20日

作品简介

"痕迹主义"是痕迹管理运用过程中的走形变样,是基层干部群众反映强烈的形式主义、官僚主义问题。笔者针对"痕迹主义"采访了不同省份市县乡三级不同行业的干部,摸清基层"痕迹主义"新动向新表现,并提出纠治的建议和举措。

新媒体展示

使用手机扫描下方二维码,即可观看本条获奖作品的新媒体展示。

获奖理由

该评论深入学习贯彻习近平总书记重要讲话精神,直面社会普遍性问题,找准基层实践中的形式主义、官僚主义的问题、重点、难点、痛点,既点出"痕迹主义"的新表现,又揭示"痕迹主义"的问题本质,并且提出纠治的建议和举措。

忧心年轻人上香，不如关心他们在求什么

作品信息

作品类型：三等奖·评论
刊播单位：北京日报客户端
报送单位：北京市新闻工作者协会
作　　者：田闻之（汤华臻）
编　　辑：毛颖颖、张砥、王飞雁
作品字数：839字
首发日期：2023年3月21日

作品简介

年轻群体热衷烧香拜佛的现象引发极大关注和讨论，有人不解，有人忧心，话题纷争不止，偶有走偏迹象。《北京日报》评论部抓住热搜时机，在舆情胶着之时，迅速组织文章，鲜明指出广大年轻人看似"突然佛系"，并非真的遁世逃避。

获奖理由

该文说理朴素、行文流畅，文字清新、文风朴实，坚守了传统评论的深刻性、权威性，又契合移动传媒的特点和规律，顺应媒体融合发展趋势。针对社会争议点，文章不流于俗见，体现了党报评论的"大流量""正能量"。

新媒体展示

使用手机扫描下方二维码，即可观看本条获奖作品的新媒体展示。

报忧也是担当

作品信息

作品类型：三等奖·评论
刊播单位：宝鸡日报社
报送单位：陕西省新闻工作者协会
作　　者：孙海涛
编　　辑：徐红斌、邓亚金
作品字数：844字
刊播版面：第二版
首发日期：2023年12月6日

作品简介

习近平总书记深刻指出"调查研究是谋事之基、成事之道"，然而在现实工作中，一些地方和单位在调研中报喜不报忧、报忧难的问题相当突出。作者在基层采访时发现这一现象，经过深思熟虑和广泛走访，有感而发，一气呵成。

新媒体展示 获奖理由

使用手机扫描下方二维码，即可观看本条获奖作品的新媒体展示。

这篇文章与中办通知中"有一是一、有二是二，既报喜又报忧"深度契合起来，是对"只报喜不报忧"者的当头棒喝，有力地涤荡了调研中的歪风邪气。文章观点鲜明、逻辑严密、文风泼辣、说理充分，新闻价值与宣传价值俱佳。

没有底线的流量就是流毒

作品信息

作品类型：三等奖·评论
刊播单位：河南日报客户端
报送单位：河南省新闻工作者协会
作　　者：于晴
编　　辑：陈鑫
作品字数：841 字
首发日期：2023 年 3 月 22 日

作品简介

本文写作于中央网信办发布《关于开展"清朗·从严整治'自媒体'乱象"专项行动的通知》的大背景下，针对"自媒体"造谣传谣、假冒仿冒、违规营利等突出问题，阐明"没有底线的流量就是流毒"的观点。

获奖理由

文章中具体的案例和细致透彻的分析，能让读者深刻认识到自媒体盲目追逐流量的危害性，对于整治行业乱象，促进自媒体行业健康发展具有积极意义。

新媒体展示

使用手机扫描下方二维码，即可观看本条获奖作品的新媒体展示。

真唱是职业道德 更是入行门槛

作品信息

作品类型：三等奖·评论
刊播单位：工人日报客户端
报送单位：工人日报社
作　　者：苏墨
编　　辑：刘文宁、吴迪
作品字数：1469 字
首发日期：2023 年 12 月 6 日

作品简介

针对"五月天"假唱争议，该评论在事件经历了多次"反转"和"实锤"后推出，直面泥沙俱下的流量热点，以理性的认知、专业的分析，让持续的热搜摆脱情绪模式，以"为演出市场继续繁荣、迭代发展夯实基础"的高度进行探讨。

新媒体展示

使用手机扫描下方二维码，即可观看本条获奖作品的新媒体展示。

获奖理由

该稿件关注的"假唱"问题，既是网上热点，又是民生、经济热点。该评论以其专业的背景分析与对行业的深入洞察，引导流量回归理性，既坚守新闻评论的思想性、建设性和现实针对性，又契合移动传播的特点和规律。

基层不是"机"层 "指尖调研"应休矣

作品信息

作品类型：三等奖·评论
刊播单位：成都日报锦观新闻客户端
报送单位：四川大学
作　　者：张婷婷、李影
编　　辑：吴喆
作品字数：1218字
首发日期：2023年12月21日

作品简介

以学校要求进行学生教育素质测评一事入题，批判这一现象背后存在的典型的形式主义，对测评中各种不合理、走形式发出灵魂三问，指责"指尖调研"与干实事、求实效相违背，直击"指尖测评"与学生"双减"相冲突。

获奖理由

针对形式主义在数字化语境下的表征与带来的危害，该评论结合工作与生活实际，既有典型现象的剖析，又有其背后原因的探解，立场鲜明地指出问题，表明态度，论述形象深入，情理融合，突出了正确的价值导向。

新媒体展示

使用手机扫描下方二维码，即可观看本条获奖作品的新媒体展示。

消费"伪苦难",是对农民的多重伤害

作品信息

作品类型:三等奖·评论
刊播单位:农民日报社
报送单位:农民日报社
作　　者:施维
编　　辑:郭少雅、李竟涵、赵宇恒
作品字数:1709字
刊播版面:要闻一版
首发日期:2023年9月22日

作品简介

针对凉山州"凉山曲布""赵灵儿"等多名"网红"因虚假宣传、销售假货被查事件,揭示了其炮制"视觉贫困"的生意经。该稿件捕捉到了这一事件发生的关键时间节点,戳穿了"视觉贫困"的谎言,对舆论进行正向引导。

新媒体展示

使用手机扫描下方二维码,即可观看本条获奖作品的新媒体展示。

获奖理由

该稿件刊发于四川凉山州等地农产品上市、虚假视频集中出现之际,戳破了视频造假的谎言,发挥了积极的舆论引导作用,观点鲜明,论述深刻有力,有思辨性,在批驳的同时,也肯定了直播带货等新型业态的积极作用。

会员"一充再充"也看不了想看的内容，为什么看电视越来越复杂？

作品信息

作品类型：三等奖·通讯
刊播单位：红星新闻
报送单位：华中科技大学
作　　者：杨佩雯、俞瑶
编　　辑：袁野、余冬梅、王禾
作品字数：2493 字
首发日期：2023 年 1 月 4 日

作品简介

近年来，老年人看电视遇到共同的难题：智能电视操作复杂、多次收费。该稿件聚焦电视乱收费现象，第一次系统性地独家调查看电视变复杂的原因，并呼吁厂商简化操作，避免消费者陷入"套娃式充会员"的陷阱。

获奖理由

该稿件反映了电视最主流群体的困扰和利益受损，使得"看电视难""套娃式充会员"等多年存在的问题第一次被大众媒体"看见"，为监管部门提供了解题的新思路，提升了广大老年群体的幸福感和获得感。

新媒体展示

使用手机扫描下方二维码，即可观看本条获奖作品的新媒体展示。

为了2700多名旅客的平安

作品信息

作品类型：三等奖·通讯
刊播单位：人民铁道报社
报送单位：四川大学
作　　者：李蓉、王召杰、柴娜
编　　辑：井芳、谢津双
作品字数：3367字
刊播版面：1版转2版
首发日期：2023年8月3日

作品简介

2023年夏，北京遭遇特大暴雨灾害，丰沙铁路发生塌方、断道等水害。7月30日，三趟旅客列车共2700多名旅客被困于丰沙铁路的三座车站，在全社会对列车情况不明的情况下，该稿件冲破信息孤岛，独家通报所有受困人员全部平安的信息。

新媒体展示

使用手机扫描下方二维码，即可观看本条获奖作品的新媒体展示。

获奖理由

该稿件第一时间讲述了铁路部门在党中央坚强领导下迅速抗洪救灾的故事，既有及时动态，又有现场特写，以深入一线的采写展现"铁路蓝"里的中国速度、中国精神、中国力量，实现了有热度的"破圈"传播和多次转载。

在泥土里寻找夏朝

 作品信息

作品类型：三等奖·通讯
刊播单位：《中国新闻周刊》
报送单位：中国期刊协会
作　　者：倪伟
编　　辑：王晨波、周锐、杨时旸
作品字数：9248 字
刊播版面：《中国新闻周刊》2023 年第 40 期
首发日期：2023 年 10 月 30 日

作品简介

为了介绍中华文明探源工程等重大工程的研究成果，《中国新闻周刊》先后以五期"封面报道"全景式呈现"中华文明探源工程"，重新讲述中华文明从起源到形成的大历史，《在泥土里寻找夏朝》是该系列报道的代表作。

获奖理由

该稿件记者前往被普遍认同的夏朝都城遗址——河南偃师二里头，深入采访了二里头遗址考古队长和权威专家，梳理了夏朝考古史和研究史，化枯燥为生动，无论是标题制作还是内容表达，都具有较强的专业表达能力。

新媒体展示

使用手机扫描下方二维码，即可观看本条获奖作品的新媒体展示。

"顶流"之下，看人工智能喜与忧

作品信息

作品类型：三等奖·通讯
刊播单位：科技日报社
报送单位：科技日报社
作　　者：张佳欣、刘园园、陈曦
编　　辑：集体
作品字数：5278字
刊播版面：深瞳，五版
首发日期：2023年2月16日

作品简介

该稿件系统科普了ChatGPT技术的工作原理、发展历程以及可能带来的重大社会变革，同时阐述了对技术热潮的冷思考，提醒人们警惕其变身错误信息传播工具等系列负面影响，既有专业深度，又充满人文关怀。

新媒体展示

使用手机扫描下方二维码，即可观看本条获奖作品的新媒体展示。

获奖理由

该稿件采写翔实、细节丰满、行文流畅、逻辑清晰，既深刻阐释了ChatGPT爆火的深层原因，又前瞻性地展现了重大技术创新与应用给人类带来的多元场景，在衡量热点事件背后喜与忧的思辨中，传播了科学精神。

三等奖

"信义老农"陈廷海 风雨践诺17年

作品信息

作品类型：三等奖·通讯
刊播单位：湖北日报社
报送单位：湖北省新闻工作者协会
作　　者：李墨、金凌云、吴坚
编　　辑：卢平、陈会君、黎海滨
作品字数：3693字
刊播版面：1版
首发日期：2023年2月9日

作品简介

红光村农民陈廷海2006年将收购的上百万斤油菜籽送往油脂厂后遭遇老板卷款逃跑，因此欠下210户乡亲近百万元菜籽款。他与妻子坚持偿债，60多岁仍未放弃。《湖北日报》将这个普通农民的故事在党报头版头条刊发，引发极大反响。

获奖理由

该稿件视角独特。当一个年迈、单薄、清苦的农民，掷地有声地说出"活着把债还清"，诚信的力量，早已融入中华民族的血脉。作品以小见大，表现了中国农民勤劳质朴、可爱可敬的形象，刻画了新时代的诚信精神。

新媒体展示

使用手机扫描下方二维码，即可观看本条获奖作品的新媒体展示。

一条铁路，连接两个"世界第一"

📧 作品信息

作品类型：三等奖·通讯
刊播单位：宁波日报社
报送单位：浙江省新闻工作者协会
作　　者：集体
编　　辑：易鹤、冯瑄、金晓东
作品字数：3619 字
刊播版面：甬金铁路开通特别报道、A3 版
首发日期：2023 年 12 月 31 日

💻 作品简介

甬金铁路开通运营，世界第一大港宁波舟山港和世界最大的"小商品之都"义乌之间实现铁路直连。该稿件时间轴贯穿了开通前中后，全面解析这条铁路对区域枢纽地位巩固、海铁联运效能升级、外贸文旅等产业发展的重要意义。

📶 新媒体展示

使用手机扫描下方二维码，即可观看本条获奖作品的新媒体展示。

💬 获奖理由

该稿件主题重大，新闻价值高；全面深入地讲清了甬金铁路对推进甬金国家综合货运枢纽补链强链城市群建设，加快宁波乃至浙江深度融入长三角一体化发展的重要意义。作品时效性强，讲述生动，具有可读性。

"千眼天珠"里的95个手印

作品信息

作品类型：三等奖·通讯
刊播单位：中国科学报社
报送单位：中国科技新闻学会
作　　者：倪思洁
编　　辑：李芸、许悦
作品字数：4222字
刊播版面：人物4版
首发日期：2023年10月12日

作品简介

"千眼天珠"是我国空间科学领域首个国家重大科技基础设施——"子午工程"中的核心观测装置，于2023年9月建成。记者前往工程现场深入采访，挖掘出工程建设过程中多民族团结奋斗、共担强国建设责任的生动故事。

获奖理由

该报道突破了传统科技新闻的局限性，不仅体现了科学家精神和大科学工程在推动人类拓展认知边界上的作用，还展现出"国之重器"在铸牢中华民族共同体意识、促进全面实现各民族共同繁荣发展方面的重要作用。

新媒体展示

使用手机扫描下方二维码，即可观看本条获奖作品的新媒体展示。

特稿 | 196位村民，一个都没少！

作品信息

作品类型：三等奖·通讯
刊播单位：华龙网
报送单位：广西大学
作　　者：连肖、王旭睿、张质
编　　辑：康延芳、李茜、王梅
作品字数：2228字
首发日期：2023年10月12日

作品简介

2023年10月10日，重庆市级部门发布一则通报，称巫山县铜鼓镇水流村发生一起特大型滑坡，记者随后驱车500多公里赶赴现场，采访诸多村民、救援人员，多方核实到村里42栋房屋垮塌，196位村民提前撤离无一人伤亡的核心事实。

新媒体展示

使用手机扫描下方二维码，即可观看本条获奖作品的新媒体展示。

获奖理由

面对突发报道，记者克服重重困难执着奔赴现场采访，展现了主流媒体在树立基层典型、推动防灾减灾工作中的责任担当。作品情真意切、细节丰盈、文风鲜活，是一篇展现基层干部牢记初心使命、勇于担当的精品之作。

再宿建德江

作品信息

作品类型：三等奖·通讯
刊播单位：《新华每日电讯》
报送单位：浙江大学
作　　者：邬焕庆、商意盈、马剑
编　　辑：刘学奎、李洪磊
作品字数：5194字
刊播版面：《新华每日电讯》1版转3版
首发日期：2023年1月23日

作品简介

这是一篇站位高远、构思精巧、文笔优美的新春走基层报道。围绕党的二十大精神主题，记者春节前夕深入杭州建德市蹲点调研，以唐代诗人孟浩然名篇《宿建德江》为缘起，用诗意的笔触展现诗画江南、活力浙江的变迁。

获奖理由

该稿件围绕党的二十大精神蹲点调研，用诗意的笔触展现活力浙江的变迁。记者从优秀传统文化中汲取灵感，稿件以《宿建德江》布局行文，由小及大、以点及面，体现出对于深层发展逻辑的洞察与思考。

新媒体展示

使用手机扫描下方二维码，即可观看本条获奖作品的新媒体展示。

"小哥"高温津贴勿变"冲单奖励"

作品信息

作品类型：三等奖·通讯
刊播单位：工人日报社
报送单位：工人日报社
作　　者：卢越
编　　辑：卢越、张伟杰、兰海燕
作品字数：2209字
刊播版面：《法治新闻》6版
首发日期：2023年7月13日

作品简介

2023年夏天，我国多地面临极端高温天气，但许多外卖骑手、快递员依然奔波在户外。互联网平台用工形式灵活，使得从业者的劳动关系认定较复杂，包括高温津贴能否领、怎么领在内的一系列权益保障新"烤题"较为突出。

新媒体展示

使用手机扫描下方二维码，即可观看本条获奖作品的新媒体展示。

获奖理由

该稿件关注到外卖小哥、快递小哥等新就业形态劳动者这一庞大群体，由劳动者个体经历出发，由点及面，揭示了由于互联网平台用工的特殊性而存在的"小哥"高温关怀权益保障落实不到位的问题。

苍穹之上，点亮"东方慧眼"

作品信息

作品类型：三等奖·通讯
刊播单位：湖北日报社
报送单位：武汉大学
作　　者：胡汉昌、方琳、刘振雄
编　　辑：集体
作品字数：9241字
刊播版面：1版（转9版）
首发日期：2023年12月25日

作品简介

这篇深度报道聚焦"国之大者"，围绕北斗等事关国家发展安全及百姓生活便利的测绘遥感技术，讲述我国几代科学家从零起步、呕心沥血、攻坚克难，将我国测绘遥感技术推进到世界先进水平的生动故事。

获奖理由

这是一篇反映时代重大主题，注重创新讲述故事、提升传播力的新闻佳作。该作品聚焦武汉大学几代测绘科学家为我国测绘遥感事业发展不断做出卓越贡献的艰苦历程和报国情怀，具有强烈的感染力和深远的现实意义。

新媒体展示

使用手机扫描下方二维码，即可观看本条获奖作品的新媒体展示。

杨贵林的"山水生意经"

作品信息

作品类型:三等奖·通讯
刊播单位:陕西日报社
报送单位:陕西省新闻工作者协会
作　　者:张辰
编　　辑:肖杨
作品字数:1745 字
刊播版面:生态 7 版
首发日期:2023 年 12 月 29 日

作品简介

记者在重访宝鸡市陈仓区姚儿沟村时发现,村民守护绿水青山,也经营绿水青山,能人通过"卖风景"致富,也带动身边群众拓宽增收渠道。记者抓住具有代表性的村民杨贵林,以他的"山水生意经"切入"乡村振兴"主题。

新媒体展示

使用手机扫描下方二维码,即可观看本条获奖作品的新媒体展示。

获奖理由

该报道既是乡村振兴题材,也是生态文明建设题材的一篇创新之作,讲出了西部乡村践行"两山"理念的生动故事,展现了新时代农民推进乡村全面振兴所取得的举措和成效。

"我在缅北做电诈"
——一群犯法者的审讯供述

作品信息

作品类型：三等奖·通讯
刊播单位：新华报业网
作　　者：林惠虹、王宏伟
编　　辑：于英杰
作品字数：3996字
首发日期：2023年4月18日

作品简介

缅北电诈案件引发社会广泛关注，记者通过梳理200余万字卷宗、采访执法人员和涉案人员，揭露了3个诈骗团伙28人的犯罪事实，涉案金额巨大。作品详细还原了电诈黑色产业链，包括偷渡、涉黑、诈骗手法等，警示公众提高反诈意识。

获奖理由

该报道与反诈国家行动同步，深入揭露缅北电诈犯罪，公安机关严厉打击，成效显著。记者亲赴洪泽法院，通过卷宗与采访获取犯罪细节，确保报道真实，成为反电诈教育的鲜活案例。报道在新华报业网等平台发布，全网阅读量逾600万，引发广泛关注。江苏省政法委等部门跟进了解，推动反电诈宣传，多家法院官方微信转载，社会影响深远。

新媒体展示

使用手机扫描下方二维码，即可观看本条获奖作品的新媒体展示。

"群聊"一年，
相当于开了五次全会

作品信息

作品类型：三等奖·通讯
刊播单位：中国青年报社
报送单位：中国青年报社
作　　者：张国
编　　辑：陈卓、张蕾、李沛然
作品字数：3273 字
首发日期：2023 年 3 月 1 日

作品简介

2023年两会前，记者在全国政协采访时听一位工作人员谈到，2022年共开设30个议政群，全年的网络议政发言量"相当于开了5次全体会议"。记者感到新鲜，抓住这一点多次采访，紧扣网民熟知的"群聊"追问，"揭秘"政协委员如何"群聊"以及"群聊"如何发挥作用。

新媒体展示

使用手机扫描下方二维码，即可观看本条获奖作品的新媒体展示。

获奖理由

该作品跳出一般性工作报道窠臼，角度巧妙，文风鲜活，影响力大，受到上级部门及各界好评。

刊登在头版头条的读者来信

✉ 作品信息

作品类型:三等奖·通讯
刊播单位:羊城晚报社
报送单位:中国晚报工作者协会
作　　者:谭洁文
编　　辑:杨逸芸
作品字数:2180字
首发日期:2023年12月5日

💻 作品简介

1982年,叶春生把自己在综合市场遇到的"营业员偷偷藏肉"这种当时司空见惯的"小事"反映给报社,《羊城晚报》随即将这封读者来信刊登于头版头条。记者克服重重困难,找到当时的报纸,采访退休多年的老编辑、记者,并去叶春生家中采访其夫人、儿子和学生。

💬 获奖理由

作品敏锐地从一条求助信息中,发掘了一位知名学者鲜为人知的往事,稿件平实感人,读完耐人寻味。"仗义执言"的叶教授遇上"执笔为民"的《羊城晚报》,冲击了当时僵化的商业流通体制,成就了一段佳话。

📶 新媒体展示

使用手机扫描下方二维码,即可观看本条获奖作品的新媒体展示。

光明重机重见"光明"

作品信息

作品类型：三等奖·通讯
刊播单位：湖南日报社
报送单位：湖南省新闻工作者协会
作　　者：李永亮、张咪
编　　辑：孙振华、苏原平
作品字数：2883 字
首发日期：2023 年 9 月 7 日

作品简介

2023 年 8 月，记者获悉在株洲市渌口区政府、区法院努力下，株洲光明重型机械制造有限公司由破产清算顺利转为破产重整，敏锐意识到这是地方政府落实中央政策，护航民营企业的绝佳案例。该报道题材典型、意义重大。

新媒体展示

使用手机扫描下方二维码，即可观看本条获奖作品的新媒体展示。

获奖理由

报道文字洗练，逻辑严密，层层递进，生动讲述光明重机由盛而衰、从破产清算到破产重整的过程。配发的短评站在落实中央相关政策的高度，为渌口区政府、区法院的担当精神点赞，引导舆论。此案是地方政府、法院对企业真保护、真担当、真作为的典范，对树牢正确政绩观、提振民营经济发展信心作用明显。

"大侠"朋友圈

作品信息

作品类型:三等奖·通讯
刊播单位:金华晚报社
报送单位:中国晚报工作者协会
作　　者:李艳
编　　辑:方青云、黄敏、袁丁
作品字数:3973 字
首发日期:2023 年 11 月 29 日

作品简介

报道鲜活生动,张弛有度,有角度、有高度、有深度,小中见大,反映了"千万工程"筑巢引凤给李祖带来的精彩蝶变,呈现了一个又一个"大侠"们乡村振兴的实践。

获奖理由

作品匠心独运,独辟蹊径,有角度、有高度、有深度,小中见大,换个角度看李祖乡村振兴,换个角度诠释李祖乡村振兴的"缩影"。

新媒体展示

使用手机扫描下方二维码,即可观看本条获奖作品的新媒体展示。

跨越 6000 公里的"重逢"

作品信息

作品类型:三等奖·通讯
刊播单位:牛咔视频客户端
报送单位:江苏省新闻工作者协会
作　　者:集体
编　　辑:集体
作品字数:2884 字
首发日期:2023 年 12 月 19 日

作品简介

南京黑鸢受伤获救后佩戴 GPS 放飞,监测显示其迁徙 6000 公里。该作品揭示了人与自然的双向守护。市民、救护中心与观鸟者共同见证这场跨越生境的绿色重逢。

新媒体展示

使用手机扫描下方二维码,即可观看本条获奖作品的新媒体展示。

获奖理由

该作品选材典型,不仅凸显生态保护重大主题,更具有一定的现实教育意义。全篇故事性强、报道生动,突破了传统通讯的基本范式,网感十足。技术手段丰富新颖的短视频增强了该篇通讯的感染力,也有助于提升传播量。该作品是一篇有温度、有深度的新媒体通讯作品。

决定生死的 57 分钟通话

作品信息

作品类型:三等奖·新闻专题
刊播单位:内蒙古广播电视台
报送单位:内蒙古大学
作　　者:集体
编　　辑:董云静、张思铭、何豆豆
作品时长:8 分 54 秒
首发日期:2023 年 4 月 7 日

作品简介

作品记录了呼和浩特 110 接警员耐心沟通 57 分钟,联动 120 成功救援女孩的过程,展现了警员的职业素养与大爱精神。作品采访扎实,注重新闻伦理。音频素材增强了临场感,故事化叙述提升了节目深度与可听性。

获奖理由

该作品真实记录了决定生死的 57 分钟通话这一紧张、揪心、温暖的救护过程。作品重视节奏感,新闻性强,故事化与情感化双重交织,有温度、有深度、可听性强,社会影响广泛,再现了人民警察的担当与责任,体现了"人民至上""生命至上"的理念。

新媒体展示

使用手机扫描下方二维码,即可观看本条获奖作品的新媒体展示。

微视频
看雄安·水下白洋淀

作品信息

作品类型:三等奖·通讯
刊播单位:冀云客户端
报送单位:河北新闻工作者协会
作　　者:集体
编　　辑:曹朝阳、胥文燕、张晓鹏
作品时长:8分38秒
首发日期:2023年9月29日

作品简介

作品聚焦雄安新区生态治理,围绕白洋淀修复展开,创新水下视角记录治理效果,通过温情对话展现生态恢复与科学决策,揭示治理背后的经验与方法。作品拍摄困难重重,最终呈现了珍贵的水下场景,展现了生态建设成效。

新媒体展示

使用手机扫描下方二维码,即可观看本条获奖作品的新媒体展示。

获奖理由

(一)角度新颖。记者全程水下拍摄,用事实表明雄安白洋淀治理成效。
(二)妙趣横生。水下拍摄层次分明,记者跟拍鱼类等动植物,体现水下奇妙世界。
(三)以小见大。从爷孙对话引入今昔对比,体现雄安建设"以人民为中心"的实践成果,生动表现了重大主题。

我们在西藏

作品信息

作品类型：三等奖·新闻专题
刊播单位：西藏广播电视台
报送单位：西藏自治区新闻工作者协会
作　　者：石玉、朱洪英
编　　辑：石玉
作品时长：24 分 38 秒
首发日期：2023 年 6 月 22 日

作品简介

《我们在西藏》以六个章节展现"老西藏精神"的传承，通过 8 位建藏者的故事，呈现新时代西藏的巨变与辉煌成就，折射经济发展、民生改善、民族团结，生动描绘西藏人民的幸福生活与奋斗精神。

获奖理由

广播专题《我们在西藏》以 78 段现场音响、6 个章节叙事，生动记录西藏各族人民的生活与奋斗，讲述中国故事西藏篇。作品感染力强，呈现方式新颖，增强了广播影响力、亲和力与引导力，展现了高度、温度与情怀。

新媒体展示

使用手机扫描下方二维码，即可观看本条获奖作品的新媒体展示。

巨无霸"镖师"：
我们要成为那个"别人"

作品信息

作品类型：三等奖·新闻专题
刊播单位：荔枝网
报送单位：江苏省新闻工作者协会
作　　者：集体
编　　辑：季建南、周明、庄学香
作品时长：18 分 29 秒
首发日期：2023 年 6 月 19 日

作品简介

专题选题新颖，以小切口展现大主题，首次全流程记录巨型风机叶片运输，呈现惊心动魄的过程与司机精湛技艺。该报道纪实性强、沉浸式拍摄，镜头语言扎实生动，展现中国大件运输变革与清洁能源发展的迅猛步伐。

新媒体展示

使用手机扫描下方二维码，即可观看本条获奖作品的新媒体展示。

获奖理由

该专题报道角度新颖、形式丰富，以细节展现真情，以微观映射宏大，平实记录中国风电产业发展，展现清洁能源变革，兼具新闻价值与厚度，体现媒体人的匠心、专业与担当。

总书记打卡的土特产① | "大有前途"的延安苹果

✉ 作品信息

作品类型:三等奖·新闻专题
刊播单位:农民日报客户端
报送单位:农民日报社
作　　者:集体
编　　辑:集体
作品时长:5分36秒
首发日期:2023年4月18日

💻 作品简介

农民日报社深入五大土特产片区,制作《总书记打卡的土特产》系列融媒作品,展现"小土特产带动大产业"的故事。首期《"大有前途"的延安苹果》创新采用"江湖体"叙事,生动讲述了产业振兴与果农奋斗的故事。

💬 获奖理由

《总书记打卡的土特产》摒弃噱头与口号,以真实刻画与创新形式展现"三农"发展。《"大有前途"的延安苹果》聚焦产业一线,生动呈现发展成就,透过小切口展现大主题,挖掘时代背景下的"人间烟火气"。

📶 新媒体展示

使用手机扫描下方二维码,即可观看本条获奖作品的新媒体展示。

"空箱堆港"的背后

 作品信息

作品类型：三等奖·新闻专题
刊播单位：浙江广播电视集团
报送单位：中国政法大学
作　　者：沈泽南、邵大望
编　　辑：程波、邵一平、陈婕
作品时长：7分56秒
首发日期：2023年3月17日

作品简介

2023年初，国内港口空箱堆积引发关注。宁波舟山港未公开回应，记者深入一线调查，通过多种方式获取真实情况，解析空箱增多原因，邀请专家解读，消除不实言论对经济发展的负面影响。

新媒体展示

使用手机扫描下方二维码，即可观看本条获奖作品的新媒体展示。

获奖理由

作品议题重大，调查"空箱堆港"现象，上集探究空箱增多成因，下集回击经济颓势误读，精准回应负面舆情，结合现场调研与数据分析，增强社会信心，推动政企合力稳增长，展现新闻报道的深度与建设性。

千年瓷 万里路

作品信息

作品类型：三等奖·新闻专题
刊播单位：江西广播电视台
作　　者：集体
编　　辑：王艳、汤晶晶、李彬
作品时长：14分51秒
首发日期：2023年12月23日

作品简介

《千年瓷　万里路》聚焦习近平总书记考察江西时的重要讲话精神与"一带一路"十周年，讲述景德镇瓷器在全球流传的故事。通过采访专家和实地报道，作品展示了瓷器在东西方贸易中的历史意义，深入探讨了文明互鉴与文化交流。

获奖理由

节目通过明清"外销瓷"探访瓷器的历史之路，从"海上丝绸之路"到"一带一路"，跨越万里，展现了瓷器在全球的文化交流与影响。节目制作精良，视角独特，呈现了文明互鉴与共同繁荣的时代主题。

新媒体展示

使用手机扫描下方二维码，即可观看本条获奖作品的新媒体展示。

"争气钢"这样炼成

作品信息

作品类型:三等奖·新闻专题
刊播单位:湖北广播电视台
报送单位:湖北省新闻工作者协会
作　　者:集体
编　　辑:杨康、梁延
作品时长:13 分 17 秒
首发日期:2023 年 12 月 3 日

作品简介

2023年,中国钢铁行业迎来转型升级,记者获悉新中国首条冷轧硅钢生产线将拆除重建,成为全球最大硅钢基地。报道结合三条时间线,回顾历史、展示奋进与展望未来,生动呈现中国钢铁行业的高质量发展。

新媒体展示

使用手机扫描下方二维码,即可观看本条获奖作品的新媒体展示。

获奖理由

该作品通过亲历者的朴实话语,揭示新中国钢铁行业的艰辛历程与创新成就,展望绿色智能化发展。作品以小切口呈现大主题,立意深远,融合多平台报道,产生良好传播效果,鼓舞人心。

【大道薪传】
中国的民主党派：民进篇

作品信息

作品类型：一等奖·新闻专题
刊播单位：中国新闻网
报送单位：中国新闻社
作　　者：集体
编　　辑：齐彬、李鹏、曾鼐
作品时长：10分18秒
首发日期：2023年5月25日

作品简介

2023年，中新社推出《大道薪传·中国的民主党派》专题片，其中《民进篇》讲述民进历史。该片筹备半年，由高层嘉宾口述历史，融合千余件真实资料，运用新媒体手段，十分钟精练地展现了民进70多年历程，细节感人。

获奖理由

该专题片以中共"五一口号"75周年为背景，风格亲切，角度独特。它以中国新型政党制度为叙事坐标，融合历史与现代，兼具新闻性与艺术性，成为爆款融媒产品，广受年轻人欢迎，国际传播效果显著。

新媒体展示

使用手机扫描下方二维码，即可观看本条获奖作品的新媒体展示。

维也纳唱响山里的歌

作品信息

作品类型:三等奖·新闻专题
刊播单位:沈阳发布客户端
报送单位:辽宁省新闻工作者协会
作　　者:集体
编　　辑:伏桂明、刘新阳
作品字数:1257字
首发日期:2023年7月24日

作品简介

甘肃山里娃经过五年音乐教育帮扶,从大山走上央视,再至维也纳金色大厅获奖。作品全程记录了孩子们的成长蜕变,传递了正能量。

新媒体展示

使用手机扫描下方二维码,即可观看本条获奖作品的新媒体展示。

获奖理由

这是一部真挚感人、手法多样的新媒体作品,聚焦"音乐教育帮扶"公益行动,展现中国新闻人响应乡村振兴号召、奉献爱心的担当与事迹,体现了高度的政治觉悟和公益初心,感染力强,现实意义深远。

突破察尔汗

作品信息

作品类型：三等奖·新闻专题
刊播单位：山东广播电视台
报送单位：山东省新闻工作者协会
作　　者：集体
编　　辑：韩信、刘仁超、戴萌
作品时长：19 分 39 秒
刊播栏目：电视新闻频道《新闻午班车》
首发日期：2023 年 12 月 31 日

作品简介

青海察尔汗盐湖欲建世界级产业基地，但金属镁项目曾遇阻。山东企业联合多地科研单位攻克难关，实现长期稳定生产。山东广播电视台团队全周期跟踪记录，展现技术原理与科研精神，并制作多种新媒体产品播出。

获奖理由

该报道内容丰富全面，故事精彩动人，制作精良美观，具有较高的新闻价值。

新媒体展示

使用手机扫描下方二维码，即可观看本条获奖作品的新媒体展示。

大咖扎堆 外资加码 中国是必选

作品信息

作品类型：三等奖·新闻专题
刊播单位：经济日报新闻客户端，经济日报抖
　　　　　音、快手、视频号
报送单位：经济日报社
作　　者：集体
编　　辑：集体
作品字数：502字
首发日期：2023年12月12日

作品简介

《强信心 看数据》系列短视频之《大咖扎堆 外资加码 中国是必选》从经济发展成就切入，解读外资信任中国市场的原因，用动态数据展现中国经济活力，缩小宏观与微观"温差"，以接地气的叙事方式在短视频平台上传播，引发网友热议。

新媒体展示

使用手机扫描下方二维码，即可观看本条获奖作品的新媒体展示。

获奖理由

作品以简洁风格、优美画面和生动语言，创新数据呈现方式，更适应社交平台传播，引导网友讨论，发挥经济舆论引导作用，是《经济日报》在全媒体格局下对经济新闻可视化表达的积极探索，有效传递了信心和正能量。

"盛世中华 何以中国" 山西主题日

作品信息

作品类型:三等奖·新闻专题
刊播单位:山西新闻网、山西日报客户端
报送单位:山西省新闻工作者协会
作　　者:集体
编　　辑:张云、李清伟
作品字数:4912字
首发日期:2023年7月14日

作品简介

2023年7月9日,"盛世中华 何以中国"网上主题宣传启动。7月14日山西主题日,山西新闻网推出专题报道,含主宣传片、文博事业综述、2场直播及70多个融媒体产品,内容丰富多样,展现山西文化传承发展成果。

获奖理由

山西主题日作为"盛世中华 何以中国"活动首个主题日,山西新闻网率先推出专题报道,融合多种媒体手段,全面展现山西作为文物大省在新时代文化使命和探索中的努力与成果,兼具主题深度和传播广度。

新媒体展示

使用手机扫描下方二维码,即可观看本条获奖作品的新媒体展示。

叶胜春:三十九年"光影人生"助力乡村文化振兴

作品信息

作品类型:三等奖·新闻专题
刊播单位:互助县融媒体中心广播节目
报送单位:青海省新闻工作者协会
作　者:集体
编　辑:牟泉
作品时长:13分55秒
刊播频率:FM96.0兆赫
首发日期:2023年11月18日

作品简介

互助土族自治县的电影放映员叶胜春,39年来坚持为全县294个行政村放映电影超过1万场次,用银幕传递文化,用科教影片助力群众致富,将党的方针政策送至千家万户,展现了他对电影放映的热爱与坚守。

新媒体展示

获奖理由

使用手机扫描下方二维码,即可观看本条获奖作品的新媒体展示。

作品可读性强,有吸引力和感染力。

"郧县人"3号

作品信息

作品类型：三等奖·新闻纪录片
刊播单位：湖北广播电视台
报送单位：湖北省新闻工作者协会
作　　者：集体
编　　辑：集体
作品时长：60分
刊播版面：湖北卫视《"郧县人"3号》
首发日期：2023年12月31日

作品简介

本片记录了湖北十堰学堂梁子遗址"郧县人"3号头骨重大考古发现，全景展现发掘过程与考古人精神，探索人类起源，赋能乡村振兴。团队历时近500天的拍摄，践行新时代新闻工作者使命，增强中华文明传播力。

获奖理由

《"郧县人"3号》聚焦考古发现，关注考古者奋斗故事，探讨遗址保护与乡村振兴平衡，展现古今精神共振，有力、有温度地记录人类文明探索历程。

新媒体展示

使用手机扫描下方二维码，即可观看本条获奖作品的新媒体展示。

风里雨里
我在嘎什根等你

作品信息

作品类型：三等奖·新闻纪录片
刊播单位：吉林卫视
报送单位：吉林省新闻工作者协会
作　　者：集体
编　　辑：集体
作品时长：30分
刊播版面：吉林卫视《好好学习》
首发日期：2023年12月22日

作品简介

纪录片《风里雨里 我在嘎什根等你》聚焦吉林镇赉县盐碱地治理，展现农业科研人员与农民的奋斗，揭示盐碱地变丰收田的成果，反映习近平总书记关于盐碱地综合利用的战略意义，新闻性强，手法真实细腻。

新媒体展示

使用手机扫描下方二维码，即可观看本条获奖作品的新媒体展示。

获奖理由

该纪录片制作精良，遵循新闻纪实原则，以小人物的故事反映吉林盐碱地治理大成效。作品故事链完整，主题递进，看点与升华并存，情感丰富，引人入胜。

天　山

作品信息

作品类型：三等奖·新闻纪录片
刊播单位：中央广播电视总台
报送单位：新疆维吾尔自治区新闻工作者协会
作　　者：集体
编　　辑：谭敏、石峰、王敦
作品时长：51 分 36 秒
刊播版面：中文国际频道（CCTV-4）《人类的记忆——中国的世界》
首发日期：2023 年 12 月 18 日

作品简介

纪录片《天山》展现天山风貌与保护天山的故事，践行世界遗产保护宗旨，探讨可持续利用方案。摄制组历经两年拍摄，克服气候多变等困难，以 4K 影像呈现天山自然地理与人文精神。新疆本土纪录片主创团队对天山由熟视到深爱敬畏，视其为"父亲"。

获奖理由

纪录片《天山》以创新性视角展现天山自然地理与人文精神，制作技艺高超，传递对生命自然的敬畏尊重，具有深刻的思想内涵和较高的文化价值，是一次视觉旅行与心灵洗礼。

新媒体展示

使用手机扫描下方二维码，即可观看本条获奖作品的新媒体展示。

鲵娃归来

作品信息

作品类型：三等奖·新闻纪录片
刊播单位：宜春市融媒体中心
报送单位：江西省新闻工作者协会
作　　者：集体
编　　辑：张敏、柳永军、黎向农
作品字数：36分49秒
刊播版面：宜春广播电视台 综合频道
首发日期：2023年10月19日

作品简介

本片以发现江西大鲵为背景，展现其物种进化。制作团队历经一年半实地拍摄，克服重重困难，采用多种手法记录珍贵画面。作为我国唯一反映娃娃鱼的纪录片，以趣味科普影像呈现江西大鲵的保护故事。

新媒体展示

使用手机扫描下方二维码，即可观看本条获奖作品的新媒体展示。

获奖理由

此纪录片首述江西大鲵故事，科普其历史与现状，展现习近平生态文明思想实践及"长江十年禁渔"成效；片子兼具纪实、科普、人文与学术价值，彰显我国生物多样性保护成果，提供濒危动物保护的中国智慧。

《七三一真相》第四集 被实验的"马路大"

 作品信息

作品类型：三等奖·新闻纪录片
刊播单位：中央广播电视总台
报送单位：黑龙江省新闻工作者协会
作　　者：集体
编　　辑：陈方平
作品时长：15分整
刊播版面：央视纪录频道《9视频》
首发日期：2023年9月6日

作品简介

《七三一真相》依据近年解密的伯力审判22小时庭审录音，历时一年多拍摄，跨国寻访，合作多国媒体，采访权威专家，抢救性录制口述历史，揭露日本军国主义反人类罪行，控诉细菌战伤害，反映"勿忘历史、珍爱和平"的主题。

获奖理由

纪录片《七三一真相》以全球视野讲述中国故事，彰显历史穿透力，推动七三一旧址申遗，为七三一研究提供史学价值，具有深远意义。

新媒体展示

使用手机扫描下方二维码，即可观看本条获奖作品的新媒体展示。

棉花的故事

作品信息

作品类型:三等奖·系列报道
刊播单位:云上兵团客户端、兵团在线网站、团炬客户端
报送单位:新疆生产建设兵团新闻工作者协会
作　　者:集体
编　　辑:蒋革、向驰、马渊力
作品字数:2779 字
首发日期:2023 年 12 月 29 日

作品简介

新疆兵团棉花产量连续领跑全国,占全国九成以上,质量卓越。3 集微纪录片讲述兵团棉花故事,探索这朵"奇迹之花"如何成为兵团人的幸福、科技与精神之花,书写传奇。

新媒体展示

使用手机扫描下方二维码,即可观看本条获奖作品的新媒体展示。

获奖理由

该作品用富有创意和冲击力的表现形式,生动讲述了兵团棉花从无到有、从有到优的发展历程,成为兵团精神最好的注解,用真实的细节、质朴的感情打动了全国网友。

"丝路花正开·'一带一路'十周年全球调研行"系列报道

作品信息

作品类型：三等奖·系列报道
刊播单位：四川日报社
报送单位：四川省新闻工作者协会
作　　者：集体
编　　辑：集体
作品字数：6634字
刊播版面：《四川日报》04版、05版、06版等
首发日期：2023年10月7日

作品简介

《丝路花正开》是《四川日报》全媒体为纪念"一带一路"十周年推出的大型报道，17名记者遍访11国，行程超十万公里。报道准备充分、传播先行、内外共振，形式多样，包括文字、对话、Vlog等，取得了良好的国际传播效果。

获奖理由

该组报道属于创新重大时政报道，厚重且有创意；厚重在于切中"一带一路"十周年关键问题，形成报道闭环，展现新价值；创新在于报道形式定制多样，国内国际传播结合，鲜活诠释丝路精神，展现地方媒体的国际传播能力。

新媒体展示

使用手机扫描下方二维码，即可观看本条获奖作品的新媒体展示。

强军有我

作品信息

作品类型:三等奖·系列报道
刊播单位:中国军网
报送单位:解放军新闻传播中心
作　　者:集体
编　　辑:李鹏、赵燕飞、王玉
作品时长:16 分 11 秒
首发日期:2023 年 8 月 1 日

作品简介

《强军有我》系列报道以平视角度展现部队官兵新风貌,通过小人物大特写、场景化新叙事和跨平台融传播,全网播放量超 3 亿次,细腻地呈现军人形象,实现破圈传播。

新媒体展示

使用手机扫描下方二维码,即可观看本条获奖作品的新媒体展示。

获奖理由

作品主题鲜明、视角独特、内容深刻,用细腻笔触和沉浸画面生动刻画出强军之路上的普通士兵,或体现坚守,或表现求实,或蕴含奉献,或彰显奋进……推出后反响强烈,是讲好新时代强军故事的成功实践。

探访甘肃湿地

作品信息

作品类型:三等奖·系列报道
刊播单位:甘肃卫视
报送单位:甘肃省新闻工作者协会
作　　者:集体
编　　辑:后寿青、魏建建、杜艳
作品时长:36分整
刊播版面:甘肃卫视《今日聚焦》栏目
首发日期:2023年8月22日

作品简介

该作品深度探访甘肃五大国际重要湿地,采集鲜为人知的素材,讲述湿地中动物与动物、动物与人、人与人的故事,及湿地生态向好背后的故事,展现了甘肃湿地的保护成效。

获奖理由

该作品选题重大,立足新时代生态文明思想,讲述中国生态故事,通过立体视角全景呈现湿地中的人与时代、人与人、人与自然的故事,画面唯美精良,动物生活场景捕捉精准,镜头冲击力强,展现了湿地生态的多样性和保护的重要性。

新媒体展示

使用手机扫描下方二维码,即可观看本条获奖作品的新媒体展示。

独家记忆
——《东北日报》和辽宁 71 本地方志中的抗美援朝

作品信息

作品类型:三等奖·系列报道
刊播单位:辽宁日报社
报送单位:辽宁省新闻工作者协会
作　　者:集体
编　　辑:胡欣、高爽、王钢
作品字数:7396 字
刊播版面:T01—T24
首发日期:2023 年 7 月 27 日

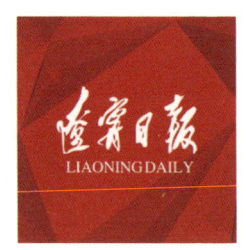

作品简介

2023 年是中国人民志愿军抗美援朝战争胜利 70 周年。《辽宁日报》推出全媒体策划《独家记忆》,从《东北日报》和辽宁地方志中挖掘一手素材,以文字、图片、短视频等形式生动还原历史,展现了辽宁作为抗美援朝大后方的贡献。

新媒体展示

使用手机扫描下方二维码,即可观看本条获奖作品的新媒体展示。

获奖理由

报道内容丰富,表达生动,新闻性强,极具现实意义,社会反响强烈,符合评奖要求。

"村超"全民星

作品信息

作品类型：三等奖·系列报道
刊播单位：贵州广播电视台
报送单位：重庆工商大学
作　　者：集体
编　　辑：王丹、苏姝、余跃
作品时长：15分22秒
刊播版面：贵州卫视《贵州新闻联播》
首发日期：2023年7月23日

作品简介

在现象级赛事"村超"的报道中,《"村超"全民星》从6位普通人的视角展开,展现脱贫后群众的精神文化生活和中国式现代化在贵州民族地区的实践。报道历时4个月,采用跟踪拍摄,记录真实现场,引发受众共鸣。

获奖理由

该组报道视角独特,同众多与"村超"有关的报道相比,它以更加朴实、深入、动人的方式展现了"村超"不为人知的故事和细节,以及中国式现代化的具体模样。同时,该组报道制作精良,叙事巧妙,影响广泛,是一组新闻佳品。

新媒体展示

使用手机扫描下方二维码,即可观看本条获奖作品的新媒体展示。

"科技文明探源"系列报道

作品信息

作品类型：三等奖·系列报道
刊播单位：科技日报社
报送单位：科技日报社
作　　者：集体
编　　辑：翟冬冬、陈萌、徐玢
作品字数：8025 字
刊播版面：文化版 6—8 版
首发日期：2023 年 7 月 7 日

作品简介

"科技文明探源"系列报道共 12 篇，聚焦古代数学、农学、天文学、建筑等领域，邀请专家解读筹算、都江堰等中华科技成就，并探寻其背后的创新精神与科学思想。报道结合古今，交织科技与文化，让传统话题展现新活力。

新媒体展示

使用手机扫描下方二维码，即可观看本条获奖作品的新媒体展示。

获奖理由

报道立足"两个结合"，从中国古代科技成就切入，展现中华文明深厚的科技创新底蕴。报道主题鲜明且可读性强，引古穿今，角度新颖，内容翔实，文风清新，兼具文化与科技特色，是《科技日报》在科技文化融合报道上的有益探索。

"福建有种"系列报道

作品信息

作品类型：三等奖·系列报道
刊播单位：福建日报社
报送单位：福建省新闻工作者协会
作　　者：张辉、张颖、林蔚
编　　辑：方金春、林淑霞、关永辉
作品字数：13 850 字
刊播版面：8 版，深读版
首发日期：2023 年 5 月 11 日

作品简介

习近平总书记在福建提出大农业观、大食物观的重要理念。"福建有种"系列报道聚焦种业创新，深入调研，展现福建在种质资源保护、新品种选育和种业产业化方面的丰硕成果，并探讨福建种业发展的诸多重大课题。

获奖理由

报道积极探索融合传播，每篇报道均配套制作短视频等融媒体作品，报纸版面发布视频二维码，相关报道经二次加工，通过新闻客户端、门户网站等多平台全媒体推送，取得了较好的融合传播效果。

新媒体展示

使用手机扫描下方二维码，即可观看本条获奖作品的新媒体展示。

文物里的北京

作品信息

作品类型：三等奖·系列报道
刊播单位：北京广播电视台
报送单位：北京市新闻工作者协会
作　　者：集体
编　　辑：李哲勇、吴勇、梁和芝
作品时长：27分56秒
刊播版面：FM103.9北京交通广播《跃动的坐标》
首发日期：2023年4月25日

作品简介

《文物里的北京》以60余件文物为载体，通过实地探访和专家解读，全方位展现中华文明五个突出特性。作品产出有音频、图文、独家VR全景视频、短视频组合，擦亮历史文化遗产"金名片"，拉近文物与大众的距离。

新媒体展示

使用手机扫描下方二维码，即可观看本条获奖作品的新媒体展示。

获奖理由

《文物里的北京》以文物为载体，全方位解读中华文明特性，解密文化基因密码。71集内容从人类起源讲起，视野广阔，制作精良，形式多样，拉近文物与大众的距离，对坚定文化自信、讲好中国故事有重要作用。

"共富争先·微故事"
系列融媒报道

作品信息

作品类型:三等奖·系列报道
刊播单位:紫牛新闻客户端
报送单位:河北大学
作　　者:集体
编　　辑:王文坚、李军、孙庆
作品字数:7014 字
作品时长:8 分 46 秒
首发日期:2023 年 4 月 7 日

作品简介

"共富争先·微故事"系列融媒报道从"共富在江苏"和"共富山海情"两部分展开,分别聚焦于江苏、青海和陕西东西部协作地区寻求"共富"的感人故事,活动历时半年,跨越三省,行程超 1 万公里,采访近百人。

获奖理由

该系列融媒报道紧扣中国式现代化共同富裕主题,从东西部协作角度讲述共富故事,采访深入扎实,内容丰富有深度,兼具温度与力度。视频新闻采用 3D 虚拟技术和虚幻引擎,实现融合报道新突破,提升传播效果。

新媒体展示

使用手机扫描下方二维码,即可观看本条获奖作品的新媒体展示。

"跪地求水"系列报道

作品信息

作品类型：三等奖·系列报道
刊播单位：安徽网
报送单位：安徽大学
作　　者：孙召军、余康生
编　　辑：陶娜、许大鹏、王翠
作品字数：5417字
首发日期：2023年3月29日

作品简介

2023年3月，宁夏灵武市马家滩镇林场主孙国友"跪地求水"事件引发广泛关注。两位记者第一时间赶赴宁夏，采访"治沙英雄"孙国友并跟进采访多方相关人士，发布了共计16篇报道，理性客观地展现了热点事件的全貌。

新媒体展示

使用手机扫描下方二维码，即可观看本条获奖作品的新媒体展示。

获奖理由

网络舆论场中充斥着纷繁芜杂的海量信息，甚至一些谣言在网络上蔓延传播。在网络上舆论呈现一边倒的形势下，机构媒体敢于全面、客观、理性、准确地发声，体现了机构媒体的担当与责任。

筑梦丝路

 作品信息

作品类型：三等奖·系列报道
刊播单位：浙江广播电视集团
报送单位：厦门大学
作　　者：集体
编　　辑：集体
作品时长：20分
刊播版面：浙江卫视《浙江新闻联播》
首发日期：2023年10月15日

作品简介

2023年正值"一带一路"倡议十周年。浙江广电集团推出《筑梦丝路》全球融媒新闻行动，以小故事阐述大战略，记者深入五大洲，用纪实手法和蹲点手段，挖掘"一带一路"合作亮点，生动讲述中国式现代化带来的新机遇。

获奖理由

报道以海外寻访的方式，结合外国人的视野，讲述中国的开放故事，提升国际社会对"一带一路"倡议的共识、共鸣、共情。报道制作精良，同步打造集新媒体直播、人物专访、系列短视频、融合报道等多品类、多样态新闻产品。

新媒体展示

使用手机扫描下方二维码，即可观看本条获奖作品的新媒体展示。

盛世修文

作品信息

作品类型:三等奖·系列报道
刊播单位:湖南广播电视台
报送单位:湖南省新闻工作者协会
作　　者:集体
编　　辑:集体
作品时长:38 分 32 秒
首发日期:2023 年 12 月 13 日

作品简介

系列报道紧扣习近平总书记提到的"盛世修文"主题,摄制组跨越多地,探访中国文明重大文化工程,以生动鲜活的案例,阐释中华文明连续性、创新性、统一性、包容性、和平性的突出特性,凝聚文化自信力量。

新媒体展示

使用手机扫描下方二维码,即可观看本条获奖作品的新媒体展示。

获奖理由

系列报道以高度的文化担当和强烈的职业追求,深入阐明"盛世修文"的重大意义,生动展现中华优秀传统文化的丰富内涵。系列报道立意高远,但不说教;选题丰富,各有侧重;人物众多,但很传神;制作精良,反响热烈。

解码深圳新质生产力

作品信息

作品类型：三等奖·系列报道
刊播单位：深圳卫视
报送单位：广东省新闻工作者协会
作　　者：集体
编　　辑：朱明、刘兴意、钟鹏超
作品时长：12分48秒
刊播栏目：《深视新闻》
首发日期：2023年10月1日

作品简介

深圳卫视团队开展"以新引质 向新而行"全媒体行动，深入企业一线调研，聚焦八个"新"进行报道，以鲜活案例展现深圳在新质生产力发展中的实践与成果，推动深港合作与科研成果转化，形成多平台立体传播。

获奖理由

报道紧紧围绕习近平总书记论述，着重阐释"新质生产力"是什么，以创意小切口反映大主题，解读了"新质生产力"于经济工作全局、于高质量发展的重要意义，推动了党的创新理论在广大干部群众中的学习贯彻。

新媒体展示

使用手机扫描下方二维码，即可观看本条获奖作品的新媒体展示。

鹅喉羚"安居"新疆油田

作品信息

作品类型:三等奖·新闻摄影
刊播单位:嗨克拉玛依客户端
报送单位:中国新闻摄影学会
作　者:闵勇、赵兰生
编　辑:邓皓洋
首发日期:2023年4月3日

作品简介

记者连续8年拍摄新疆油田区域内的鹅喉羚。2015年新疆油田公司治理油田环境以来,油田生态环境持续改善,回到井区"安家"的国家二级保护野生动物鹅喉羚也越来越多,生动地印证了"绿水青山就是金山银山"的理念。

新媒体展示

使用手机扫描下方二维码,即可观看本条获奖作品的新媒体展示。

获奖理由

作品真实生动地表现了随着生态环境质量的不断提升,鹅喉羚又逐渐回到新疆油田的情景。这组照片拍摄时间跨度大,可见作者精益求精,用时间见证生态环境真正改善的专业作风和职业修养,值得肯定和赞扬。

罕见！
江苏火烈鸟与麋鹿同框

作品信息

作品类型：三等奖·新闻摄影
刊播单位：扬子晚报社
报送单位：中国新闻摄影学会
作　　者：宋峤
编　　辑：时力强
刊播版面：A1
首发日期：2023年12月7日

作品简介

在江苏盐城，记者抓拍下14只火烈鸟与一只野生麋鹿和谐共处的画面，这是历史上首次记录下两个物种同框。因湿地生态环境的改善，两种原本不可能同时存在于同一地理位置的生物"偶遇"，可见中国生态保护的显著成效。

获奖理由

这幅新闻摄影作品将艺术与自然完美融合，以极具美感的画面和不可复制的巧合感，展现了江苏生态保护工作的成果。这不仅是一幅新闻摄影作品，更是一幅生动的生态画卷。

新媒体展示

使用手机扫描下方二维码，即可观看本条获奖作品的新媒体展示。

第十批在韩中国人民志愿军烈士遗骸回国

作品信息

作品类型:三等奖·新闻摄影
刊播单位:新华通讯社
报送单位:中国新闻摄影学会
作　　者:曹灿
编　　辑:集体
刊播版面:中文对外专线、彩色通稿
首发日期:2023年11月23日

作品简介

2023年11月23日,第十批在韩中国人民志愿军烈士遗骸由空军专机护送回沈阳。记者创新拍摄角度,首次从机舱尾部捕捉烈士遗骸落地瞬间,结合飘雪背景,强化庄严肃穆氛围,引发读者情感共鸣。

新媒体展示

使用手机扫描下方二维码,即可观看本条获奖作品的新媒体展示。

获奖理由

照片将新闻性与视觉性结合,在复杂新闻现场采访中通过简洁而有力的图像语言将新闻现场直观展示给读者,真实感人,让读者产生强烈的视觉冲击和情感共鸣,展现了记者扎实、出色的采访功底,是一张难得的新闻摄影佳作。

保护古籍 赓续文脉

作品信息

作品类型：三等奖·新闻摄影
刊播单位：人民日报社
报送单位：中国新闻摄影学会
作　　者：陈斌
编　　辑：蒋雨师
刊播版面：视觉版第 9 版
首发日期：2023 年 12 月 20 日

作品简介

记者关注到全国对古籍保护的重视，历时 1 年多，通过系统学习和实地采访，聚焦古籍修复、再版以及人才的培养，发挥影像在古籍保护报道中的优势，用微距镜头记录了北京及全国古籍保护现状，展现古籍"新生"之法。

获奖理由

本组作品镜头语言丰富，表现力强，直观展现了我国现阶段古籍保护工作的特点：既有传统的古籍修复、人才传承，又有与时俱进的科技手段加持；既强化了对古籍的永久安全保存，又注重提升社会公众对古籍保护工作的认识。

新媒体展示

使用手机扫描下方二维码，即可观看本条获奖作品的新媒体展示。

感受"中国速度"!
东南亚首条高铁雅万高铁开通运行

 作品信息

作品类型:三等奖·新闻摄影
刊播单位:中安在线
报送单位:中国新闻摄影学会
作　　者:刘玉才
编　　辑:王少峰
首发日期:2023年9月9日

作品简介

记者跟随中铁四局雅万高铁参建人员一同前往印尼,记录下他们建设雅万铁路时不畏艰难、攻坚克难的决心与毅力,亲眼见证中国建设者为"一带一路"建设付出的辛勤汗水与不懈努力,感受到"一带一路"倡议的伟大意义。

新媒体展示

使用手机扫描下方二维码,即可观看本条获奖作品的新媒体展示。

获奖理由

作品的新闻性强,题材重大,内容全面准确,纪实性强,视角丰富,反映出两国人民之间因为高铁的建设和运行日益增长的情谊,也充分证明了中国技术、中国标准得到世界的认可,寓意深远。

夹金山上"斗"牛
一个藏乡少年的成人礼

作品信息

作品类型：三等奖·新闻摄影
刊播单位：封面新闻客户端
报送单位：中国新闻摄影学会
作　　者：杨涛
编　　辑：徐亚岚
首发日期：2023 年 6 月 12 日

作品简介

这是一个用镜头讲述的夹金山区藏乡发展变迁的故事。组照以一个藏族少年的"成人礼"为切入点，全面展现了当地藏族同胞锐意进取、百折不挠的精神风貌，以及年轻一代在乡村振兴、非物质文化传承与保护上所做的探索和努力。

获奖理由

整组图片色彩浓郁，故事情节跌宕起伏，镜头组合有序，氛围感强，很有视觉冲击力。作品主题鲜明，故事性强，用图片记录了夹金山藏族人民的生活习俗，反映了当地的发展变迁，具有很强的观赏性和良好的价值导向。

新媒体展示

使用手机扫描下方二维码，即可观看本条获奖作品的新媒体展示。

测天山 探昆仑
我为祖国找油气

作品信息

作品类型:三等奖·新闻摄影
刊播单位:光明日报社
报送单位:中国新闻摄影学会
作　　者:刘宇航
编　　辑:马列、郭冠东
首发日期:2023 年 11 月 19 日

作品简介

这组照片以习总书记与油气工人连线为由头,记者深入新疆阿克苏境内的中国石油东方物探公司山地物探队,与物探工人同吃同住,爬高山钻沟壑,白天找油气,晚上就近搭帐篷席地而眠,现场记录他们在荒无人烟的戈壁大漠无私奉献的过程。

新媒体展示

使用手机扫描下方二维码,即可观看本条获奖作品的新媒体展示。

获奖理由

照片中既有宏大的场面,又有细节的捕捉;既有山的雄伟,又有人的灵动;既有劳动的场景,又有生活的画面;既有白天的喧嚣,又有夜晚的静谧——在群体中看到个体、从大时代里看到人,用《光明日报》独有的气质展现人的伟岸。

苍穹之下，长三角"治太"图景志

📧 作品信息

作品类型：三等奖·新闻漫画
刊播单位：无锡观察新闻客户端
报送单位：中国新闻漫画研究会
作　　者：陈锡初、高萌
编　　辑：张军、薛中卿
首发日期：2023 年 12 月 31 日

💻 作品简介

漫画以 2023 年 11 月 16 日发射的海洋三号 01 卫星等在轨卫星为视角，俯瞰式呈现和展示无锡、苏州、青浦、嘉兴、湖州、宣城、常州等环太湖城市携手"治太"的最新进展、成就和亮点。

💬 获奖理由

作品立意高远，题材重大，视野宏阔，创新采用卫星遥感影像视角，注重融媒体语境下构图与色调的和谐统一，独具高远精湛的艺术张力和生动有趣的科普价值，是用新形式、小视角讲好新时代好故事的生动范例。

📶 新媒体展示

使用手机扫描下方二维码，即可观看本条获奖作品的新媒体展示。

3D 图说 浩荡长江

作品信息

作品类型：三等奖·新闻漫画
刊播单位：重庆日报客户端、视频号等
报送单位：中国新闻漫画研究会
作　　者：集体
编　　辑：付爱农、李媛媛、何维
首发日期：2023 年 9 月 12 日

作品简介

作品从长江源头开始，沿着长江的流向，精选青海、西藏、云南、四川等 14 个省份的长江文明"亮点"，通过手绘与文字、音乐等相结合的表现手段，生动呈现唐蕃古道、三星堆等长江流域最知名、最灿烂的中华文化瑰宝。

新媒体展示

使用手机扫描下方二维码，即可观看本条获奖作品的新媒体展示。

获奖理由

作品通过图画与文字、音乐及动画等形式全景式呈现长江文明，带读者回溯来处、看见传承、探究明天，真切感受长江文明在当代焕发的新光彩，向世界呈现长江文明的绚烂多彩。作品主题鲜明、特色突出、制作精良、传播广泛。

潮起亚运绘 | 杭州亚运会 30 个感动瞬间

📧 作品信息

作品类型：三等奖·新闻漫画
刊播单位：潮新闻客户端
报送单位：中国新闻漫画研究会
作　　者：集体
编　　辑：黄昕、徐洁
首发日期：2023 年 10 月 8 日

💻 作品简介

在杭州亚运会期间，主创紧跟热点，一日一绘，将赛场内外的感人故事绘制成条漫当天发布。此外，主创还从日更条漫中精选出 30 个感动瞬间，串珠成链，制作成视频在杭州亚运会闭幕当晚发布，体现竞技体育背后的情感与故事。

💬 获奖理由

该作品综合运用漫画、视频、一镜到底的视差动画等融媒体手段，以小切口报道大主题，通过精心选材、巧妙创意，呈现出充满亲切感和沉浸感、时间与空间交织的独特叙事氛围，有效展现了竞技体育背后的情感与故事。

📶 新媒体展示

使用手机扫描下方二维码，即可观看本条获奖作品的新媒体展示。

找到那个头破血流的年轻人

作品信息

作品类型:三等奖·副刊作品
刊播单位:中国青年报社
报送单位:中国报纸副刊研究会
作　　者:杜佳冰、陈卓
编　　辑:陈卓、李沛然
作品字数:7747字
刊播版面:《冰点周刊》05版
首发日期:2023年11月22日

作品简介

这篇稿件记录了交警和很多普通人共同挽救一位身患重病的年轻人的故事,呈现一位青年的困顿坠落与社会群力的托举,把一个年轻人面对困难的不屈和坚韧、陌生人像涟漪般不断扩散的大爱融入其中。

新媒体展示

使用手机扫描下方二维码,即可观看本条获奖作品的新媒体展示。

获奖理由

该作品采访扎实深入,文风朴实,写作精致,生动可读,细节、层次丰富,在几个层次有序展开的过程中,可知可感的新时代故事跃然纸上,体现了正确的政治方向与舆论导向,新闻性与艺术性俱佳,影响力与思想性兼顾。

"今天通知明天要，只能是假报告"

作品信息

作品类型：三等奖·副刊作品
刊播单位：北京日报社
报送单位：中国报纸副刊研究会
作　　者：于言锋（鲍南）
编　　辑：毛颖颖、张砥、汤华臻
作品字数：1119字
刊播版面：《文化周刊》杂文10版
首发日期：2023年7月25日

作品简介

文章梳理"层层加码"的种种表现，精准刻画背后的问题心态，指出这是只重形式不重内容、只重过程不重结果、只看表面热闹不看实际效果的典型，并分析背后的原因，给出解决的方法。

获奖理由

作品紧紧抓住一些地方的"层层传导"不知何时异化为"层层加码"，让基层干部"压力山大"这一普遍存在的问题，由表及里进行阐述，切中时弊，语言犀利，论据充分，步步递进，逻辑清晰，具有强烈的现实针对性。

新媒体展示

使用手机扫描下方二维码，即可观看本条获奖作品的新媒体展示。

我的湖山我的家

作品信息

作品类型:三等奖·副刊作品
刊播单位:浙江日报社
报送单位:中国报纸副刊研究会
作　　者:陈宁、周林怡
编　　辑:竺大文、蒋蕴
作品字数:6229 字
刊播版面:7 版·钱塘江
首发日期:2023 年 9 月 25 日

作品简介

这篇作品聚焦的是杭州亚运会开幕式上"躬耕书院音乐筑梦班"登台演唱的 12 名孩子,阐述了亚运精神对时代梦想和家国情怀的感召,传递了今日中国乡村的崭新面貌,激发起社会各界对山区孩子成长的关切之情。

新媒体展示

使用手机扫描下方二维码,即可观看本条获奖作品的新媒体展示。

获奖理由

此文是记者不辞辛苦跟踪 10 年的深入报道,兼具新闻性和文学性,选题独特,策划精心,采访扎实,文笔生动,交织着宏伟的时代旋律和细腻的个体音符,堪称报告文学中的佳作。

科学痴人的沙漠狂想
——从0到1,中国科学家为"地球癌症"开出力学良方

📧 作品信息

作品类型:三等奖·新闻访谈
刊播单位:华龙网首页及客户端
报送单位:中国广播电视社会组织联合会
作　者:集体
编　辑:李春燕、周秋含、宋煦
作品字数:16分59秒
首发日期:2023年11月27日

💻 作品简介

该作品通过"最美科技工作者"易志坚把论文写在祖国大地上的亲身实践,讲述了为全球沙漠化治理贡献"中国方案"的动人故事。

💬 获奖理由

作品主题立意高远,以个体经历承载人类命运共同体的宏大叙事;访谈大胆创新,多种创作方式相结合,综合了新闻访谈和纪录片的精华;表达贴近时代,既有短平快的高节奏叙事,又不失人物丰满和叙事温度,真切朴实、细节动人。

📶 新媒体展示

使用手机扫描下方二维码,即可观看本条获奖作品的新媒体展示。

来自 4860 的信号

作品信息

作品类型:三等奖·新闻访谈
刊播单位:四川广播电视台
报送单位:中国广播电视社会组织联合会
作　　者:集体
编　　辑:邱博、孙哲、张加沭
作品字数:42 分 20 秒
刊播频率:四川新闻广播 FM106.1
首发日期:2023 年 12 月 24 日

作品简介

作品邀请国内冰川保护领域专家、景区管理者及当地村民,在海拔 4860 米的达古冰川观景平台展开现场对话,生动展示当地保护冰川、改善生态带来"冰天雪地也是金山银山"的生动实践。

新媒体展示

使用手机扫描下方二维码,即可观看本条获奖作品的新媒体展示。

获奖理由

节目展示了保护冰天雪地美丽地球家园的中国实践,"冰天雪地也是金山银山"的中国方案,以及中国应对气候变化"双碳目标"承诺的大国担当和作为,访谈形式生动,声音元素丰富,现场感强,带来身临其境的节目效果,可听性强。

师道绵延（上、下）

作品信息

作品类型：三等奖·新闻访谈
刊播单位：宁夏广播电视台、福建省广播影视集团
报送单位：中国广播电视社会组织联合会
作　　者：集体
编　　辑：田宝贵、张仁汉、覃晓清
作品时长：29 分 59 秒
刊播版面：宁夏卫视《山海有你》、东南卫视《山海有你》
首发日期：2023 年 12 月 11 日

作品简介

《师道绵延》以两省区教育协作为主题。厦门大学支教老师张秀丽，克服诸多困难，鼓励帮助"问题学生"韩松年。韩松年不仅考上大学，还传承了张秀丽的师道，教育更多的孩子考上大学，被评为宁夏"教书育人楷模"。

获奖理由

《师道绵延》是宁夏台和福建台紧密合作的作品，以两省区教育协作为主题，用鲜活的故事生动诠释了闽宁协作取得的成功。本期节目细节生动，采访深入，从小切口呈现大主题，是一期优秀的电视新闻访谈作品。

新媒体展示

使用手机扫描下方二维码，即可观看本条获奖作品的新媒体展示。

人生需要这首歌
——对话盲人特教教师张晨

作品信息

作品类型：三等奖·新闻访谈
刊播单位：安徽广播电视台
报送单位：中国广播电视社会组织联合会
作　　者：刘飞、江源、任良韵
编　　辑：程晨、陈猛
作品时长：20分50秒
刊播版面：安徽卫视《新安夜空》
首发日期：2023年5月21日

作品简介

该作品讲述了先天弱视后失明的张晨，凭借对音乐的热爱成为特教教师，用音符点亮残障儿童的心灯，并先后荣获多项荣誉的励志故事。

获奖理由

新媒体展示

使用手机扫描下方二维码，即可观看本条获奖作品的新媒体展示。

节目对主人公跟踪采访一年之久，记录并捕捉了众多生动瞬间。节目以歌曲为明线，人生经历为暗线，两者结合，有故事，有泪点，让人在情感共鸣中得到人生启迪。作者在电视访谈中，创造性地加入音乐元素，是一部优秀作品。

"思想的力量"网络公开课，开讲啦！

作品信息

作品类型：三等奖·新闻访谈
刊播单位：人民日报微信公众号
报送单位：中国广播电视社会组织联合会
作　　者：集体
编　　辑：集体
作品时长：26分14秒
首发日期：2023年3月4日

作品简介

节目邀请权威嘉宾，围绕习近平新时代中国特色社会主义思想的政治伟力、思想伟力、理论伟力、实践伟力进行讨论，从嘉宾亲身经历和心路历程出发，生动展现党和国家的发展变化并探寻答案。

获奖理由

节目邀请权威嘉宾，围绕思想理论界和社会大众关心的重大问题，精心设置议题；同时注重内容、形式、平台融合创新，做到让受众听得进去、听有所得，是进一步推动党的创新理论"飞入寻常百姓家"的有益探索。

新媒体展示

使用手机扫描下方二维码，即可观看本条获奖作品的新媒体展示。

爱国,从书本本到心窝窝
——对话梁衡

作品信息

作品类型:三等奖·新闻访谈
刊播单位:中吴网
报送单位:中国广播电视社会组织联合会
作　　者:集体
编　　辑:伊宏辉、周渊、杨洋
作品时长:15 分 11 秒
首发日期:2023 年 11 月 8 日

作品简介

节目直面现实中存在的爱国主义教育形式化、不走心等问题,与梁衡先生及教育工作者共同探讨如何深挖地方文化资源,用多元化、时代化的方式讲述爱国故事,让爱国之情真正融入日常教育实践。

新媒体展示　　获奖理由

使用手机扫描下方二维码,即可观看本条获奖作品的新媒体展示。

作品直面当前社会中普遍存在的爱国主义教育形式化、不走心等问题,通过主、次嘉宾的深入探讨,结合多场景、多形式的沉浸式访谈,阐释了爱国主义教育的丰富内涵,也为当下爱国主义教育解决难题提供了新的观念框架和实践路径。

甘肃临夏州积石山发生6.2级地震
西海全媒体记者奔赴民和循化等地区现场直播

作品信息

作品类型：三等奖·新闻直播
刊播单位：西海都市报客户端
报送单位：西海都市报社
作　　者：集体
编　　辑：史永寿、范启蒙、何文帮
作品时长：3时47分6秒
刊播版面：西海都市报客户端
首发日期：2023年12月19日

作品简介

2023年12月18日23时59分，甘肃临夏州积石山发生6.2级地震，西海都市报社迅速行动，赶赴民和回族土族自治县和循化撒拉族自治县，全程直播救援情况，呈现了各路救援力量克服高原高寒等不利条件，与时间赛跑、为生命接力。

获奖理由

该作品通过直播方式报道了积石山地震发生后，受灾的两个地区的灾情和救援情况。记者在地震发生后20小时即奔赴现场，通过新闻直播方式置身一线获取真相，传播了救灾过程中的感人故事和正能量。

新媒体展示

使用手机扫描下方二维码，即可观看本条获奖作品的新媒体展示。

大国治沙

作品信息

作品类型:三等奖·新闻直播
刊播单位:奔腾融媒
报送单位:山西省新闻工作者协会
作　　者:集体
编　　辑:集体
作品字数:5时51分
刊播版面:奔腾融媒
首发日期:2023年10月1日

作品简介

奔腾融媒浓墨重彩地展示了内蒙古防沙治沙取得的成就,宣传了内蒙古作为"三北工程"主阵地、主战场、主防线发挥的至关重要的作用。直播中穿插播出6个精品宣传报道,清晰展示"三北工程"的重大意义。

新媒体展示

使用手机扫描下方二维码,即可观看本条获奖作品的新媒体展示。

获奖理由

该作品立意深远,题材重大。通过联合九省区,聚焦黄河治沙三大标志性战役,挖掘荒漠化治理典型地区、典型事实、典型人物,展示各地践行习近平生态文明思想的防沙治沙经验,彰显"三北精神"。

大一女生突发罕见脑瘤危及生命 西安北京千里接力大营救

作品信息

作品类型：三等奖·新闻直播
刊播单位：陕西都市快报官方微博
报送单位：陕西广电融媒体集团（陕西广播电视台）
作　　者：集体
编　　辑：景诗贻、谢炜、尹艺琳
作品字数：19 时 39 分 9 秒
刊播版面：陕西都市快报官方微博
首发日期：2023 年 9 月 8 日

作品简介

陕西服装工程学院大一新生小雨在军训期间突然晕倒，紧急送医后被确诊为罕见颅咽管瘤。记者与小雨家人同车前往北京，西安、北京两地媒体开通直播整夜相随。至此，由陕西都市快报发起的一场持续 20 小时、跨越 1150 公里的接力营救大直播正式展开。

获奖理由

该作品通过对突发重症的大学生实施跨越地区的接力护送和抢救过程，展示了政府、社会、公众对生命的尊重，传播了救助患者、珍视生命、一方有难、八方支援的社会正能量。

新媒体展示

使用手机扫描下方二维码，即可观看本条获奖作品的新媒体展示。

《河南日报》2023年3月29日特刊06—07版

作品信息

作品类型：三等奖·新闻编排
刊播单位：河南日报社
报送单位：河南日报社
作　　者：集体
编　　辑：集体
作品字数：4929字
刊播版面：特刊06—07版
首发日期：2023年3月29日

作品简介

河南的偃师二里头都邑多网格式布局、安阳殷墟商王陵及周边遗存、开封州桥及附近汴河遗址入选2022年度全国十大考古新发现。《河南日报》以"行走河南·读懂中国"为大栏题，推出连版特刊。

新媒体展示

使用手机扫描下方二维码，即可观看本条获奖作品的新媒体展示。

获奖理由

该版面信息量大、制作精美，很好地把文字报道和视觉创意融为一体，条理清晰、标签明确，符合互联网时代的阅读习惯，在同类型版面中，无论是视觉效果还是逻辑框架，都称得上佼佼者。

2023年7月28日《夜航新闻号》2023成都大运会开幕式特别节目

作品信息

作品类型：三等奖·新闻编排
刊播单位：四川广播电视台
报送单位：四川广播电视台
作　　者：集体
编　　辑：孙哲、漆江、张加沐
作品时长：38分57秒
刊播频率：四川新闻广播FM106.1
首发日期：2023年7月28日

作品简介

节目组派出多路记者走进成都大运村、社区、各大高校，采访青年运动员代表、志愿者、大学生等群体，在成都大运会开幕当晚，同步推出本期新闻编排节目，融现场报道、新闻链接、访谈、评论等于一体。

获奖理由

作品题材重大，新闻性强，对第三十一届世界大学生夏季运动会开幕式盛况进行了全景呈现，充分展示了成都大运会为团结世界青年、共同创造人类更加光明美好的未来作出的宝贵贡献。

新媒体展示

使用手机扫描下方二维码，即可观看本条获奖作品的新媒体展示。

《环球时报》英文版
2023年11月11日 S8—9版

✉ 作品信息

作品类型:三等奖·新闻编排
刊播单位:环球时报社
报送单位:环球时报社
作　　者:集体
编　　辑:集体
作品字数:1030字
刊播版面:深度版,S8-9版
首发日期:2023年11月11日

💻 作品简介

版面的文字部分强调新时代党的治藏方略是新时代习近平中国特色社会主义思想在西藏工作的具体体现。图表部分从六个关键维度全面展示西藏的进步。图片部分精选了布达拉宫作为主图,增强了视觉效果,使内容更加吸引人。

新媒体展示

使用手机扫描下方二维码,即可观看本条获奖作品的新媒体展示。

💬 获奖理由

该版开阔大气、内容扎实,以"幸福之地"为大标题,对《新时代党的治藏方略的实践及其历史性成就》白皮书的核心内容展示充分,为政治性强、敏感度高的主题如何做得更加贴近读者作出有价值的探索。

体育盛会传播如何吸引Z世代

作品信息

作品类型：三等奖·新闻业务研究
刊播单位：《新闻战线》
报送单位：《新闻战线》
作　　者：吴湘韩
编　　辑：喻瑾
作品字数：3913字
刊播版面：2023年第10期上，《前沿关注》专栏，30—32页
首发日期：2023年10月10日

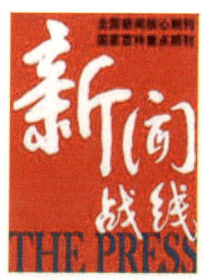

作品简介

由国家体育总局主办的"体育与Z世代 中国故事新表达"主题研讨活动邀请作者就新时代体育报道如何更好影响Z世代人群作主旨发言。《新闻战线》编辑部约请作者整理、进一步修改成文。

获奖理由

2023年是体育盛会之年。习近平总书记指出，体育承载着国家强盛、民族振兴的梦想。该文选题重大，研究前沿，分析深入，观点新颖，逻辑清晰，有较强的理论创新性和实践指导性，业界评价良好。

新媒体展示

使用手机扫描下方二维码，即可观看本条获奖作品的新媒体展示。

国际传播中如何打造"元软实力"

作品信息

作品类型：三等奖·新闻业务研究
刊播单位：《上海广播电视研究》
报送单位：新民晚报社
作　　者：王文佳
编　　辑：吴琳
作品字数：6376 字
刊播版面：2023 年 10 月刊
首发日期：2023 年 10 月 15 日

作品简介

论文从作品《原神》入手，解读中国文化创新输出的成功密码，提出抢占数字媒体平台席位应建立以"Z 世代"为核心的兴趣部落，贴合海外受众的分众化喜好，并在互惠性理解中提升文化生命力，从而全面提升国际传播效能。

新媒体展示

使用手机扫描下方二维码，即可观看本条获奖作品的新媒体展示。

获奖理由

智媒时代，国家软实力提升方式和手段在这里经历颠覆、重组和再造，为数字文化强国建设带来新契机。论文基于中国体制特征和在地化、语境化的体系构建与实践，提出打造"元软实力"的三条路径，具有前瞻性和可操作性。

行文五千,必蹲七天
——大众日报经济调研报道的探索与思考

📧 作品信息

作品类型:三等奖·新闻业务研究
刊播单位:中国记者
报送单位:大众日报社
作　　者:李海燕、娄和军
编　　辑:梁益畅
作品字数:5808字
刊播版面:9—12页
首发日期:2023年6月1日

💻 作品简介

这篇论文提出要发挥经济报道引领舆论的导航仪作用;彰显了经济报道的理性、智性之美,既要大流量,又不唯流量;创新推进经济新闻"供给侧结构性改革"等四个方面,思考了如何做好经济调研报道。

💬 获奖理由

这是一篇从实操层面分析经济调研报道的论文,观点鲜明、论述严谨,问题导向突出,对经济报道如何把握好问题意识与导向意识、专业性与大众性等进行了深入思考,为主流媒体如何提升经济调研报道提供了思路。

📶 新媒体展示

使用手机扫描下方二维码,即可观看本条获奖作品的新媒体展示。

数字经济时代传统媒体融合发展路径分析

作品信息

作品类型：三等奖·新闻业务研究
刊播单位：《传媒》
报送单位：河北日报报业集团
作　　者：刘翠敏
编　　辑：左志新、陈琦
作品字数：6411字
刊播版面：《媒体融合》栏目28—31页
首发日期：2023年3月16日

作品简介

本文以习近平总书记关于数字经济和媒体融合发展的重要论述为指导，通过分析传统媒体与平台媒体的多层次市场竞争，探索数字经济时代传统媒体融合发展的新路径，总结了媒体在新条件下的三种商业模式和转型过程中的实践启示。

新媒体展示

使用手机扫描下方二维码，即可观看本条获奖作品的新媒体展示。

获奖理由

文章问题选择准确、分析深入透彻，观点明确、论述严谨，不但归纳了媒体"商业创新模式"，而且总结了"实践启示"，指明了一般性、规律性、理论性的认识方向，具有较强的现实针对性和前瞻性。

融媒背景下,时政新闻报道的创新路径
——以海南日报的探索为例

作品信息

作品类型:三等奖·新闻业务研究
刊播单位:《新闻战线》
报送单位:海南日报社
作　　者:罗清锐
编　　辑:陈利云
作品字数:2487字
刊播版面:2023第8期上
首发日期:2023年8月10日

作品简介

作者以《海南日报》近年来的实践为样本,对融媒体背景下省级党报如何提升议题设置能力、创新传播策略,做好内容、形式、渠道等方面的创新进行了研究论证,撰写了这篇具有启发性的业务研究文章。

获奖理由

该文章对融媒体背景下省级党报如何进一步做好时政新闻进行了深入思考,为进一步加强和改进时政新闻报道、坚守舆论阵地提供了理论和实践支持,具有一定的启发性和指导性。

新媒体展示

使用手机扫描下方二维码,即可观看本条获奖作品的新媒体展示。

"理响青年"：
理论宣传的视频化创新

作品信息

作品类型：三等奖·新闻业务研究
刊播单位：《新闻战线》
报送单位：重庆日报社
作　　者：刘长发、侯金亮
编　　辑：喻瑾、朱涛、王贵江
作品字数：5317字
刊播版面：2023年第15期
首发日期：2023年8月1日

作品简介

本文以《重庆日报》创新推出的理论视频栏目《理响青年》为例，从理念、模式、技术、话语等维度总结分析其面向青年群体进行理论宣传视频化创新的经验做法，为推动党的创新理论青年化、视频化传播提供了重要借鉴。

新媒体展示

使用手机扫描下方二维码，即可观看本条获奖作品的新媒体展示。

获奖理由

本文选题具有重要性和重大性，是"深入学习宣传贯彻党的二十大精神""加快推进媒体深度融合发展"的研究文章，同时兼具实践性和服务性，观点鲜明、逻辑清晰、论述精辟，为扎实做好青年群体的网上理论宣传工作提供了有益借鉴。

都市类媒体深度融合的策略选择

作品信息

作品类型：三等奖·新闻业务研究
刊播单位：《新闻战线》
报送单位：《扬子晚报》
作　　者：王文坚
编　　辑：武艳珍
作品字数：3650 字
刊播版面：2023 年第 12 期上
首发日期：2023 年 12 月 10 日

作品简介

如何选择正确的策略破解融合转型中遇到的难题？本文从四个关键点、六条建议、四个盈利模式入手，对深度融合的路径作了详尽阐述，具有极强的现实针对性。

获奖理由

本文内容翔实，高屋建瓴，不仅有思想深度，而且紧密联系一线新闻实践，具有较强针对性、指导性。

新媒体展示

使用手机扫描下方二维码，即可观看本条获奖作品的新媒体展示。

发挥媒体智库作用,讲好新时代中国经济发展故事

作品信息

作品类型:三等奖·新闻业务研究
刊播单位:《新闻战线》
报送单位:经济日报社
作　　者:徐向梅
编　　辑:杨芳秀
作品字数:5706字
刊播版面:《特别关注》栏目
首发日期:2023年1月25日

作品简介

作品就媒体智库如何发挥强大的社会联结力和传播力优势,不断生产对公共舆论形成有效引导、对决策部门制定政策发挥积极影响的智力成果进行了阐释。通过总结经济日报社相关探索实践,对新型媒体智库建设提出了发展建议。

新媒体展示

使用手机扫描下方二维码,即可观看本条获奖作品的新媒体展示。

获奖理由

该作品紧扣媒体智库的职能定位,以经济日报社近年来基于自身特色和优势的实践探索为案例,系统梳理举措和路径,总结成功经验,逻辑清晰、论证严密、分析透彻,具有重要的学术价值和实践参考意义。

三等奖

"中国空间站全面建成"专题报道

作品信息

作品类型：三等奖·重大主题报道
刊播单位：《中国航天报》
报送单位：中国航天报社有限责任公司
作　　者：集体
编　　辑：集体
作品字数：13 536 字
刊播版面：B1-B8
首发日期：2023 年 5 月 5 日

China Space News

中国航天报

作品简介

中国空间站建设和运营举国关注。《中国航天报》推出中国空间站全面建成专题报道，刊发载人航天工程多个系统"两总"独家专访内容。以第一人称视角，7 位总设计师或总指挥自述的形式，讲述中国空间站建造背后的故事。

获奖理由

"中国空间站全面建成"专题报道策划周密、设计精美、采访扎实、审核严密、内容独家，取得较好传播效果和社会效应，全面展现了航天人在党中央坚强领导下朝着加快建设航天强国目标迈进的坚定步伐。

新媒体展示

使用手机扫描下方二维码，即可观看本条获奖作品的新媒体展示。

跨越太平洋的两地"飞书"

作品信息

作品类型：三等奖•重大主题报道
刊播单位：上饶市广播电视台经济旅游频道
报送单位：上饶市融媒体中心
作　　者：集体
编　　辑：谢永芳、王珂
作品时长：11分33秒
刊播平台：上饶市广播电视台经济旅游频道
首发日期：2023年12月31日

作品简介

中美建交45周年之际，主创团队抢救性发掘史料、找寻亲历者。拍摄时上饶救援者已离世，记忆模糊。近半年调研采访中，两位七旬老人的感人交往浮现，他们促成双方后代云上相见，赓续友谊，作品借"飞书"挖掘呈现这段历史真相。

新媒体展示

使用手机扫描下方二维码，即可观看本条获奖作品的新媒体展示。

获奖理由

该片政治性强、思想性强、新闻性强、人文性突出，受众面广，影响力大。这是贯彻落实习近平主席2023年访美讲话精神的新闻作品，是贯彻落实中央领导批示的外交宣传，同时展现了人类共同的价值追求以及跨越时空的感恩与传承。

"中华文明突出特性看河南"系列报道

作品信息

作品类型：三等奖·重大主题报道
刊播单位：河南日报社
报送单位：河南日报社
作　　者：集体
编　　辑：集体
作品字数：11 441 字
刊播版面：《河南日报》1 版、2 版
首发日期：2023 年 6 月 16 日

作品简介

6 月 16 日—6 月 28 日，《河南日报》在重要位置连续推出"中华文明突出特性看河南"系列报道。整个系列报道结构清晰、逻辑严谨、事例鲜活，并通过多种形式在自有平台和第三方平台进行立体式传播。

获奖理由

"中华文明突出特性看河南"系列报道从多个角度论述"行走河南·读懂中国"品牌塑造的重要性、必要性、可行性。报道落脚河南文旅文创融合实践，是一组围绕重大主题、紧密联系河南实践的系列报道佳作。

新媒体展示

使用手机扫描下方二维码，即可观看本条获奖作品的新媒体展示。

延安苹果挑起乡村振兴"金扁担"

作品信息

作品类型:三等奖·重大主题报道
刊播单位:陕西日报社
报送单位:陕西日报社
作　　者:陈艳、王姿颐
编　　辑:方敬尧
作品字数:4982 字
刊播版面:深度 13 版
首发日期:2023 年 5 月 16 日

作品简介

记者在前期大量采访的基础上进行分析提炼,用鲜活的语言和翔实的事例展示延安苹果产业串起"致富路""上星路"全过程,先后深入延安市各个地区和相关工厂,采访相关负责人,深入了解延安苹果产业链各个环节及未来发展走向。

新媒体展示

使用手机扫描下方二维码,即可观看本条获奖作品的新媒体展示。

获奖理由

该报道主题重大,紧紧围绕习近平总书记重要讲话、重要指示,展示延安如何全力打造苹果产业高质量发展的"延安模式",探索乡村振兴新路径。用群众语言写出了群众的奋斗故事,亦为其他地区做好"土特产"文章提供范例。

现代化中国"画"

作品信息

作品类型:三等奖·重大主题报道
刊播单位:广州日报社
报送单位:广州日报社
作　　者:集体
编　　辑:集体
作品字数:6229 字
刊播版面:要闻 8/9 版、要闻 T1—T4 版
首发日期:2023 年 3 月 3 日

作品简介

广州日报社以"古画新作"为创意切口,策划推出贯穿全年的"现代化中国'画'"中国式现代化实践全国大走读活动,邀请广州画院画家参与调研采风,奔赴全国 21 个城市的 103 处高质量发展一线展开深入调研走读。

获奖理由

《现代化中国"画"》创新重大主题报道表达方式,呈现出立意高远、形式优美、"四力"锤炼、跨界互动、融合创新五大特色。报道守正创新讲好中国故事,是新闻工作者践行"四力"做好重大主题报道的有益创新实践。

新媒体展示

使用手机扫描下方二维码,即可观看本条获奖作品的新媒体展示。

2023年,"鼓岭之友"穆言灵 时间都用在了中美友谊上

作品信息

作品类型:三等奖·重大主题报道
刊播单位:东南网
报送单位:东南网
作　　者:集体
编　　辑:金婷、周冬、阙文龙
作品字数:3285字
首发日期:2023年12月15日

作品简介

作品从穆言灵在美国参与对习近平总书记访美的热烈欢迎写起,讲述了古稀之年的她在2023年积极投身于中美民间友谊,孜孜不倦地发掘讲述鼓岭故事、福州故事和中国故事的经历。记者对穆言灵长期进行追踪报道,感动了很多海内外读者。

新媒体展示

使用手机扫描下方二维码,即可观看本条获奖作品的新媒体展示。

获奖理由

该作品为重大主题报道,以中美民间关系发展为主题,讲述了穆言灵在推动中美民间友谊发展中所做的努力,体现了推动中美友谊、建设人类命运共同体是大势所趋。作品报道视角独特,主题突出,故事生动,反响热烈。

Fiona 的"大运"中国行

作品信息

作品类型：三等奖·重大主题报道
刊播单位：四川广播电视台
报送单位：四川广播电视台
作　　者：集体
编　　辑：杨艳、唐佳
作品时长：10 分 29 秒
刊播栏目：四川卫视《四川新闻联播》
首发日期：2023 年 8 月 15 日

作品简介

作品以微纪录的形式，通过外籍瑞士击剑运动员 Fiona 的视角和切身体验，为观众呈现了这一主题报道。作品通过见人见事、有场景有细节的真实记录，展现了外国运动员近距离感受成都的现代化建设成果。

获奖理由

作品以小见大，题材独特，角度新颖，以外国运动员的视角展示了成都这座城市的独特魅力，发挥了成都大运会的国际人文交流平台作用，为重大主题找到了一个柔软细微的切入点。

新媒体展示

使用手机扫描下方二维码，即可观看本条获奖作品的新媒体展示。

七里海的"三笔账"

作品信息

作品类型：三等奖·重大主题报道
刊播单位：天津日报社
报送单位：天津海河传媒中心
作　　者：汪伟、张立平
编　　辑：刘雅坤、胡晓伟
作品字数：11 130 字
刊播版面：1 版转 3 版
首发日期：2023 年 11 月 20 日

作品简介

经过多年的生态保护修复，天津市宁河区七里海湿地从曾经的生态环保"后进生"到如今的生态文明"尖子生"，记者 5 次赴宁河区、2 次深入七里海湿地采访，并在版面配发短视频二维码，形成文字稿与新媒体视频的互动阅读。

新媒体展示

使用手机扫描下方二维码，即可观看本条获奖作品的新媒体展示。

获奖理由

该报道紧跟时代脉动，体现了"小切口、大主题、新视角"，通过七里海湿地的生态治理，展现出美丽中国建设的天津新场景。采访扎实深入，写作功底深厚，体现了"走转改"精神。

大道同行 丝路共鸣
——2023 广西媒体东盟行

作品信息

作品类型：三等奖·重大主题报道
刊播单位：广西广播电视台
报送单位：广西广播电视台
作　　者：集体
编　　辑：集体
作品时长：14 分 16 秒
刊播版面：广西卫视《广西新闻》
首发日期：2023 年 9 月 7 日

作品简介

广西广播电视台派出记者前往东盟 10 国开展"大道同行 丝路共鸣——2023 广西媒体东盟行"采访活动，4 个采访组的记者行程 3.64 万多公里，宣传了中国—东盟命运共同体建设的巨大成就，重点讲好中国与东盟共建和平安宁美丽友好家园的故事。

获奖理由

该系列报道传播渠道多元化，形成多平台、多形式的传播合力，扩大了报道的影响力。该系列报道还被学习强国等主流媒体转发，累计传播量超过 50 万。报道播出后社会反响热烈，获得业界及受众好评，取得了良好的传播效果。

新媒体展示

使用手机扫描下方二维码，即可观看本条获奖作品的新媒体展示。

"中国式现代化·乡村十记"大型融媒体蹲点报道

作品信息

作品类型:三等奖·重大主题报道
刊播单位:南太湖号 App
报送单位:湖州市新闻传媒中心
作　　者:集体
编　　辑:集体
作品字数:10 324 字
首发日期:2023 年 5 月 29 日

作品简介

由骨干记者、"三农"专家和青年大学生组成蹲点调研团队,筛选湖州具有现代价值和样本意义的十个村庄,提炼出"绿色发展""科技强农""数智赋能""组团发展""乡村经营""文化铸魂"等十个报道主题。

新媒体展示

使用手机扫描下方二维码,即可观看本条获奖作品的新媒体展示。

获奖理由

该系列报道将文字、视频、手绘、互动、数据等元素按照主题的内在逻辑串联,每一件作品都经过精心打磨,将新闻纸与互联网媒体传播的优势融合发挥,给人耳目一新的感受,是媒体融合大型主题报道的范例。

潮涌长三角

作品信息

作品类型:三等奖·重大主题报道
刊播单位:安徽广播电视台
报送单位:安徽广播电视台
作　　者:集体
编　　辑:聂宗权、楼建坤
作品时长:4时10分
刊播频道:安徽卫视
首发日期:2023年11月20日

作品简介

这是上海、江苏、浙江、安徽四家省级台联合成立的"纪录长三角工作委员会"策划的首个项目,摄制3年,走遍长三角,聚焦30多个人物,在长三角一体化战略实施五周年之际播出,体现出安徽台强烈的责任意识和使命担当。

获奖理由

《潮涌长三角》全景式、多视角记录讲述长三角一体化战略实施五周年的故事,具有较强的新闻性、思想性、艺术性以及文献价值。选取事例典型、人物个性鲜明,整部作品制作精良、感染力强,播出后产生了较大影响。

新媒体展示

使用手机扫描下方二维码,即可观看本条获奖作品的新媒体展示。

竹乐冲亚

作品信息

作品类型:三等奖·重大主题报道
刊播单位:爱安吉 App
报送单位:浙江省安吉县融媒体中心
作　　者:集体
编　　辑:叶暾、祝青、朱怀康
作品时长:3 分 24 秒
首发日期:2023 年 9 月 12 日

作品简介

《竹乐冲亚》从平凡人的故事落笔,以小见大,透过平凡人真实的"冲亚"经历,让人们看到这场"人文、绿色、智能、简约、惠民"的盛会。他的故事将激励更多的人去关注残疾人群体,去共同创造一个更加美好的未来。

新媒体展示

使用手机扫描下方二维码,即可观看本条获奖作品的新媒体展示。

获奖理由

团队打算从小处着眼,以普通人的真情打动观众,为亚运留下珍贵的"凡人影像"。作品从新闻线索的发现挖掘到跟拍记录,直至制作完成,历时半年,完整记录了残疾乐手"冲亚"过程,每一个环节都紧扣亚运主题。

遥感地图上的乡村振兴答卷

作品信息

作品类型：三等奖·重大主题报道
刊播单位：大众网、海报新闻客户端
报送单位：大众网
作　　者：集体
编　　辑：集体
作品字数/时长：3377字；16分5秒
首发日期：2023年12月26日

作品简介

作品创新运用融媒技术手段，巧妙地将卫星遥感地图、村庄实景变化、村民讲述相融合，从时间、空间双维度观察记录山东乡村的5年之变。通过一个个鲜活的发展典型总结经验，探寻山东各地的"发展密码"。

获奖理由

作品视角新颖，借卫星之眼俯瞰的乡村独有的一份美，内容丰富饱满，用时间、空间的双维度记录方式，让每一个人物和故事都真实且有说服力。技术运用与精良的设计让整件作品在体现丰富的重大主题上呈现出一份难得的轻盈感。

新媒体展示

使用手机扫描下方二维码，即可观看本条获奖作品的新媒体展示。

"千万工程"二十年记

作品信息

作品类型：三等奖·重大主题报道
刊播单位：农民日报社
报送单位：农民日报社
作　　者：集体
编　　辑：集体
作品字数：26 268 字
刊播版面：要闻一版
首发日期：2023 年 5 月 29 日

作品简介

记者精心写作、反复打磨，最终凝练成上、中、下三篇新闻作品，在《农民日报》头版，用近乎整版的篇幅，讲述在习近平总书记的领航掌舵下，共产党人如何拉开"千万工程"历史大幕、改写万千村庄命运、影响中国乡村未来的故事。

新媒体展示

使用手机扫描下方二维码，即可观看本条获奖作品的新媒体展示。

获奖理由

作品站位高远，立意深刻，视野宏阔，论说有力。这组报道站在乡村振兴、民族复兴的高度，在历史与现实穿梭中对"千万工程"的重大政治意义、理论意义和实践意义进行再认识、深挖掘，进一步打开了人们的视野、提升了人们的境界。

《学习时间》系列报道

📧 作品信息

作品类型：三等奖·重大主题报道
刊播单位：《中国纪检监察报》
报送单位：中央纪委国家监委新闻传播中心
作　　者：集体
编　　辑：集体
作品字数：10 346 字
刊播版面：要闻一版、二版
首发日期：2023 年 4 月 10 日

💻 作品简介

中央纪委国家监委新闻传播中心每周定期在《中国纪检监察报》、中央纪委国家监委新媒体平台同步推出融媒体理论对话栏目《学习时间》，突出理论文章学理、哲理、思辨，整体内容立意高远、回应关切、论述深刻、引人入胜。

💬 获奖理由

整组报道标题凝练、主题鲜明、篇幅得当，理论水平高，以高度的政治敏锐性把握精髓、揭示要义。在头版刊发并配有视频二维码，栏花醒目大气，形成强烈视觉冲击力，为媒体宣传创新形式、创新表达提供了思路借鉴。

📶 新媒体展示

使用手机扫描下方二维码，即可观看本条获奖作品的新媒体展示。

在"黑灯工厂"探寻"智造"之光

作品信息

作品类型：三等奖·重大主题报道
刊播单位：工人日报社
报送单位：工人日报社
作　　者：集体
编　　辑：王群、丁军杰
作品字数：6927 字
刊播版面：《企业新闻》6 版
首发日期：2023 年 10 月 24 日

作品简介

作为智能制造技术高度集成的具体呈现和典型代表，黑灯工厂正加速涌现，成为制造业高质量发展的生动缩影。多位记者走进黑灯工厂，深入采访多行业、多领域的创新性做法和前瞻性布局，生动展现其落地形式与实际影响。

新媒体展示

使用手机扫描下方二维码，即可观看本条获奖作品的新媒体展示。

获奖理由

报道紧扣国家大政方针政策，准确把握经济发展主线尤其是制造业前沿动向，将对黑灯工厂的解读置于中国制造转型升级的大背景下，展示了推动智能制造的时代价值和现实意义。

大国治沙

作品信息

作品类型：三等奖·重大主题报道
刊播单位：山西广播电视台黄河＋客户端
报送单位：山西网络广播电视台
作　　者：集体
编　　辑：集体
作品时长：22分48秒
首发日期：2023年10月1日

作品简介

《大国治沙》聚焦荒漠化治理典型地区、典型事实、典型人物，展示了党的十八大以来，山西以每年百万亩的速度推进荒漠化治理的成效，展示了中国经验和中国智慧为全球荒漠化治理作出的贡献。

获奖理由

该报道选择"塞上绿洲"右玉、"种树将军"张连印的故乡左云作为报道对象，生动诠释了"一张蓝图绘到底""一茬接着一茬干""吃苦耐劳、一往无前，不达目的决不罢休"的山西防沙治沙实践。

新媒体展示

使用手机扫描下方二维码，即可观看本条获奖作品的新媒体展示。

全国省级党报大型融媒联动
——自豪中国接力晒

作品信息

作品类型:三等奖·重大主题报道
刊播单位:黑龙江日报微信公众号、黑龙江日报抖音号
报送单位:黑龙江省新闻工作者协会
作　者:集体
编　辑:陈思雨、苏涤、刘雨婷
作品字数/时长:736字;2分1秒
首发日期:2023年3月1日

作品简介

《黑龙江日报》以地域为载体、文化为纽带,围绕新时代改革硕果、标志性的红色旅游、领衔性的科技成果、代表性的物产美食等四个方面,联手全国媒体打造立体宣传矩阵,推出图文、海报、音频、短视频等形式多样的融媒产品。

新媒体展示

使用手机扫描下方二维码,即可观看本条获奖作品的新媒体展示。

获奖理由

由《黑龙江日报》创意策划发起的全国媒体"接力晒家乡"融媒报道,紧扣时代主题,策划出新,立足黑龙江。系列融媒产品颇具设计感,联动全国30家省(市)级党媒,引领全国网友接力晒出家乡美,晒出了中国精神、中国价值、中国力量。

我家有条"鸡蛋路"

作品信息

作品类型：三等奖·重大主题报道
刊播单位：江西广播电视台
报送单位：天津师范大学
作　　者：集体
编　　辑：张小辉、彭侃、王清平
作品时长：8分23秒
刊播版面：江西卫视《新闻夜航》
首发日期：2022年12月31日

作品简介

在马达加斯加首都有一条市郊公路被当地人亲切地称为"鸡蛋路"，由中国政府援建、江西企业承建，登上了"中马建交50周年"纪念邮票。在"一带一路"倡议提出10周年之际，摄制组深入沿线，捕捉了大量鲜活故事和精彩细节。

获奖理由

作品主题重大、故事典型。"鸡蛋路"是彰显中国不仅发展自己，也积极拥抱世界的大国担当的典型项目之一。作品叙事生动、以小见大；画面精美、表达新颖。节目在"一带一路"倡议提出10周年之际推出，新闻性强、意义重大。

新媒体展示

使用手机扫描下方二维码，即可观看本条获奖作品的新媒体展示。

农田"变形记":"三块田"巧解"三个谁"难题

作品信息

作品类型:三等奖·重大主题报道
刊播单位:长江云新闻客户端
报送单位:湖北省新闻工作者协会
作　　者:集体
编　　辑:孟深广、涂丹、黄嘉梦
作品字数/时长:4717字;14分18秒
首发日期:2023年12月29日

作品简介

作品聚焦农村土改,故事线、人物线、改革线并行,一波三折,环环相扣,深挖典型案例,基于新时代基层改革实践,从农民孙清贵的故事切入报道,深入调研,纪实拍摄,总结提炼出了"小田变大田"改革的动因、难点、经验和效果。

新媒体展示

使用手机扫描下方二维码,即可观看本条获奖作品的新媒体展示。

获奖理由

作品以"三块田"改革中的案例切入,带着共性问题寻找个性答案,深入浅出,立意深远,现实意义重大,为全国县域经济高质量发展和适度规模经营"小田并大田"探索明确了方向,展示了中国农村经济发展的蓬勃动力和光明前景。

【人权行动看中国】探访世界海拔最高行政村推瓦村"云端"生活

作品信息

作品类型：三等奖·国际传播
刊播单位：中国新闻网
报送单位：南开大学
作　　者：集体
编　　辑：齐彬、曹梦雅、岳子岩
作品字数/时长：212字；6分24秒
首发日期：2023年12月11日

作品简介

作品围绕当代中国人权观在西藏的生动实践进行精心策划。中新社记者远赴海拔5070米的世界海拔最高行政村——西藏山南市浪卡子县推瓦村进行实地拍摄，鲜活地呈现了世界海拔最高行政村村民的获得感、幸福感、安全感。

获奖理由

在世界人权日的关键节点，中国新闻网积极主动策划，切中热点话题，探索可视化的外宣形式，为海外受众呈现了当代中国人权观在西藏的生动实践，彰显了生存权、发展权等当代中国人权观的核心理念。

新媒体展示

使用手机扫描下方二维码，即可观看本条获奖作品的新媒体展示。

Adventure along the Silk Road
(丝路奇旅)

作品信息

作品类型:三等奖·国际传播
刊播单位:天山网
报送单位:中华全国新闻工作者协会评奖办公室
作　　者:集体
编　　辑:孙天仁、张健、樊飞飞
作品时长:2分27秒
首发日期:2023年12月27日

作品简介

面对"一带一路"的宏大命题,作品采用"三维动画+人物实拍"等新媒体技术,以小切口展现发展成就,以"思想+故事+艺术+技术"为创作理念,将丝绸之路的历史底蕴和精神内涵寓于视频中。

新媒体展示

使用手机扫描下方二维码,即可观看本条获奖作品的新媒体展示。

获奖理由

短片创意独特,另辟蹊径,新颖巧妙,用海外受众喜欢的形式讲述"一带一路"沧海桑田、今昔变迁,令人印象深刻、回味无穷。该片策划精准、技术精湛、制作精良,在表现思想性、艺术性方面可圈可点。

医锦还乡

作品信息

作品类型：三等奖·国际传播
刊播单位：中阿卫视
报送单位：中华全国新闻工作者协会评奖办公室
作　　者：集体
编　　辑：张泉慧、王东、陈志远
作品时长：20分36秒
刊播版面：中阿卫视《宁夏时间》
首发日期：2023年12月29日

作品简介

作品以白婳的故事为核心，以家为点，以村民与白婳的讲述为关联，深挖细节，以小见大，真实展现了白婳守护乡村、勤于钻研、积极乐观的精神风貌。作品有意识地融入自然、民风、媒介运用等场景，彰显了新一代农人对乡土文化的认同。

获奖理由

该作品以95后女兽医扎根乡村，反哺家乡的故事为主线，塑造了乡村振兴背景下新一代农人的乡土情怀以及勇于自我超越的精神风貌。作品有故事，有细节，能引发不同文化背景下观众的共情共鸣。

新媒体展示

使用手机扫描下方二维码，即可观看本条获奖作品的新媒体展示。

丹尼尔：把中国唱给你听

作品信息

作品类型：三等奖·国际传播
刊播单位：今视频
报送单位：中华全国新闻工作者协会评奖办公室
作　　者：集体
编　　辑：龚丹、谢华、徐婷
作品时长：17分40秒
首发日期：2023年12月25日

作品简介

主创团队与乐队主唱丹尼尔一起远赴他在坦桑尼亚的家乡，独家采访报道，深入探寻"一带一路"重大倡议对各国的深远意义。作为"一带一路"倡议的受益者，丹尼尔的个人命运得到改写，共建"一带一路"的合作更在他的祖国乃至非洲结出累累硕果。

新媒体展示

使用手机扫描下方二维码，即可观看本条获奖作品的新媒体展示。

获奖理由

作品聚焦"一带一路"乐队和主唱丹尼尔，从外国留学生的视角讲述"一带一路"倡议提出10周年给个人和国家带来的巨大变化。作品通过多语种、多平台推送，体现了地方媒体在国际传播中，只要找准契合点，也能通过小切口讲好大主题的故事。

"新丝路"上的"玫瑰"故事

作品信息

作品类型：三等奖·国际传播
刊播单位：中国蓝新闻客户端
报送单位：中华全国新闻工作者协会评奖办公室
作　　者：集体
编　　辑：集体
作品字数：1366字
首发日期：2023年10月18日

作品简介

2023年是共建"一带一路"倡议提出十周年，中国蓝新闻记者跟随Rose一家回非洲娘家，行进式记录她的"万里归乡路"，见证在乌干达的"中国力量""浙江力量"，邀请Rose讲述共建"一带一路"十年间她的"中国故事"。

获奖理由

这篇报道是在共建"一带一路"倡议提出十周年的契机，精准聚焦双重特殊身份——千万粉丝"大V"和非洲媳妇的Rose，记者与她同行"万里归乡路"，由Rose讲述这十年间她的草根创业致富故事，即她的美丽"中国梦"。

新媒体展示

使用手机扫描下方二维码，即可观看本条获奖作品的新媒体展示。

寻踪晋商

 作品信息

作品类型：三等奖·国际传播
刊播单位：山西广播电视台、中央广播电视总台 CGTN、中国广播电视网络集团、凤凰卫视
报送单位：中华全国新闻工作者协会评奖办公室
作　　者：集体
编　　辑：集体
作品时长：1 时 56 分 25 秒
刊播频道：山西卫视、CGTN 英语频道、CGTN 纪录频道、CGTN 法语频道、CGTN 西班牙语频道、CGTN 俄语频道、CGTN 阿拉伯语频道、中国广播电视网络集团"MC"俄语卫星电视频道、凤凰卫视
首发日期：2023 年 10 月 9 日

作品简介

作品站在"人类命运共同体"的视角，以大历史观的思维方式，讲述了晋商因盐而起、因茶而兴、因票号而至鼎盛的历史故事，展现了晋商独特的商业智慧和晋商精神的当代价值、世界意义。

新媒体展示

使用手机扫描下方二维码，即可观看本条获奖作品的新媒体展示。

获奖理由

该作品站在"人类命运共同体"的视角，讲述晋商的历史故事，挖掘其商业智慧与精神的当代价值、世界意义，让世界更好地感受和认同中国文化；采用"Z 世代"的新潮表达和破圈形式，实现了较高的海外受众触达。

和平之手

作品信息

作品类型:三等奖·国际传播
刊播单位:中国日报社
报送单位:中国新闻摄影学会
作　　者:王敬
编　　辑:徐小丹、耿菲菲、朱锋
刊播版面:8 版
首发日期:2023 年 3 月 11 日

作品简介

在中方的支持下,沙伊达成《北京协议》,中沙伊三方签署并发表联合声明,宣布沙伊双方同意恢复外交关系。摄影记者用镜头捕捉到了这一极具意义的握手瞬间,第一时间向世界展现了沙伊双方迈出的历史性一步以及中国为改善两国关系、推动世界和平所作出的巨大贡献。

获奖理由

沙特和伊朗,两个中东大国在中国的斡旋下握手言和,带动该地区多国开启"和解潮",为动荡不安的世界带来重大利好。该幅作品撷取代表性瞬间,凝固历史性画面,展现了中国积极践行全球安全倡议,持续构建"人类命运共同体"。

新媒体展示

使用手机扫描下方二维码,即可观看本条获奖作品的新媒体展示。

走过世纪

 作品信息

作品类型：三等奖·国际传播
刊播单位：美国《亚省时报》
报送单位：中华全国新闻工作者协会评奖办公室
作　　者：集体
编　　辑：宋林轩、李昂、童玮
作品时长：24分11秒
刊播版面：美国《亚省时报》、亚省新闻网
首发日期：2023年12月30日

作品简介

本作品以独特的视角生动讲述中国共产党建立早期部分"外籍党员"的故事，深刻揭示了中国共产党为什么能、中国特色社会主义为什么好、马克思主义为什么行的宏大时代主题。

新媒体展示

使用手机扫描下方二维码，即可观看本条获奖作品的新媒体展示。

获奖理由

作品聚焦信仰力量、坚守崇高情怀，在饱含深情讲好故事的同时，抢救性留存珍贵史料，以思想精深、艺术精湛、制作精良的突出特质，为中国共产党形象实现高质量国际传播提供了不可多得的精品。

《雄安奇遇记》系列短视频

📧 作品信息

作品类型：三等奖·国际传播
刊播单位：河北日报客户端、美国加利福尼亚州 KSBT-LD 地面数字电视台等
报送单位：中华全国新闻工作者协会评奖办公室
作　　者：王洪峰、贾伟、刘成群、郭欢叶、赵红、高维佳、赵小博
编　　辑：闫锐、刘燕、卢国玲
作品时长：15 分 14 秒
首发日期：2023 年 4 月 1 日

💻 作品简介

作品聚焦设立雄安新区这一千年大计、国家大事，通过外籍体验官在雄安新区所见所感，展现雄安新区的无人驾驶智能网联巴士等，在紧张活泼的情节和轻松有趣的对话中，为受众带来了一次次神奇之旅，呈现出雄安新区的智慧基因、创新基因、绿色基因及人文关怀。

💬 获奖理由

作品在策划上力求创新突破，角度切入精准小巧，画面制作精良，逻辑结构清晰，从外籍体验官的视角告诉读者雄安的故事，很好地拉近了雄安与中外读者受众之间的感情，以小见大体现雄安的建设变化和科学发展理念。

新媒体展示

使用手机扫描下方二维码，即可观看本条获奖作品的新媒体展示。

三江源国家公园内百余只白唇鹿横渡黄河

作品信息

作品类型:三等奖·国际传播
刊播单位:青海新闻联播抖音号、视频号
报送单位:中华全国新闻工作者协会评奖办公室
作　　者:集体
编　　辑:曹亚琳、李文慧
作品时长:1分46秒
刊播栏目:青海卫视《青海新闻联播》
首发日期:2023年8月28日

作品简介

记者长期关注和报道三江源生态保护工作,发现新闻线索后第一时间详细了解,并采访了当事人,进行了精心编辑。画面以全景式航拍生动展现了百余只白唇鹿横渡黄河的壮观场景,侧面展现了青海生态保护和建设取得的显著成效。

新媒体展示

使用手机扫描下方二维码,即可观看本条获奖作品的新媒体展示。

获奖理由

在航拍镜头下,百余只白唇鹿跨越黄河的壮丽画面,生动地展现了青海生态保护的显著成就。这一震撼场景不仅凸显了生态保护的重要性,也向国际社会传递了三江源国家公园生态建设的积极成果。

国道巡航

作品信息

作品类型：三等奖·国际传播
刊播单位：芒果 TV
报送单位：中华全国新闻工作者协会评奖办
作　　者：集体
编　　辑：李春迪、何茂鑫、孙璐
刊播平台：芒果 TV 客户端、芒果 TV 国际 App
作品时长：1 时 3 分 50 秒
首发日期：2023 年 2 月 13 日

作品简介

《国道巡航》系列 5 集以 318 国道为线索，围绕五个维度，由 AI 虚拟主持人与本地推荐官共述中国式现代化故事。作品以"小切口"反映"大时代"，2 月 13 日首发，迅速走红，网络点击破 1244 万，国际 App 多语种推广至 195 国。

获奖理由

该作品由 AI 虚拟主持人和本地推荐官一起，沿 318 国道探访，展现了中国式现代化进程的活力；把宏大主题进行年轻化、趣味化、流行化解读；表现形式有创意，互动感强，向世界呈现中国道路、中国理论、中国制度的可贵价值。

新媒体展示

使用手机扫描下方二维码，即可观看本条获奖作品的新媒体展示。

星条旗下的枪"殇"

作品信息

作品类型：三等奖·国际传播
刊播单位：中央广播电视总台
作　　者：集体
编　　辑：集体
刊播平台：中央广播电视总台
作品时长：26分13秒
首发日期：2023年4月1日

作品简介

央视《深度国际》栏目制作《星条旗下的枪"殇"》，揭批美国枪支暴力践踏人权。该片深挖美国枪支文化根源，素材丰富可靠，制作短视频在新媒体平台全方位传播。

新媒体展示

使用手机扫描下方二维码，即可观看本条获奖作品的新媒体展示。

获奖理由

该片直面国际舆论场焦点议题，敢亮剑、以攻为守、敢讲会讲，用事实和西方专家点评揭示美国枪支泛滥造成的诸多人权悲剧，实现借嘴说话、借力打力，努力讲好中国故事，构建中国叙事体系。

野生黄羊为啥喜爱结伴"中国游"?

作品信息

作品类型:三等奖·国际传播
刊播单位:内蒙古日报社
报送单位:中华全国新闻工作者协会评奖办
作　　者:集体
编　　辑:集体
刊播平台:内蒙古日报微信公众号、
　　　　　Problem网
作品时长:59秒
首发日期:2023年12月15日

作品简介

2023年12月初,上万只黄羊迁徙至阿尔山市,创历年之最。记者深入采访,从生态优先角度报道此事,展现中国生态文明建设成果。作品以文、图、视频结合的形式发布,被多平台转发,包括蒙古国多家网站。

获奖理由

该作品聚焦黄羊跨境事件,以"中国游"角度切入,深度解析阿尔山生态,展现中国生态文明建设成果,传递生态优先、绿色发展理念,被蒙古国多平台转载,获得良好国际传播效果。

新媒体展示

使用手机扫描下方二维码,即可观看本条获奖作品的新媒体展示。

你好,俄罗斯(第726期)

作品信息

作品类型:三等奖·国际传播
刊播单位:黑龙江广播电视台(黑龙江省全媒体中心)
报送单位:中华全国新闻工作者协会评奖办
作　　者:马月、王政、陈岩
编　　辑:马月、王政、陈岩
刊播平台:黑龙江卫视
作品时长:20分
首发日期:2023年10月1日

作品简介

2023年是共建"一带一路"倡议提出10周年。本期节目配发了中俄开展紧密合作的两则简讯,以贴近俄罗斯受众的精准传播方式,介绍了黑龙江省开展对俄经贸合作与人文交流领域的新成就,增进了中俄民心相通和文化相融。

新媒体展示

使用手机扫描下方二维码,即可观看本条获奖作品的新媒体展示。

获奖理由

《你好,俄罗斯》2023年国庆特辑策划了新闻《黑龙江迎国庆、庆丰收》,并配发中俄合作简讯,精准贴近俄罗斯受众,增进民心相通,展现新时代中国国家形象,是优秀的国际传播作品。

近　观

作品信息

作品类型：三等奖·国际传播
刊播单位：新华通讯社
报送单位：郑州大学
作　　者：集体
编　　辑：集体
刊播平台：新华社 Facebook、新华社 Twitter、新华社
　　　　　YouTube（New China TV）、新华社客户端等
作品时长：36 分 28 秒
首发日期：2023 年 9 月 19 日

作品简介

为创新国际传播，报道以古语为切入点，围绕习近平新时代思想，融通中外古今，生动展现中华优秀传统文化与新时代治国理政实践的有机结合，以"第二个结合"的方式，让海外受众易于感受并理解其成果。

获奖理由

该报道借鉴习近平新时代思想，运用中华经典故事宣介总书记思想，强调讲故事提升传播实效，引入外籍雇员讲述中国故事，注重微观细节，为"第二个结合"的对外传播提供了有益借鉴。

新媒体展示

使用手机扫描下方二维码，即可观看本条获奖作品的新媒体展示。

《永远的行走:与中国相遇》(第二季)第一集《岷江邂逅》

作品信息

作品类型:三等奖·国际传播
刊播单位:上海广播电视台纪录片中心/美国国家地理
报送单位:中华全国新闻工作者协会评奖办
作　　者:集体
编　　辑:王立俊、朱晓茜
刊播平台:美国国家地理频道特别版面(上海广播电视台)
作品时长:23分
首发日期:2023年12月28日

作品简介

《永远的行走:与中国相遇》以保罗·萨洛佩科徒步中国为主线,展现中国形象。该片入选国家新闻出版广电总局重点选题,通过其视角传播中华文明,讲述中国故事,展示真实可信的中国人面貌。

新媒体展示

使用手机扫描下方二维码,即可观看本条获奖作品的新媒体展示。

获奖理由

该纪录片通过跟随拍摄、平实记录,以保罗·萨洛佩科的视角平实记录其徒步中国之旅,报道手法佳,制作精良。通过与美国国家地理频道合作,该纪录片推出多语种版本,在多国媒体和社交平台发布,取得良好的传播效果。

麦吾兰江的"心"事

作品信息

作品类型：三等奖·国际传播
刊播单位：河南日报社
报送单位：中华全国新闻工作者协会评奖办
作　　者：集体
编　　辑：殷海涛、沈剑奇、童林
刊播平台：河南国际传播中心官网
作品时长：12分26秒
首发日期：2023年10月30日

作品简介

河南日报社关注中部医疗公益力量救治边疆儿童,深入采访记录28名新疆先心孩子赴河南免费手术的故事,推出双语微纪录片《麦吾兰江的"心"事》,展现真实感人的画面,在多平台同步发布,获得广泛关注。

获奖理由

面对美西方的抹黑攻击,如何做好涉疆新闻国际传播面临不小挑战。参评作品避免口号式的、蜻蜓点水式的常规手法,用镜头努力捕捉细节,用小切口故事的方式开展国际传播,取得较好的传播效果。

新媒体展示

使用手机扫描下方二维码,即可观看本条获奖作品的新媒体展示。

Chongqing: The BRI Gateway
(一带一路十周年特别策划：山海互济共未来)

作品信息

作品类型：三等奖·国际传播
刊播单位：西部国际传播中心
报送单位：中华全国新闻工作者协会评奖办
作　　者：Alex Reportfy、张高伟、袁萱祺
编　　辑：陈冬艳、陈玉玲、陈畅
刊播平台：iChongqing 英文网站、公众号、视频号、
　　　　　YouTube、Facebook、Twitter 等
作品时长：7 分 18 秒
首发日期：2023 年 9 月 7 日

作品简介

该片以加拿大主播 Alex 视角，小切口讲述重庆全面融入"一带一路"国家战略的故事，展现丰硕成果。该片制作精良，中外协作，呈现中国城市发展、民生改善、国际合作共赢的美好画卷，拉近与海外受众距离。

新媒体展示

使用手机扫描下方二维码，即可观看本条获奖作品的新媒体展示。

获奖理由

该作品以西方人的视角，讲述重庆在设施联通、贸易畅通、资金融通三方面的高质量成就，国际叙事生动，传播效果显著。

阿内，我们都是你的家人

作品信息

作品类型：三等奖·国际传播
刊播单位：贵州广播电视台
报送单位：中华全国新闻工作者协会评奖办
作　　者：集体
编　　辑：孙志丹、李芸、胡玥
刊播平台：百姓关注微信视频号
作品时长：1分6秒
首发日期：2023年2月10日

作品简介

《阿内，我们都是你的家人》记录土耳其地震重灾区，一妇女携三个孩子等候被埋亲人消息，与中国记者结下深情。妇人感激中国救援，记者也学会了"妈妈"的土语发音"阿内"，展现寒夜里中土人民传递温情与希望的故事。

获奖理由

本作品是地方媒体做好国际重大突发事件报道的一次尝试。作品以第一人称视角，进行亲历式采访，紧扣土耳其民众对中国救援力量的感激之情，在国际灾难事件中尝试了温情报道角度。

新媒体展示

使用手机扫描下方二维码，即可观看本条获奖作品的新媒体展示。

你好,汉语桥

作品信息

作品类型:三等奖·国际传播
刊播单位:云南广播电视台
报送单位:中华全国新闻工作者协会评奖办
作　　者:集体
编　　辑:集体
刊播平台:云南广播电视台
作品时长:29 分
首发日期:2023 年 10 月 16 日

作品简介

《你好,汉语桥》系列报道围绕"一带一路"倡议,通过"汉语桥"赛事,展现中外文化交流,深化文明互鉴。报道回应习总书记嘱托,用软传播开辟中国文化对外传播新路径,展现中国开放包容、文化自信及大国担当。

新媒体展示

使用手机扫描下方二维码,即可观看本条获奖作品的新媒体展示。

获奖理由

作者敏锐地抓到"汉语桥"世界中学生中文比赛和世界小学生中文秀的契机,通过讲一个个各国青少年学习汉语的故事,既展示了以汉语为代表的中华文化的无穷魅力,又将中外文化多向互动、交流互鉴的态势生动地表现出来。

Special journey for "C. Ronaldo of Yushu" and his 39 friends
(玉树少年的北京旅行日记)

作品信息

作品类型：三等奖·国际传播
刊播单位：中国新闻社
报送单位：中华全国新闻工作者协会评奖办
作　　者：集体
编　　辑：集体
刊播平台：中国新闻网
作品时长：6 分 20 秒
首发日期：2023 年 6 月 10 日

作品简介

该片以"高原足球少年登上新工体"为叙事主线，记录 40 名玉树福利院藏族孩子圆梦北京足球之旅，展现其健康成长环境及政府和民间支持，通过青少年视角展现中国地标，激发新梦想，蕴含追梦、爱国、民族团结等主题。

获奖理由

纪录片以足球元素导入叙事，拉近了传播者与受众的距离。纪录片通过淳朴、阳光的藏族孩子之眼，以日记形式，展现了一场感人的圆梦之旅，仿佛给观众打开了一扇窗，透过它去了解今日之中国。

新媒体展示

使用手机扫描下方二维码，即可观看本条获奖作品的新媒体展示。

独家专访：中国台湾跆拳道选手李东宪领奖时高举五星红旗

作品信息

作品类型：三等奖·国际传播
刊播单位：海峡导报社
报送单位：中华全国新闻工作者协会评奖办
作　　者：集体
编　　辑：林靖东、薛洋
刊播平台：海峡导报视频号
作品时长：5分3秒
首发日期：2023年5月21日

作品简介

2023年5月21日，台湾跆拳道选手李东宪抵厦后，接受主创人员近两小时独家专访。他自豪分享获奖高举五星红旗经历，批评民进党当局，表达爱国立场，谈及先母鼓励时声泪俱下。

新媒体展示

使用手机扫描下方二维码，即可观看本条获奖作品的新媒体展示。

获奖理由

台湾是中国不可分割的一部分，这是必须要坚持的。这部外宣作品敏锐地捕捉到新闻点，敢于发声，勇于亮剑，通过对当事人的深入采访和强力传播，起到了捍卫正义行为、鞭挞"台独"反动思想的作用。

因暴雨滞留 30 小时！
内蒙古列车员这一举动让旅客泪目……

作品信息

作品类型：三等奖·典型报道
刊播单位：内蒙古广播电视台
报送单位：内蒙古自治区新闻工作者协会
作　　者：集体
编　　辑：包蕊、张明、阿璐斯
刊播平台：奔腾融媒微信公众号
作品字数：720 字
首发日期：2023 年 7 月 31 日

作品简介

奔腾融媒记者迅速核实网友发布的列车被困消息，第一时间发布报道，讲述列车员赵阳的暖心喊话和感人故事，让新闻事件更有温度，展现内蒙古人敢担当、乐奉献的品质，最终做成爆款产品。

获奖理由

内蒙古广播电视台奔腾融媒迅速报道 K396 次列车因暴雨停运事件，通过列车员赵阳的激情喊话展现其职业素养和敬业精神。作品抢占先机，先声夺人，广泛传播，体现记者新闻敏锐性和业务能力。

新媒体展示

使用手机扫描下方二维码，即可观看本条获奖作品的新媒体展示。

老潘的"三十六计"

 作品信息

作品类型:三等奖·典型报道
刊播单位:宁波日报报业集团
报送单位:中国地市报研究会
作　　者:杨静雅
编　　辑:高凯
刊播版面:《宁波晚报》A14、A15、A16版
作品字数:3875字
首发日期:2023年12月22日

作品简介

2023年,浙江作为"枫桥经验"起源地,其新时代工作法受到关注。记者采访了"老潘工作室"的潘明杰,了解其处理疑难信访案的经验。报道采用双线结构写作,融入"枫桥经验"制度创新。

新媒体展示

使用手机扫描下方二维码,即可观看本条获奖作品的新媒体展示。

获奖理由

该稿件聚焦2023年"枫桥经验"宣传重点,以宁波"老潘工作室"为例,展现新时代"枫桥经验"的优秀实践。稿件结构精巧,细节出彩,通过故事展现主人公潘明杰的创新、善良、敬业和担当,同时融入制度创新,具有强借鉴性。

"陈祥榕,到!"
——来自喀喇昆仑的回响

作品信息

作品类型:三等奖·典型报道
刊播单位:宁德市广播电视台
报送单位:福建省新闻工作者协会
作　　者:集体
编　　辑:林微、柯婉萍、施晓斌
刊播栏目:FM93.3宁德交通旅游广播《话说闽东》栏目
作品时长:8分57秒
首发日期:2023年4月4日

作品简介

2023年清明节前夕,记者前往新疆军区某边防团参加祭奠仪式,与战士们共同追忆烈士生平,展现战友和人民缅怀英雄、传承英烈精神的大情怀。作品采用大量现场声音素材,展现英雄精神力量,唱响"清澈的爱,只为中国"的强音。

获奖理由

记者深入基层,克服重重困难,体现了新闻工作者的"四力"要求。作品采访深入,细节感人,音响丰富,现场录音使用恰到好处,画面感强,是广播特色的精品之作,展现了"清澈的爱,只为中国"的英雄精神。

新媒体展示

使用手机扫描下方二维码,即可观看本条获奖作品的新媒体展示。

马文军：
一碗面 一片林 一生情

作品信息

作品类型：三等奖·典型报道
刊播单位：西藏广播电视台
报送单位：西藏自治区新闻工作者协会
作　　者：集体
编　　辑：黄金发
作品时长：7分12秒
刊播版面：西藏卫视《西藏新闻联播》
首发日期：2023年11月7日

作品简介

记者一行采用跟拍方式，记录下来自甘肃的民族团结进步典型马文军（回族）在西藏与各族群众跨越二十年的情谊。马文军组建起一支由多民族构成的生态建设队伍，植下民族团结"同心林"，与各族群众"同心共筑中国梦"。

新媒体展示

使用手机扫描下方二维码，即可观看本条获奖作品的新媒体展示。

获奖理由

这是一篇温暖有力量的新闻报道。从一碗面、一床羊毛被而结缘的质朴情感，到后来马文军创业成功，他身体力行，传递着这份温暖和深情。民族团结"同心林"在雅鲁藏布江畔绵延开来，各族儿女血脉相连的大爱跃然于荧屏。

跳桥救人小哥
彭清林系列报道

作品信息

作品类型：三等奖·典型报道
刊播单位：潮新闻客户端
报送单位：浙江省新闻工作者协会
作　　者：集体
编　　辑：集体
作品字数：9557 字
首发日期：2023 年 6 月 13 日

作品简介

报道体现了平凡人"纵身一跃"的关键意象，通过关键细节凸显了平凡人的不凡，并结合浙江的具体扶持举措，展现了一个人的梦想到一个省的助力。

获奖理由

潮新闻获得相关线索后第一时间专访跳桥救人的小哥彭清林，进行一系列"组合拳"式报道，并进行多渠道广泛传播。截至 2023 年 12 月底，整组报道全网传播量超 6 亿，实现了讲好浙江故事和传播浙江好声音，扩散了正能量传播磁场。

新媒体展示

使用手机扫描下方二维码，即可观看本条获奖作品的新媒体展示。

一颗大连大樱桃的现代化跋涉

作品信息

作品类型：三等奖·典型报道
刊播单位：大连发布微信公众号
报送单位：辽宁省新闻工作者协会
作　　者：集体
编　　辑：集体
作品字数：7078 字
首发日期：2023 年 6 月 16 日

作品简介

采访团队充分"走转改"，往返上千公里，采访数十人，查阅 50 年来的相关资料，掌握了大量鲜活的一手素材，摸透"品牌价值"的一路成长轨迹，以融媒呈现方式立体讲述了大连大樱桃的中国故事。

新媒体展示

使用手机扫描下方二维码，即可观看本条获奖作品的新媒体展示。

获奖理由

作品紧扣国家发展战略，通过多视角挖掘出大连大樱桃产业的品牌成长故事，解构了一颗小樱桃代表的大产业背后高质量发展的新动能。作品采访扎实，表达立体，传播力强，具有鲜活的新闻价值，兼具时代性、典型性、代表性。

怕苦就不要当共产党员

作品信息

作品类型：三等奖·典型报道
刊播单位：大象新闻客户端
报送单位：河南省新闻工作者协会
作　　者：关新耀、李莉芸、刘大彬
编　　辑：赵丹、刘园园、贺强
作品字数/时长：3407字；3分6秒
首发日期：2023年6月30日

作品简介

大象新闻敏锐地抓住任羊成重要的先进典型事件进行深度挖掘，策划重点报道，讲述了建渠后任羊成负责青年洞管理工作，退休后仍不忘红旗渠的守渠故事。用通俗的语言和方式、饱含深情的表达，展现了红旗渠精神的内涵。

获奖理由

该稿件将厚重的历史进行轻量化、移动化的传播，探索出一条符合移动互联网时代的传播路径。文章不仅通过大量生动的细节让读者看到了一名优秀的红旗渠特级模范，更展现出了新时代中国共产党人的高尚品质和崇高精神。

新媒体展示

使用手机扫描下方二维码，即可观看本条获奖作品的新媒体展示。

"板凳男孩"方宇翔：
心有所向 无惧路长

作品信息

作品类型：三等奖·典型报道
刊播单位：湖北日报客户端
报送单位：湖北省新闻工作者协会
作　　者：集体
编　　辑：集体
作品字数/时长：4933字；11分25秒
首发日期：2023年9月8日

作品简介

《湖北日报》抢抓"爆点"，奔赴一线采访回应热点，打破了典型人物报道纸媒优先的模式。湖北日报客户端开设六个专题版块，以融合方式推进报道。双平台协同，以"碎片化传播＋整合传播"方式扩大了影响并配发评论员文章，升华人物精神。

新媒体展示

使用手机扫描下方二维码，即可观看本条获奖作品的新媒体展示。

获奖理由

方宇翔的奋斗故事和人生态度在网上激发出强烈共鸣。报道收获全网流量超过4.7亿，点赞660余万。"板凳男孩"报道是贯彻落实中央精神、探路媒体深度融合发展、"省带县"合力造"大船"、做爆款的具体体现。

赵亚夫的丰收"答卷"

作品信息

作品类型：三等奖・典型报道
刊播单位：江苏省广播电视总台
报送单位：江苏省新闻工作者协会
作　　者：集体
编　　辑：季建南、姜超楠、唐颖
作品时长：21分46秒
刊播版面：江苏新闻频道
首发日期：2023年12月29日

作品简介

本片抓住江苏省戴庄村有机越光再生稻第一次实现较大规模种植并获得丰收这一新闻由头，通过记者长达一年的蹲点调研，跟踪记录了82岁高龄的赵亚夫带领团队创新研发，为实现"把饭碗牢牢端在自己手中"的目标而交出的闪亮答卷。

获奖理由

本片立意深远，选材典型，可看性强。围绕粮食安全这一"国之大者"，选取赵亚夫为典型人物，以深入的采访、创新的语态、巧妙的"朋友圈"视角讴歌了躬身奋斗的农业科技工作者立志为中国式农业现代化奉献终生的精神。

新媒体展示

使用手机扫描下方二维码，即可观看本条获奖作品的新媒体展示。

350亿元氢能项目假国企系列调查

作品信息

作品类型：三等奖·舆论监督报道
刊播单位：《每日经济新闻》
报送单位：四川省新闻工作者协会
作 者：张怀水、周逸斐、潘婷
编 辑：蒲付强、陈星
作品字数：8117字
首发日期：2023年6月28日

作品简介

记者经过深入调查，独家揭露国内能源领域冒充央企"国家电投"子公司身份，骗取地方政府信任，通过拿项目获利的"黑色产业链"。记者通过实地探访中广通办公地点，进一步挖掘了中广通假国企的前世今生。

新媒体展示

使用手机扫描下方二维码，即可观看本条获奖作品的新媒体展示。

获奖理由

本组调查的最大价值在于通过揭露假国企身份，戳穿350亿元虚假项目，推动副部级央企国家电投主动发声，让这条潜藏了数年的"黑色产业链"被曝光，也让能源领域一些不法分子冒充假国企行骗获利的行为被彻底粉碎。

食安西宁，你点我检

作品信息

作品类型：三等奖·舆论监督报道
刊播单位：西宁都市生活广播
报送单位：青海省新闻工作者协会
作　　者：集体
编　　辑：哈晓静、刘洋、武佳妮
作品时长：11分31秒
首发日期：2023年6月28日

作品简介

西宁市广播电视台记者会同市场监管部门组成工作专班，对消费者点出的食品品样、餐饮企业进行实地跟踪拍摄、全程记录，第一时间公开食品检测结果。同时，紧盯抽检单位整改成效，以媒体全程监督倒逼整改整顿。

获奖理由

作品以深度调查、现场直击、独立报道，鼓励公众积极参与食品安全监督，助力构建食品安全社会共治共享格局；将食品安全"你点我检"带到百姓身边，提升人民群众食品安全满意度，营造人人参与食品安全监督的浓厚氛围。

新媒体展示

使用手机扫描下方二维码，即可观看本条获奖作品的新媒体展示。

记者调查：
12320卫生热线为何变了味

作品信息

作品类型：三等奖·舆论监督报道
刊播单位：长沙市广播电视台
报送单位：自荐他荐
作　　者：集体
编　　辑：罗薇薇
作品时长：6分35秒
刊播版面：政法频道《政法报道》
首发日期：2023年11月18日

作品简介

记者通过深度调查发现，从2022年6月开始，12320卫生热线变成了一家私人企业的牟利工具，该企业私自增加营利性质的院后转诊业务。随后，记者将调查情况反馈给湖南省卫健委，热线运营公司被立即责令终止侵权行为。

新媒体展示

使用手机扫描下方二维码，即可观看本条获奖作品的新媒体展示。

获奖理由

该舆论监督作品通过记者调查形式对湖南省12320卫生热线开展营利性收费项目这一民生问题进行监督采访，切实维护了群众的利益。报道客观翔实，调查深入，追问有力，有力推动了问题的解决。

成都一外卖平台商家
12张营业执照10张为假

作品信息

作品类型：三等奖·舆论监督报道
刊播单位：工人日报社、工人日报客户端、中工网等
报送单位：工人日报社
作　　者：李娜
编　　辑：杨召奎、刘津农
作品字数：946字
刊播版面：经济新闻04版
首发日期：2023年6月5日

作品简介

这是一则来源于成都市市场监管局在开展"春雷净网"专项执法行动的报道，记者捕捉到12张营业执照中有10张为假这一在案件事实背后的社会关切，进一步追踪采访，点明"影子店铺"的问题实质，同时给出了治理建议。

获奖理由

该篇报道捕捉到了经济新闻中的焦点问题，内容新鲜、文风朴实、指导性强，展现了媒体的舆论监督力量，让这一行业内普遍存在却始终无法根治的"影子店铺"问题再一次得到社会大众聚焦和讨论，具有较强的现实意义。

新媒体展示

使用手机扫描下方二维码，即可观看本条获奖作品的新媒体展示。

公交专用道为何在双休日空荡荡

作品信息

作品类型：三等奖·舆论监督报道
刊播单位：北京日报社
报送单位：北京市新闻工作者协会
作　　者：孙宏阳、胡子傲
编　　辑：赵中鹏、侯莎莎、佟志革
作品字数：2365字
刊播版面：《北京日报》6版
首发日期：2023年2月6日

作品简介

记者敏锐地注意到，与社会车道火热的场面相比，周末、节假日的公交专用道格外冷清，公众对于公交专用道利用率低存在一定的负面情绪。记者深入调查，发出追问，全面呈现市民、人大代表的呼吁和相关管理部门回应。

新媒体展示

使用手机扫描下方二维码，即可观看本条获奖作品的新媒体展示。

获奖理由

这篇舆论监督报道采访扎实、调查深入、逻辑清晰，通过典型的案例、专业的分析，有理有据、客观理性地向管理部门"发问"，并中肯地给出解决问题的建议，是建设性舆论监督的佳作。

记者调查：研学之乱

作品信息

作品类型：三等奖·舆论监督报道
刊播单位：中国教育电视台
报送单位：中国教育电视协会
作　　者：宋宇齐、肖星驰
编　　辑：集体
作品字数：9分5秒
刊播版面：中国教育电视台《教育新闻直播间》
首发日期：2023年8月5日

作品简介

2023年夏，研学爆火的背后暴露出诸多乱象，引发社会广泛热议。该专题报道紧跟舆论，深入采访，紧扣教育这一主线展开。记者跟随多个研学团队暗访拍摄，跟拍到大量独家素材，进而对研学乱象和研学市场发展进行了深度剖析。

获奖理由

这是一篇直面现实问题、结构完整、逻辑清晰、思考深入的舆论监督报道，对研学之乱的现象、问题分析、解决办法都进行了深入剖析，对社会重视和进一步规范研学活动有一定的促进意义。

新媒体展示

使用手机扫描下方二维码，即可观看本条获奖作品的新媒体展示。

紫晶存储造假调查：
蓝光数据存储项目背后疑云重重

作品信息

作品类型：三等奖·舆论监督报道
刊播单位：中国证券报社
报送单位：中国行业报协会
作　　者：张冬晴
编　　辑：熊永红、吴杰、郭宏
作品字数：4026 字
刊播版面：第 A04 版·公司深度
首发日期：2023 年 3 月 20 日

作品简介

记者从"蓝光存储"核心技术来源入手展开全面调查，进行实地采访。最终调查发现看似毫无关联的核心客户背后知名高校教授团队深度参与了紫晶存储的蓝光数据存储项目运作的商业逻辑与造假路径。

新媒体展示

使用手机扫描下方二维码，即可观看本条获奖作品的新媒体展示。

获奖理由

这是一篇针对上市公司造假案调查领域难得一见的上乘之作。紫晶存储通过"蓝光数据存储系统"包装上市影响极其恶劣。该报道的调查思路、策略和突破能力都是极为难得的，且报道专业性得到专业机构的高度认可。

虚假的处罚决定书

 作品信息

作品类型：三等奖·舆论监督报道
刊播单位：湖南广播电视台
报送单位：南昌大学
作　　者：刘学波、周梦虎、王涛
编　　辑：王涛
作品时长：9分35秒
刊播版面：湖南广播电视台都市频道《都市1时间》
首发日期：2023年6月5日

作品简介

栏目组记者多次前往攸县实地调查，发现这一事件背后是攸县市场监督管理局当年为应付巡视整改，使用了大量造假证据。栏目组将这种坑害群众切身利益、欺骗巡视组的行为，向湖南省委巡视办进行了专门汇报。

获奖理由

该报道聚焦群众反响强烈的老大难问题，采访扎实，步步深入，既客观地指出了问题，又推动了问题解决，还化解了社会矛盾，维护了巡视工作的权威性，是"做有建设性舆论监督"的生动实践，彰显了新闻媒体的责任担当。

新媒体展示

使用手机扫描下方二维码，即可观看本条获奖作品的新媒体展示。

《"卖画大师"速成记》系列报道

作品信息

作品类型:三等奖·舆论监督报道
刊播单位:新华通讯社客户端
报送单位:自荐他荐
作　　者:集体
编　　辑:集体
作品字数:5942字
首发日期:2023年3月17日

作品简介

在知名短视频平台的不少直播间里,一些人自称"书画大师"却实为"卖画大师"。团队组织记者展开深度调研,发现其背后藏着一条从培训、发证、假协会加持到上岗直播的"网络假大师速成黑色产业链"。

新媒体展示

使用手机扫描下方二维码,即可观看本条获奖作品的新媒体展示。

获奖理由

本组报道期间记者潜入字画直播间培训班,深入基层挖掘一线见闻,充分践行了新闻报道"三贴近"原则。报道直击问题核心,推出后相关方面及时回应、迅速整改,体现了监督报道维护社会秩序的重要作用。

蜀道翠云 两千年见树如面 XR沉浸式新闻情景短剧

📧 作品信息

作品类型：三等奖·融合报道
刊播单位：封面新闻客户端
报送单位：中华全国新闻工作者协会新媒体专业委员会
作　　者：集体
编　　辑：集体
作品时长：4分58秒
首发日期：2023年8月15日

💻 作品简介

蜀道翠云廊为全球最大人工古柏林，蕴含千年古树保护智慧。《蜀道翠云》短剧在全国生态日推出，以典型事例深挖内涵，创新叙事结合XR技术，陈智林跨时空对话引深思，青绿山水与川腔蜀韵让传统文化鲜活起来，吸引年轻网民。

💬 获奖理由

《蜀道翠云》借助扩展现实技术还原人们千年来历代守护翠云廊的场景，将一个个常见于报道中的历史故事情景化再现，更为生动。同时，作品还植入了川剧传统文化元素和大运会、志愿者等当代元素，更具厚重感。作品在全国首个生态日之际推出，具有很强的新闻价值和教育意义。

📶 新媒体展示

使用手机扫描下方二维码，即可观看本条获奖作品的新媒体展示。

3285个铁路车站的回信

作品信息

作品类型：三等奖·融合报道
刊播单位：人民铁道微信公众号
报送单位：中华全国新闻工作者协会新媒体
　　　　　专业委员会
作　　者：集体
编　　辑：林飞翼
作品时长：4分38秒
首发日期：2023年2月15日

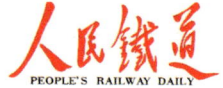

作品简介

2023年春运结束当天，中国铁道、人民铁道微信公众号发布短视频《3285个铁路车站的回信》，视频作品以火车站为文本符号和意义象征，以强烈的互联网思维架构情节，展现了中国铁路发展的巨大成就，讲述了平凡铁路职工的付出奉献。

新媒体展示

使用手机扫描下方二维码，即可观看本条获奖作品的新媒体展示。

获奖理由

作品以细微着眼，平凡中见真情，吸引受众通过弹幕评论互动，实现良好传播效果，成为3285个车站的共同名片。

从神山到石门
——江西乡村振兴微观察

📧 作品信息

作品类型：三等奖·融合报道
刊播单位：江西日报社、江西新闻客户端
报送单位：中华全国新闻工作者协会新媒体专
　　　　　业委员会
作　　者：集体
编　　辑：集体
作品时长：14 分 41 秒
首发日期：2023 年 12 月 20 日

💻 作品简介

主创团队深入江西三村蹲点采访，记录乡村振兴新图景，展现人民情怀。作品落笔于村、着眼于人，挖掘振兴经验，描摹乡村干部群像，以宏观视角贴近实际，展现乡村振兴战略意义。

💬 获奖理由

作品叙事亲切感人，AI、AR、3D 建模等技术应用娴熟，既有全景式的宏大叙事，又有见人见事的故事细节；既有严谨深入的理性思考，又有感人至深的细腻表达，为重大主题报道实现"刷屏效应"提供了有益的借鉴。

📶 新媒体展示

使用手机扫描下方二维码，即可观看本条获奖作品的新媒体展示。

互动视频｜
当AI被拉进华溪村群聊

作品信息

作品类型：三等奖·融合报道
刊播单位：华龙网客户端
报送单位：中华全国新闻工作者协会新媒体专业委员会
作　　者：集体
编　　辑：张一叶（张勇）、康延芳、孙柯
作品时长：8分56秒
首发日期：2023年4月15日

作品简介

华龙网精心策划推出《互动视频｜当AI被拉进华溪村群聊》融媒体产品，紧扣2023年乡村振兴发展的重点"数字乡村"，深入华溪村基层采访了多位村民与干部，展示黄精、中蜂产业、教育、乡村治理等方面的"数字化"成果。

新媒体展示

使用手机扫描下方二维码，即可观看本条获奖作品的新媒体展示。

获奖理由

作品在2023年4月15日习总书记考察重庆4周年当日发布，时、度、效把握精准；以"数字乡村"为切入点，充分运用互动视频、AI模型绘画等技术，展现华溪村在"数字化"发展路上不断提升完善的经历，体现出基层干部群众不断向幸福奔跑的劲头。

今天，我们写下"中国"

作品信息

作品类型：三等奖·融合报道
刊播单位：北京日报微信公众号
报送单位：中华全国新闻工作者协会新媒体专业委员会
作　者：刘昊、张力、李俊瑶、问欣
编　辑：钱绯璠、何蕊、任敏
作品时长：3分52秒
首发日期：2023年10月1日

作品简介

首都北京是向全世界展示中华民族大家庭形象的重要窗口，北京日报社派出了多路记者，跟拍北京大中小学、国企、媒体、院团等单位的师生、工匠、记者、演员，历时近半年，在10月1日当天推出了该作品。

获奖理由

作品采用"快闪+延时"结合的创意表达方式，展现中华民族从历史走向未来、从传统走向现代的历程。通过SVG互动为网友量身定制"中国"头像，提升了互动性、趣味性，实现了线上线下融合传播。

新媒体展示

使用手机扫描下方二维码，即可观看本条获奖作品的新媒体展示。

AI 世界 来"湘"见

作品信息

作品类型：三等奖·融合报道
刊播单位：芒果 TV 客户端
报送单位：中华全国新闻工作者协会新媒体专
　　　　　业委员会
作　　者：集体
编　　辑：黄周乐、刘紫璇、薛潋
作品字数：3473 字
首发日期：2023 年 9 月 15 日

作品简介

《AI 世界　来"湘"见》在 AI 技术的加持下，巧妙融合文字、漫画、音乐、视频等多形式，特别采用中英双语模式，带领全球网友通过滑动、轻击等手势来解锁湖南十四市州的历史文化和绝美风景，助推湖南文旅"破圈式发展"。

新媒体展示

使用手机扫描下方二维码，即可观看本条获奖作品的新媒体展示。

获奖理由

该稿件在重大敏感时机与题材中，精准契合时、度、效要求。新闻舆论风暴里，主流媒体借独家信息、坚定立场与准确表达，发挥"定海神针"作用，汇聚传播势能，紧握国内外舆论场话语权，堪称新闻佳作与舆论斗争重剑。

为全世界造车
中国新能源车的"硬核"输出

作品信息

作品类型：三等奖·融合报道
刊播单位：科技日报微博账号
报送单位：中华全国新闻工作者协会新媒体专业委员会
作　　者：集体
编　　辑：赵卫华、杨凯、李忠明
作品时长：5分15秒
首发日期：2023年10月30日

作品简介

《科技日报》制作团队以有热度有深度的报道，通过动画技术向公众生动直观地展现出新能源汽车在中国从无到有、换道超车、跨越无数技术壁垒、向价值链中高端攀升的硬核创新之路。

获奖理由

作品内容丰富、构思独到，以深入调研和创新动画为特色，呈现了新能源汽车作为"新三样"出口之一的骄人成绩，展现了蓬勃发展的产业态势，彰显了国家经济活力和潜力。

新媒体展示

使用手机扫描下方二维码，即可观看本条获奖作品的新媒体展示。

蛟龙行动

作品信息

作品类型：三等奖·融合报道
刊播单位：中国军号微博
报送单位：中华全国新闻工作者协会新媒体专业委员会
作　　者：集体
编　　辑：洪文军、范海光、解学锋
作品时长：6分9秒
首发日期：2023年4月22日

作品简介

中国军号平台在人民海军成立74周年之际，震撼发布海军陆战队首部主题宣传片《蛟龙行动》，聚焦海军陆战队加快推进转型备战，锻造合成多能、快速反应、全域运用精兵劲旅的发展成就，让观众在震撼中感受"强军十年"人民海军转型发展的铿锵步伐。

新媒体展示

使用手机扫描下方二维码，即可观看本条获奖作品的新媒体展示。

获奖理由

作品采用大量有震撼力的独家镜头，大量舰船武器、虚拟现实场景、作战画面和第一人称视角镜头让人身临其境。视频始终兼具看点和悬念，充分展示了新时代中国军人从成长到壮大，从长空到深海，不畏艰难、奋勇拼搏的精神风采。

在世界最高峰寻找气候密码

作品信息

作品类型：三等奖·融合报道
刊播单位：澎湃新闻
报送单位：中华全国新闻工作者协会新媒体专
　　　　　业委员会
作　　者：集体
编　　辑：集体
作品字数：3980 字
首发日期：2023 年 8 月 1 日

作品简介

该融媒报道运用多种新媒体技术，在通过动画还原向海拔 6530 米处冰川挺进的过程时，穿插现场采拍的文字、图片、视频等，让读者亦有一起攀登冰川、挑战极限的身临其境感。

获奖理由

作品熟练应用互动 H5、视频、图文等多种表达手段，充分发挥 Vlog 的代入感和文字深度报道的穿透力，通过大量翔实的现场记录与科研成果，生动展现了中国科研工作者在研究和保护冰川方面的巨大贡献。

新媒体展示

使用手机扫描下方二维码，即可观看本条获奖作品的新媒体展示。

一条"中国走廊"的日与夜

作品信息

作品类型：三等奖·融合报道
刊播单位：读嘉新闻 App
报送单位：中华全国新闻工作者协会新媒体专
　　　　　业委员会
作　　者：集体
编　　辑：沈炳忠、杨志勇、聂海峰
作品字数：2653 字
首发日期：2023 年 12 月 28 日

作品简介

作品通过一条"中国走廊"聚焦 9 个科室，生动挖掘 9 名中国医生在中非的工作经历，并以饱满的细节和细腻的故事，生动展现了他们如何克服困难，为中非人民提供优质医疗服务的故事。

新媒体展示

使用手机扫描下方二维码，即可观看本条获奖作品的新媒体展示。

获奖理由

作品视角独特、立意深远、制作精良。在叙事上采用访谈、自述音频等手法，让整个故事更为生动、立体；视觉上采用手绘、动画等形式，将工作场景展现得真实感人；互动方式设计精巧。这种创新的融合报道表达，为媒体融合传播提供了新的思路。

【绘梦丝路 | 风动篇】
追风逐日,绿色发展点亮万家灯火

📧 作品信息

作品类型:三等奖·融合报道
刊播单位:中国新闻网
报送单位:中华全国新闻工作者协会新媒体专业委员会
作　　者:集体
编　　辑:吴庆才、彭大伟
作品字数:830 字
首发日期:2023 年 10 月 19 日

💻 作品简介

作品"风动篇"《追风逐日,绿色发展点亮万家灯火》以"绿色发展"为主题,集"手绘动画＋原创诗词＋双语展示"为一体,手绘动画开篇以风为媒,用风筝意象为引,以鸟瞰视角,将中荷两国在风能项目上的合作,通过童趣的方式展现出来。

💬 获奖理由

作品以古风古韵讲述当下,通过中式画风的逐帧手绘动画,搭配高度贴合主题的原创诗词,牵引出"一带一路"合作中的绿色发展篇章。作品站位高、创意新,融多种新闻生产技术为一体,对内对外传播效果突出。

📶 新媒体展示

使用手机扫描下方二维码,即可观看本条获奖作品的新媒体展示。

探路先行
——从长三角看改革开放 45 周年

✉ 作品信息

作品类型:三等奖·融合报道
刊播单位:荔枝新闻客户端
报送单位:中华全国新闻工作者协会新媒体专业委员会
作　　者:集体
编　　辑:王智勇、倪志新、刘娟
作品字数:7423 字
首发日期:2023 年 12 月 18 日

💻 作品简介

该作品深入挖掘长三角地区在全国先行先试的典型事件及关键人物,奔赴多地回访多位改革开放亲历者,综合运用卫星视频、历史原声、史料照片等多媒体手段,通过卫星视角及明信片等新颖形式,鲜活生动地讲述长三角探路先行的奋斗发展历程。

📶 新媒体展示　💬 获奖理由

使用手机扫描下方二维码,即可观看本条获奖作品的新媒体展示。

作品主题鲜明、内涵丰富,是一篇有思想、有温度、有品质的融合报道佳作。作品突出选用具有现代科技感的卫星视角,嵌入生成明信片互动环节,形式新颖、互动感强。

"天眼问政"融合应用

作品信息

作品类型：三等奖·应用创新
刊播单位：天眼新闻 App
报送单位：中华全国新闻工作者协会新媒体专业委员会
作　　者：集体
编　　辑：刘丹、韦一茜、赵飞羽
首发日期：2022 年 8 月 9 日

作品简介

"天眼问政"通过打造阵地、升级平台、技术创新，将内容与技术相融合，是一个集投诉、举报、建议、新闻、咨询、办事于一体的融媒体桥梁，吸引了上万名律师和近百位各行各业专家入驻，免费为群众答疑解惑。

获奖理由

截至 2023 年 12 月 31 日，贵州省直机关、市级单位、县委政府收到群众留言近 4 万条，通过"天眼问政"平台及时予以回复，提高了政府"接诉即办"的质量和效率，为社会公共服务治理提供了互联网时代解决新方案。

新媒体展示

使用手机扫描下方二维码，即可观看本条获奖作品的新媒体展示。

"果盘子"上新啦

作品信息

作品类型：三等奖·应用创新
刊播单位：乡村振兴新农人微信公众号
报送单位：中华全国新闻工作者协会新媒体专业委员会
作　　者：集体
编　　辑：集体
首发日期：2023年12月1日

作品简介

平台集原创信息系统、用户交互、视频专题、服务资讯于一体，以服务国家乡村振兴战略为宗旨，以"服务果农、振兴产业"为定位，通过"涉农资讯＋智库交互＋平台服务"模式，精准衔接果农的种植与销售需求，对接从"田间地头"到终端市场的资源。

新媒体展示

使用手机扫描下方二维码，即可观看本条获奖作品的新媒体展示。

获奖理由

平台与地方政府部门资源整合，嵌入媒体官方微信公众号，体现了"新闻＋政务＋服务"的应用导向，是媒体发挥信息技术优势、助力乡村振兴的生动实践，展现主流媒体的社会责任与担当。

中青报·中青网"大思政课"云平台

作品信息

作品类型:三等奖·应用创新
刊播单位:中国青年报·中国青年网
报送单位:自荐他荐
作　者:集体
编　辑:集体
首发日期:2022年11月25日

作品简介

中青报·中青网"大思政课"云平台,突出对青少年网民的思政教育引领,汇集共青团系统、全国高校、新闻网站等各方面精品思政内容与资源,积极推动思政小课堂同社会大课堂、网络云课堂相结合,引导青少年积极健康成长。

获奖理由

作品的亮点在于其对各类榜样故事的深入挖掘,通过真实感人的案例,全方位、精准式触达青少年受众,增强了思政教育的说服力和感染力。同时,中青网运用其报、网、端各类平台开展主题宣传、互动引导,创新了思政教育的传播形式。

新媒体展示

使用手机扫描下方二维码,即可观看本条获奖作品的新媒体展示。

图书在版编目(CIP)数据

第 34 届中国新闻奖获奖作品新媒体展示手册/殷陆君,付海钲主编.--北京:中国传媒大学出版社,2025.7.

ISBN 978-7-5657-3958-3

Ⅰ.I253

中国国家版本馆 CIP 数据核字第 2025YV1649 号

第 34 届中国新闻奖获奖作品新媒体展示手册

DI-34JIE ZHONGGUO XINWENJIANG HUOJIANG ZUOPIN XINMEITI ZHANSHI SHOUCE

主　　编	殷陆君　付海钲
策划编辑	曾婧娴
责任编辑	曾婧娴　沈刘红
封面设计	拓美设计
责任印制	李志鹏
出版发行	中国传媒大学出版社
社　　址	北京市朝阳区定福庄东街 1 号　　邮　　编　100024
电　　话	86-10-65450528　65450532　　传　　真　65779405
网　　址	http://cucp.cuc.edu.cn
经　　销	全国新华书店
印　　刷	艺堂印刷(天津)有限公司
开　　本	889mm×1194mm　1/32
印　　张	12.5
字　　数	644 千字
版　　次	2025 年 7 月第 1 版
印　　次	2025 年 7 月第 1 次印刷
书　　号	ISBN 978-7-5657-3958-3　　定　价　88.00 元

本社法律顾问:北京嘉润律师事务所　　郭建平